INK

文學叢書

035

長袍春秋——李敖的文字世界

U0131309

曾遊娜
吳 創 ◎著

目次

代序

林慶彰

在我讀中學的時代，李敖就已是名滿天下的大人物，他在《文星》發表論文，批評學術權威，向國民黨威權挑戰，頗得年輕人的尊敬。他對胡適的了解，讓胡適也不得不說他：「比我胡適之更了解胡適之。」因此，李敖在【文星叢刊】所出版的《傳統下的獨白》、《胡適研究》、《胡適評傳》等書，也成了年輕人爭相閱讀的對象。

後來，李敖遭到國民黨定罪十年（後因減刑，實際坐牢六年兩個月），年輕人又爲他感到深深的惋惜。出獄後不久，與胡茵夢結婚更羨煞了不少人。但維持不到四個月的婚姻，讓我們開始懷疑李敖是不是在遊戲人間。不久，再度入獄。出獄後，在黨外雜誌大量發表批判國民黨政府的文章，壯大了黨外的聲勢。他出版【李敖千秋評論叢書】來宣導他的理念，該叢書屢遭查禁，他又再出版【萬歲評論叢書】作備胎，但仍擺脫不了國民黨政府的查禁。後來，李敖變本加厲，不論古人、今人、國民黨、民進黨人全部都罵，一打開「笑傲江湖」的電視節目，就聽到李敖在罵人，而且各種髒話、粗話一併出籠。他與國民黨素有冤仇，與民進黨人又逐漸疏離。天生反骨的李敖，終於眞的踏上他「特立獨行」的道路。

李敖人生的高峰，是二〇〇〇年時，代表新黨參加總統大選，他已關閉的出版社和各種叢書也大大地暢銷。可惜，他的參選總統，帶有牽制本土政權的嫌疑。這一年，李敖也因《北京法源寺》一書，被提名了諾貝爾文學獎候選人。雖然沒有得獎，也很讓他風光一時。

看李敖一生的起起落落，一般讀者很難了解他的心路歷程。不管他的政治立場，他的好鬥，好打官司等等，他留下千萬字以上的文章，數量之多，令人咋舌。李敖曾自豪的說：「五十年來和五百年內，中國人寫白話文的前三名是李敖，李敖，李敖。」（《獨白下的傳統》扉頁）李敖既自認爲他的白話文是五百五十年之中的第一名，他的文章應有其傲人的地方。可惜，大家只知道他是罵人的大師，卻很少人去分析他的文字藝術。曾遊娜和吳創夫婦從小就是李敖迷。曾同學在臺北市立師範學院應用語文研究所上我的「治學方法」的課時，按規定上學期要繳交一篇「某某人的研究論著目錄」，下學期要繳交一篇論文，她都以李敖爲題，且目錄作得相當好，論文也頗有創見。她希望以「李敖的文字世界」爲題，要我擔任指導教授。我對李敖先生了解相當有限，只好讓遊娜自由發揮，後來論文完成，經張錦郎先生的逐頁批正，也增補了不少資料。論文寄給李敖指正，李先生並沒有說其中有何不妥。這是研究李敖的第一本學位論文。後來又經吳創稍作潤飾，本書已沒有學術論文的詰屈聱牙，增加不少可讀性。如今遊娜告訴我，有出版社要出版他們的書，這表示他們的研究成果受到肯定。他們對研究李敖的執著精神，很令人感動；他們的書要出版，則爲他們感到高興。

（本文作者爲中央研究院中國文哲研究所研究員兼副所長）

【自序】庖丁何須解牛？必也屠龍乎！

古云：「飛鳥盡，良弓藏。」今則：「口蹄疫四起，牛刀無著。」詩仙李白高唱：「烹羊宰牛且爲樂，會須一飲三百杯。」文曲李敖滴酒不沾，菩薩心腸，哪肯以牛羊爲犧牲？且以肉身爲象、文身爲龍，證其至道：烹羊宰牛算啥麼？唯有龍象大餐，方足以濟蒼生；李敖者，李濟也。

如果你問我：「爲什麼寫李敖？」我恐怕很難因此陷入長思。

爲什麼寫李敖？因爲他「在亞洲擁有第二十七名的影響力」；因爲他是「台灣最有力量的個人」；因爲他集政論家、批評家、文學家、思想家與史學家於一身。毫無疑問，以上任何一頂桂冠，都足以讓老李在歷史上粲然登輝，遙光熠熠，一閃一閃亮晶晶，掛在天空放光明，形構吾人銜枚夜行的極星、秉燭夜遊的瞻仰高度。

然而，撇開這些李敖奮鬥一甲子的成果不談，李敖最精采處毋寧是他以血汗青春爲代價、傳奇而起落的一生。李敖，桀傲不馴者也，正因有所堅持，更顯其固執冥頑、難以頡頏。究竟是什麼樣的理念，使他寧願坐牢，也不接受官方關愛的眼神？究竟在他人格養成過程中，發生哪些關鍵性事件，使李敖能夠一路走來，始終如一？爲了釐清、還原眞面目的李敖——理性愛國主義者李敖、不合作主義者李敖——之「來龍」去脈，我寫下這本書。

這，想當然耳，是一項大象般的難摸工程。要在李敖一千五百萬字的龐大文字叢林裡，釐清其思想脈絡、歸納其行文圭臬，無疑強登艾佛勒斯峰，即使不迷路斷糧，也難逃雪崩活埋之李／禮遇。亦如攬勝廬山，雖美不勝收，卻常興見樹不見林之慨；「不識廬山眞面目，只緣身在此山中」是吃東坡肉者的浪漫情懷，卻是啃大象肉者的難言之苦。

幸好，閱讀李敖是個美好的經驗，他幽默的筆風和厚實的國學，叫你求知識於趣味之中、見眞章在爆笑聲裡。你不會麻木不仁的，你只是驚覺其文字藝術駸駸然較其現實人生更活，更High。

一旦放足李敖的文字世界，你的户籍登記馬上變更爲「景美」。美景連篇，拭目難待，你只有瞠目結舌的份了！舉凡傳記、雜文、政論、札記、語錄、小說、書信、對話、演說、訟狀，乃至情詩、情書、歌詞等等，李敖皆堪稱一絕地一手包辦。震懾於李敖多變奇幻的文字藝術，我嘗試從他「不勝枚舉」的著作中，蒐撥其撩人而自成一家的寫作技法，歸納其典型而無可取代的句法與詞鋒。李敖以文字勞動者的身分起家，白紙黑字於四蓆之內、精衛塡海在兩岸之間，把古典中文織入白話，也把北京的自己鑲入台灣；萬丈高樓平地起，一格一格地，他竟然爬出一座白話文學奇峰。奇峰青矗，總有走入歷史的一天，屆時，身兼文學家與歷史學者的李敖，又將成爲歷史書寫的素材；青史丹心，無疑地，將是近代台灣與中國文史夾縫處鑽亮至極的一章。

法蘭西文學理論當紅炸子雞 Julia Kristeva 在其名著 *Language: The Unknown* 中，備有

"China: Writing as Science" 一篇，探討中國文字之特性，尤其著眼中文詞類變化之殊異。可惜，再當紅也沒用，碧眼兒，管妳射不射西域盤雕，針對中文詞類之衍生，頂多只能在紙上空論罷了，何能領會其高空彈跳之刺激？何福消受李敖此道之神技？棕眼黑髮如你，豈有不大快朵頤之理？

「朋友、羅馬同胞們！照過來！我是來埋葬凱薩的，不是來讚美他。」本書所企者，亦不止於以 Power Point 向華語一族簡報李敖如何巧佈其行文八陣圖；尤有甚者，它更揭發老李文藝天路的十面埋伏！謹守評論之份際，本書以理論爲準繩，以文本爲血肉，盼立愷切客觀之論，希收因指見月之效。是以，你會發現，它忽而把李敖佩服得五體投地，忽而將其不足移置載玻片底。

是的，中國不是沒有 Voltaire，她只是尚無 *Candide*。

序末，首要感謝中央研究院林慶彰教授、台北市立師院陳光憲教授、張錦郎教授、古國順教授對本書之指導與肯定。更要感謝的是書肆手工業家、書胎接生婆——印刻出版社初安民總編輯，江一鯉、黃筱威女士。

庖丁何須解牛？必也屠龍乎！

文評庖丁，該是拿起屠刀、立論成佛的時候了！咱們倚天屠龍、肢解巨獸去吧！

第一章 楔子

艤泊台北金蘭廈　逆旅藏身擊逆流

「五十年來和五百年內，中國人寫白話文的前三名是李敖，李敖，李敖，嘴巴上罵我吹牛的人，心裡都為我供了牌位。」這是李敖在其《獨白下的傳統》扉頁上所發的驚人豪語，到底是怎樣壯懷的自信與怎樣到家的功力讓李敖自認為可以在五百五十年的中國白話文大賽中包辦前三名，連奪三標？李敖的裁判標準何在？李敖自我標榜的正當性何在？這正是本論文研究之核心與旨趣。

再者，反對「鴛鴦繡好從教看，不把金針度與人」之祕笈傳統的李敖，為普渡眾生而寫就《要把金針度與人》；然而「才華蓋世文章出，妙筆揮就眾生譜。渺渺星河謫文曲，金針天成豈可度？」金針豈是說度就可度的？正因為金針難度，李敖才不得不慨嘆「不要只摸李敖一條腿」，但誰又能不只摸李敖一條腿呢？【李敖大全集】皇皇四十巨冊，誰能盡讀？李敖運筆一甲子、其椽地軸也，誰能盡窺？欲拼李敖全貌，唯有請北極白熊 call 大哥大給南極企鵝矣。本書《長袍春秋：李敖的文字世界》所企者正在於將此「地軸」磨成「繡花針」，再將此「金針」度與人耳。本書不再自喜於「只摸李敖一條腿」，盲人眼開，巨象出矣；緣腿求象，直搗黃龍，所獵者，長毛象之要害也——非虎爛耳。

第一章：〈楔子——艤泊台北金蘭廈　逆旅藏身擊逆流〉闡述本書之研究動機與目的。第二章：〈李敖的生平與思想——前輩胡適勤播種　後生李敖開奇葩〉共分三節：第一節「李敖的生平」探究其人格之養成與鍛鍊、與世界級人物照面之體驗、鼓動風潮之《文星》時代、由「大作家」到「大坐牢家」之命運、與「我將歸來開放」之矜持與自勉；第二節「播種者胡適——胡適的影響」將胡適對李敖的影響分為三點：清楚明白的白話文學、審慎的交遊態度、與嚴謹的治學方法；第三節「理性的愛國主義者」爬梳李敖的政治觀與思想觀。第三章：〈李敖的語言哲學——五四倒影見啓蒙文化沙漠響駝鈴〉共分三節：第一節「『笑＝效』的教育哲學」析論隱身於李敖獨家的文字綜藝特技背後的李敖式語言哲學基礎；第二節「佛家的入世思想」剖析李敖入世、入獄、入肉的佛學禪機；第三節「儒家經世濟民的傳統」探索李敖在「用藏」糾葛、「朝野」頡頏中所彰顯的知識分子的介入傳統與其特有的介入詩學。

第四章：〈李敖的文字藝術（上）——文章合有老波瀾　莫做鄱陽夾漈看〉以科學家的顯微法與李敖式的比對法深入探索李敖獨特的文字藝術，計分三節：第一節「百無禁忌的語言觀」續探李敖獨特的語言哲學、行文風格及其所產生的閱讀效應；第二節「文字遊戲」析究李敖以文字遊戲人間、以文字營造收視率的一貫寫作手法；第三節「古典押韻對句之美學」蒐剝李敖活潑奔放的文風背後所蘊藏的簡約凝鍊之古典中文美學。第五章：〈李敖的文字藝術（下）——五百年內第一流　俠骨柔情古無儔〉續以科學家的顯微法與李敖式的比對法深入再探李敖特有的文字藝術，計分四節：第一節「文化等效翻譯」研究李敖畫龍點睛、純然無瑕、展現極度語言與學術堅持的翻譯文字；第二節「推陳出新的詞類」探討李敖如何揮就中文詞類金箍棒、如何差遣中文詞類觔斗雲，以企及文章之新意，以窮索中國文字之特性；第三節「打敗引號的李氏句法」討論李敖特有的文字邏輯，分析如醉拳一般、王爾德式的李氏句法；第四節「以具體寫抽象」概括李敖遨遊國文天地的行文指南車與李敖揮毫落筆的無上律令。

第六章：〈《北京法源寺》的文學性——閉關落筆著春秋　此生定向江湖老〉共分四節：第一節「李敖的文學觀」歸納李敖所強調的文學議題與方向；第二節「李敖對中國文學批評的批評」分析李敖所揭櫫的李敖式中文審美新標準與其對傳統中文美學的批判；第三節「《北京法源寺》的文學評

論」，以小說文本脈絡爲基礎，探討楊照等針對《北京法源寺》該諾貝爾文學獎提名小說所作的文學批評。第四節「《北京法源寺》與小說文類」，從李敖的《北京法源寺》卷尾自評出發，質疑《北京法源寺》作爲小說文類的純文學性，並指陳其「負能力」之缺乏。第七章：〈結論——世界無窮願無盡　海天遼廓立多時〉總結全文，試論一路走來始終特立獨行的「文壇怪傑」、「文化頑童」、「文化醫生」——李敖——終其一生在中國文字烽火爐裡大煉其丹的青藍火候與成績，指出其在中國文章史上超邁前人的開創面，然亦不忘評判其融貫前衛與古典、傳統與獨白而在文字上「固一世之雄也」的同時，李敖卻難在小說創作上臻至「無我」的境界。

十九世紀法蘭西文學評論巨擘桑柏夫（Sainte Beuve）綜論法國文壇大家，評述伏爾泰（Voltaire）文史哲勝境之餘，更以「該座存有奇觀」（cette merveilleuse existence）①總結伏氏無比精采的一生；放眼今日中國，我們很難否認，從小立志要「偉大驚人」的李敖，也已然活出一座「存有奇觀」！

① Sainte Beuve, Charles Augustin. *La vie des letters: Les Lumieres et les salons*.p.181, Paris: Hermann, 1992.

第二章　李敖的生平與思想

前輩胡適勤播種　後生李敖開奇葩

一、李敖的生平

人格的養成

李敖誕生於一九三五年的東北哈爾濱，對於這樣的誕生環境李敖深以爲傲，並且，不只一次在文章中讚美東北人開闊的心胸，不過李敖雖然誕生於東北，他的遠籍卻是在雲南烏撒，《元史・地理志》說：「烏撒者蠻名也。其部在中慶東北七百五十里，舊名巴凡兀姑，今曰巴的甸，自昔烏雜蠻居之。今所轄部六，曰烏撒部、阿頭部、易溪部、易娘部、烏蒙部、閟畔部。其東西又有芒布、阿晟二部。後烏蠻之裔折怒始強大，盡得其地，因取遠祖烏撒爲部名。憲宗征大理，累招不降。至元十年始附，十三年立烏撒路。」①李敖的祖先於明太祖洪武年間自烏撒遷到山東濰縣（濰坊）後，累世做小老百姓，「雖在濰縣五百年，但是乏善可陳、無惡可做，絕無『名流』出現，也一直安土重遷，直到我爺爺出來，才有了大變化。」②

這個改變李氏門風的人叫李鳳亭，他雖然活了八十三年（一八六二－一九四五），但是，窮其一生努力，對於這三個筆畫繁多的名字仍不太會寫，儘管如此，這個文盲仍然贏得一介書生東北大學副校長李錫恩的尊敬。李敖認爲他血液中的「勇敢、強悍、精明、厲害、豪邁」③等性格是來自爺爺李鳳亭的隔代遺傳。

李鳳亭一生的行徑不失爲一部「活傳奇」。「他做過趕馬車的、工人、農民、打更的、看墳的、流氓、土匪、打土匪的、銀樓老闆等等，名目繁多。」④不勝枚舉。

李鳳亭是個狠角色，有東北人那種決不向惡勢力低頭的堅忍卓毅性格。在李鳳亭七十幾歲時的一個晚上，來了一夥土匪在牆外叫囂，與李鳳亭同住的兒子和兒媳早已嚇得方寸大亂、頭皮發麻，此時，李鳳亭卻鎮定異常，他要兒子和兒媳在室內吹警笛，自己則拿著丈八蛇矛，在屋裡前前後後來回奔跑並製造極大的聲響，以擾亂敵人耳目，頗有張飛一呼而敵人心肝俱裂的氣勢，果然，這夥土匪被這種磅礴的氣勢震懾住乃決定罷手，但是，臨走前卻來一個「回馬槍」，「子彈打穿了窗上玻璃，打碎了窗台上的花盆，最後打到衣櫃上。這個衣櫃，一直跟著我們，最後運到故都。櫃上一個圓坑，就是子彈的舊痕。這個舊痕，表示了人間大勇是什麼。」⑤

李鳳亭還有一個更厲害卻未留下眞憑實據的故事：李鳳亭在做流氓的時候，曾在農莊裡設了一個賭局，賭客中有一人輸盡了他的盤纏與籌碼，乃耍起賴來，一刀割下自己的大腿肉，表演「肉賭」。按照江湖規矩，賭徒「肉賭」時，莊家需大量賠錢，花錢消災，否則，萬一莊家輸了，不能賠錢只能賠莊家身上的肉。所以，當這個無賴開始「肉賭」時，莊家們個個目瞪口呆、面面相覷，但是，李鳳亭卻不吃這一套，李鳳亭面不改色的拿了一把刀往自己的身上剜下一塊肉來，他說：「好小子！你來這一套！割起腿上的肉來了！你有種！可是你給我搞清楚，這一套別人吃你的，我李鳳亭不吃！你肉賭，按規矩，不是我輸了才賠你肉嗎？不是我輸了再割都不遲嗎？不是我贏了就不割了嗎？可是爲了不怕你，爲了比你小子還有種，我先割給你看，割下來，我贏了，就算白割！」⑥這個以狠對狠的故事，充分表現李鳳亭的強悍和不妥協。

李敖的奶奶是熱河人，有一次，遇到當土匪時的李鳳亭，這時李鳳亭因受傷而躺在山洞裡，李敖的奶奶鼎力相助，終於救活了李鳳亭。李敖的奶奶也姓「李」，因爲中國傳統同姓不婚，所以用瞞天過海的方式，改姓「呂」。這個情節頗符合中國戲劇中「英雄美人終成連理」的大團圓喜劇，只可惜李敖的奶奶並不「美人」，李鳳亭一生氣起來，就罵李敖的奶奶「窮山惡水，醜婦刁民」。⑦李奶奶的見義勇爲與李爺爺有恩必報的性格，在在影響著李敖。

如果說李敖血液中的「勇敢、強悍、精明、厲害和豪邁」等性格是來自爺爺李鳳亭的隔代遺傳，那麼，李敖一生的行事風格與獨特發展，無不受其父親「老子不管兒子的精神」⑧所影響。李敖

① （明）宋濂等撰：《元史》第五冊，卷五六至卷六三（志），北京中華書局，頁一四八三。
② 李敖：《李敖回憶錄》，商周出版公司，頁二九。
③ 同注②，頁三四。
④ 同注②，頁三十—三一。
⑤ 同注②，頁三一
⑥ 同注②，頁三二。
⑦ 同注②，頁三二。
⑧ 蔡漢勳編著：《文化頑童・李敖：李敖被忽視的另一面》，大村出版公司，頁七三。蔡漢勳爲陳中雄之筆名。

的父親李鼎彝，字璣衡，生在一八九九年（民國前十三年），一九二〇年（民國九年）進入北京大學國文系，「那時正是五四運動後第一年，正是北大的黃金時代，蔡元培是他的校長，陳獨秀、胡適、周樹人（魯迅）、周作人、錢玄同、沈尹默等等是他的老師。」⑨雖然，在李敖的眼裡，李鼎彝書念得並不出色，但是李鼎彝仍然沾染到北大自由開放的民主精神。

李敖在回憶北平⑩的生活時，曾說李鼎彝由於捲入政治紛爭，被華谷中將所誣，坐了六個月的牢，雖無罪釋放，但是，李鼎彝決定從此離開官場，從事研究工作。他以中國土地問題做專題研究，從此李氏父子成了國立北平圖書館的常客，在這世界一流的圖書館裡，李敖與父親對讀的畫面，成了李敖一生中永不褪色的畫面。李敖一生愛書如命，在國小六年級時的書架上即已充斥了左派和右派的書籍，國學底子豐厚的李敖，可能早在此時即已奠定了他成為一位特立獨行的異議分子的基礎了。雖然這個「父子對讀圖」是李敖心中最溫暖最細膩的一幅圖，但是，天生反骨的李敖仍然對他父親的文章和人格提出質疑。李敖說他父親的「文章和人格是我懷疑的，可是他的口才與辦事能力我還看不到有誰比他好」。⑪

李敖就讀初二時，宣布「不過舊曆年」，李敖的父親也依著他，並不強迫他「同流」。李敖認為他的父親對他最大的影響在：「老子不管兒子的精神」。因為有這種「老子不管兒子的精神」，所以，李敖可以以他自己的方式來自由發揮他的自由意志，並且也敢於做一個不「媚俗」的特立獨行的人。另外，李鼎彝對於讀高三時想休學在家的李敖，是幫他辦妥休學手續，而非痛心疾首。⑫李敖所作的一切決定，都受到父親的大力支持，這對於李敖一生的「絕對價值」、「絕對是非」的成立，可謂影響深遠。

儘管父親對他的影響無遠弗屆，李敖卻認爲早年對他更有影響力的是「書本」。「從一九三五年以後，儘管世局天翻地覆，一個小男孩卻能安坐在他的小象牙塔裡，慢慢地成長，家庭、父母、姊妹、外人都不能『引導』他，因爲書本早已取代了他們的影響而把我帶入一個新境界，在一個六年級的小學生的書架上，客人們可以看到《中山全書》，也可以看到右派的《我的奮鬥》，和大量左派的書報：從《觀察》、《新華日報》直到格拉特科夫的《士敏土》，這些早慧的成績雖然帶給我那小頭腦不少的驕傲，可是也帶給我不少的迷亂。」⑬其實，就書的影響力一點而言，也應歸功於李鼎彝從來沒有拒絕過李敖向他要錢買書，而且李敖買書是由書攤的老闆挑書到他家任由李敖選擇，李敖再整批整批的買下來。試問，沒有一個眼光獨具的「教育家老爸」，沒有一個肯花錢投資的「有錢人老爸」，一個小孩如何能坐擁書城呢？這種以書爲友的態度，影響李敖一輩子，李敖在二十歲時甚至勵行「足不出戶主義」。⑭直到如今，李敖仍然「神龍見首不見尾」，甚或「神龍首尾皆不見」。

⑨同注②，頁三四。

⑩《李敖回憶錄》中皆將北平寫爲北京，事實上，北京在一九二八年六月改爲北平，一九四九年後，才又改爲北京，特此說明。

⑪同注⑧，頁七二。

⑫李敖讀高三時只念了十幾天，便決定休學在家，李鼎彝輕鬆地說：「好！你小子要休學，就休罷！」於是便跑到學校，向教務主任說：「我那寶貝兒子不要念書啦！你們給他辦休學手續吧！」同注②，頁九一。

⑬同注⑧，頁七四。

李敖讀大一的時候，父親操勞過度而亡，包括台中市長在內的兩三千人，人人面有凝色、如喪考妣，面對這個哀淒的場面，卻有一個人堅持「不磕頭、不燒紙、不流一滴眼淚」，[15]那個人不是別人，正是李鼎彝的長子——李敖。李敖認爲那是他生平最得意的一次經驗，因爲，這是他第一次在傳統與群眾面前，無視「千夫所指，無疾而終」的展現「雖千萬人，吾往矣」[16]的大氣魄。那時李敖剛二十歲零二天，在破除迷信、批判傳統的大行動中，我們已然看到一位思想巨靈的誕生。

李敖的媽媽名叫張桂貞，吉林永吉人（原籍河北），吉林女子師範學校畢業，她在輩分上是李敖爸爸的學生，是一個愛看電影的女人。

李敖的外祖父，名叫張人權。他身材高大，有說不出的威嚴，曾是哈爾濱警察局下一個分局的局長，爲人耿直，不喜歡拍馬屁。他的上司在台上，他不理、不買帳；他的上司垮了台，他卻跑去「燒冷灶」。[17]李敖血液中某些「不合作主義」的因子，可能來自於其外祖父。

與世界級人物的照面

李敖是一位幸運兒，在他一生中，見到了多位世界級的人物，這對他人格的成長與立志成爲第一流人物的影響不可謂不大，因爲有了成功的例子在前面，這給李敖的是「舜何人也？禹何人也？有爲者亦若是」的自勉與信心。

李敖與第一位世界級人物的照面在一九四八年（十三歲）的上海王家楨家中，李敖在這位與他有一點連「誅九族也誅不到的」[18]遠方親戚家中，見到馬占山這位東北人心中永遠的英雄。馬占山將軍字秀芳，吉林省懷德縣人，外號「馬小個子」。一九三一年「九一八事變」後，他是第一位公然反抗日軍侵略並且還大獲全勝的民族英雄，由於馬占山將軍的勝利，全國爲之振奮。一九四七年四月十六日馬占山將軍從北平搭火車回到東北的老家，「一下火車，群眾一擁而上，包圍了他，他們大喊：『馬將軍萬歲』。把他抬了起來。在東北同胞的內心深處，他們知道除了馬將軍，沒人值得喊萬歲。四天後，東北同胞開大會歡迎他，十萬人到場歡呼。」[19]這個盛大的慶祝大會來自群眾的自覺自發，馬占山將軍雖然受到國民黨的有意排擠，但是，卻反而更受到東北同鄉的愛戴，「淚盡胡塵的

⑭「開始『足不出户主義』，吾廬最佳，何必外求？」見李敖：【李敖大全集】第五冊《大學後期日記乙集》，榮泉文化事業公司，頁一五一。「決定緩補習，集中時力於留學考，原則上採『整日鎖門不出主義。』」見李敖：【李敖大全集】第二十三冊《早年日記》，頁一〇五。

⑮同注⑧，頁七二。

⑯同注②，頁一一四。

⑰同注②，頁三七。

⑱「王家楨字樹人，吉林雙城縣人，是張學良走紅時候的紅人，他早年在北大念書後轉日本慶應大學，……他的太太是我老姨父李子卓的妹妹，算是和我（李敖）家有一點『誅九族』也誅不到的遠親關係。」同注②，頁六八。

⑲同注②，頁七十。

東北遺民，又重新學會了流淚，他們流汗歡迎接收大員，但是流淚歡迎馬將軍！」[20]這給李敖一個「有爲者亦若是」的決心，試想，一位民族英雄就在你的親戚家中出現，這給立志當第一流人物的李敖的震撼自然非同小可。原來第一流人物竟是如此「唾手可得」，只要把手那麼一伸就可碰觸到了。所以，我們看到李敖無視於言論封鎖，堅持在獄中出版【李敖千秋評論叢書】等書籍、拒絕國民黨的收買等等行爲，筆者以爲在李敖的心中，他必堅信，要留名萬世，並不需要統治者關愛的眼神；相反地，群眾的肯定、歷史的記錄才是「留取丹心照汗青」的唯一蜀道吧！是以，李敖終其一生，與國民黨或執政黨爭自由、爭民主、爭是非，絕不妥協，可謂至死方休。

一九五二年六月十五日，李敖在台中存德巷一號，見到了錢穆這位國學大師，李敖回憶第一眼見到錢穆時的情景時說：「錢穆身穿府綢小褂，個子很小，滿口無錫土音，乍看起來，長相與聲名不太相副，簡直使我有點懷疑眼前這位，是不是就眞是錢穆。」[21]這是李敖的邏輯，同樣長相嬌小，但是，同爲東北老鄉的馬占山就令他肅然起敬；但是，無錫的錢穆，就使李敖忍不住懷疑他的「錢穆身分」了。

李敖在這次會面中，向國學大師請教治國學的方法，錢穆雖無具體方法，卻有具體建議，他要李敖多讀兩三百年以上的古書，因爲這些書籍歷經三百年的歷練仍不爲時代淘汰，可見是好書。所以，李敖後來編了【中國名著精華全集】三十三冊，還寫了一本《要把金針度與人：二〇〇種中國古典名著導讀》，就是希望讀者能讀到眞正的好書。

李敖去見錢穆的時候，手中拿著《李敖箚記》第二卷，錢穆接過去，看到李敖所寫的〈梁任公上南皮張尙書書〉覺得很驚訝，問起這封信的來處，李敖告訴了錢穆，錢穆一邊翻《李敖箚記》，一邊對李敖讚譽有加，甚至對徐武軍[22]說：「你不如他」。[23]李敖對這件事有兩個看法：「第一，他不恥下問，眞有『知之爲知之，不知爲不知』的風度，令我敬佩；第二，他竟不知道這封信的出處，他的學問的廣度令我起疑。」㉔就「知之爲知之，不知爲不知」一點來說，錢穆實事求是的態度與嚴謹的治學方法必定深烙李敖心中，所以，李敖在多年後回憶這一幕，仍然歷歷在目；第二點，一位十七歲的少年，獲得國學大師的讚譽，按照正常現象，此少年必會變成此國學大師的弟子，可是，李敖卻對「他的學問廣度」起疑，你是否看到了一位懷疑大師的誕生呢？也因爲少年李敖具有這種懷疑前輩廣度的國學基礎，李敖才能在多年以後批判這位曾對他讚譽有加的國學大師，㉕甚至，企欲有所超越。

⑳同注②，頁七〇—七一。

㉑同注②，頁九四。

㉒徐武軍外號「日本和尚」，爲李敖台中一中的同學，父親徐復觀，「因爲想在學術界插一腳，所以，想拉攏錢穆，乃接錢穆至家中養傷。」李敖認爲錢穆之所以會跟徐武軍說：「你不如他。」的原因，有可能是因爲錢穆與徐武軍較熟。由李敖這個推測來看，李敖也並非時時都自大自滿。同注②，頁九三。

㉓同注②，頁九五。

㉔同注②，頁九五。

㉕「對錢穆，我終於論定他是一位反動的學者，他不再引起我的興趣，我佩服他在古典方面的樸學研究，但對他在樸學以外的擴張解釋，我大多認爲水平可疑。」即使如此，李敖仍爲錢穆在胡適有生之年，未能成爲中央研究院院士叫屈。同注②，頁九七。

第三位影響李敖至深的前輩是嚴僑，他雖不算是世界級的人物，但是，因爲他有一位世界級人物的爺爺——嚴復，故筆者將之一併列入。

李敖在台中一中時代最懷念的老師是嚴僑，李敖形容嚴僑「身材瘦高、頭生密髮、兩眼又大又有神。……他有一股魔力似的迷人氣質，灑脫、多才、口才好、喜歡喝酒，和一點點瘋狂氣概，令人一見他就有對他好奇、佩服的印象。」[26]李敖後來和嚴僑成了無所不談的莫逆之交。由李敖對嚴僑的心儀與素描，可以想見要獲得李敖的青睞，除了內涵這一必要條件之外，外貌亦攸關重大——無論男女。

有一次，嚴僑受邀演講〈人（Homo Sapiens）的故事〉，嚴僑在演講中大談「演化論」而不說「天演論」，這不跟隨祖宗腳步的氣魄，給年輕時的李敖很深的印象。由於，嚴僑是共產黨，年少的李敖也曾作過要與嚴僑重建大中國的美夢，雖然，這不啻蜃樓幻夢，但對渡海的李敖而言，「它至少犧牲了我們這一代而爲了另外一個遠景，至少比在死巷裡打滾的國民黨痛快得多了！」[27]後來嚴僑被捕，李敖即把早餐錢一頓頓省下來，接濟無人敢接濟的嚴僑妻子。[28]因爲嚴僑的關係，李敖對「不做國民黨而付的一切代價，從不逃避。」[29]終身成了一個國民黨的「不合作主義者」，也因爲嚴僑的共產黨身分，使李敖把「共產黨」等同「理想主義」的代名詞，這也間接回應了論者對李敖的質疑——爲什麼李敖罵遍中國各省各黨人，就是獨漏共產黨？

台大時期，李敖認識了民國以來最偉大的思想家——胡適，由於，胡適對李敖的影響無法用三言兩語述盡，所以，筆者另闢一小節專門論述。

鼓動風潮的文星時代

一九五七年蕭孟能夫婦創辦《文星》雜誌。這是個「標榜『思想的』、『生活的』、『藝術的』，號召『不按牌理出牌』」[30]的雜誌；但是，《文星》雜誌走過四年之後，卻貧乏溫吞得如一般雜誌般，無任何驚天動地之作出現，一直到四年後，李敖進入這個雜誌，才使《文星》風雲變色，一戰成名。

李敖在《文星》發表的第一篇文章名爲〈老年人和棒子〉，這篇文章在當時了無生趣的刊物中，可謂擲地有聲，而且，還因爲太大聲而驚動許多儼然重聽的「老年人」，李敖因此被冠上「文化太保」、「大逆不道」[31]等罪名。這篇文章更是《文星》雜誌許多筆戰的導火線[32]，並且，也是讓《文

㉖同注②，頁九九。

㉗同注②，頁一〇七。

㉘「一頓頓餓飯」接濟嚴僑妻子的舉動後來被李敖的爸爸知道了，李敖的爸爸嚴肅的責備李敖說：「嚴僑既然被捕了，誰還敢幫他呢？」我想這也就是李敖爲什麼會說他爸爸的人格是他所懷疑的原因了。同注②，頁一〇七。

㉙同注②，頁一三四。

㉚同注②，頁一九四。

㉛同注⑧，頁一二四。

星》成爲一顆眞正名實相副、帶領風潮的文壇之星的成名作。到底這篇文章寫些什麼呢？竟能造成如此大的騷動，竟能教那些拄著枴杖、拖著蹣跚步伐、形將枯朽的「老年人」仍欲除之而後快呢？簡而言之，此篇文章，提出三個問題：「第一、從感覺上面說，老年人肯不肯交出這一棒？第二、從技巧上面說，老年人會不會交出這一棒？第三、從棒本身來說，老年人交出來的是一根什麼棒？我擔心的是，老年人不但不肯把棒交出來，反倒可能在青年人頭上打一棒！」[33]文中，李敖引經據典的將老年人分爲三種：「第一種老年人拿的是一根『莫須有的棒子』。他們根本就沒接到過這根棒，也許接到過後又丟了。[34]……第二種老年人拿的是一根『落了伍的棒子』，一般說來，老年人可訾疵議的地方不是落伍而是落了伍卻死不承認他落伍，落伍是當然的，可是死不承認就是頑固了。[35]……第三種老年人拿的是一根『不放手的棒子』，……一來呢，棒者，男孩子之所喜，女孩子之所欲也，有棒在手，倚之以調青年人胃口，自然不難達到『少者懷之』的境界；二來呢，有棒子可增加他的自我信任和安全感，『姚興小兒，吾當折杖以笞之』！這是何等老當益壯的口氣！三來呢，你這年輕人，苟生異心若萌歹念而不好好扶老子，老子就給你一棒子！」[36]因爲李敖的分析如此鞭辟入裡卻又極盡嘻笑辱罵之能事，所以，許多青年人開始磨拳霍霍欲與「老年人」爭棒子，而許多「老年人」卻因而血壓升高而悻悻然欲以此棒——不管是哪一種棒——擊其（李敖）腦。

李敖後來又發表了〈播種者胡適〉和〈給談中西文化的人看看病〉（《文星》雜誌五十二期），這又帶動文壇從「棒子戰」轉戰「中西文化論戰」。[37]李敖眞可說是文壇的風向球，只要李敖一出手就是一個筆戰的開端，自此文化界波濤洶湧高潮迭起，一波還來不及平息，一波又來侵襲，李敖於是又乘勝發表〈我要繼續給人看看病〉、〈紀翠綾該生在什麼時候〉、〈「文化太保」談梅毒〉、〈敬答

㉜「自從這篇文章發表後，接二連三的有了許多『文字緣』和『文禍』。在《文星》、《文壇》、《新聞天地》、《自由青年》、《民主評論》、《自立晚報》上面，都有文字討論到和這篇〈老年人和棒子〉有關的問題。今年（一九六三）三月間，政治大學的學生，爲了《政大僑生》革新號二期的〈青年人與棒子〉的徵文，甚至還和訓導處鬧出不愉快，這眞是一場『棒子戰』了。」見李敖：《傳統下的獨白》，桂冠圖書公司，頁二〇二。

㉝同注㉜，頁一八〇。

㉞同注㉜，頁一八二。

㉟同注㉜，頁一八三。

㊱同注㉜，頁一八五—一八六。

㊲繼李敖這篇〈給談中西文化的人看看病〉之後，文壇開始了一連串的「文化論戰」，這些論戰文章，大都發表在《文星》雜誌五十三到六十期；《政治評論》雜誌第七卷、第八卷、第九卷；《醒獅》雜誌；《宗學》雜誌；《文苑》雜誌第一卷到三卷；《革命思想》雜誌第十三卷；《中外建設》雜誌第五十二期；《獅子吼》雜誌第二期；《創作》雜誌第二期；《中西文化》雜誌第二十九、三十期；《法令月刊》第十三卷；《中國世紀》雜誌第五十七期；《民主潮》雜誌第十二卷；《青年雜誌》第三十七期。除了台灣沸沸騰騰之外，香港雜誌亦有多篇討論此論題包括：《文藝線》雜誌第八期；《大學生活》第一一六期、一二〇期；《天文台》雜誌第二〇五六號、二〇八〇號；《自由報》第二三七期；《中國學生周報》第五一一期、五一七期；《世界評論》第十年第三期到第九期；《中國評論》雜誌第十一期；《展望》雜誌第四十八期等等雜誌。

吳心柳先生〉、〈由一絲不掛說起〉、〈修改「醫師法」與廢止中醫〉、〈論「處女膜整型」〉、〈中國思想趨向的一個答案〉，李敖自此被冠上「全盤西化論者」和反傳統者。不過，「中西論戰的文章，並非造成李敖被許多人『圍剿』的主因，而是後來李敖向『高等教育機關』台大文學院，以及他的老師『沈剛伯』等人開砲而造成的。」[38]文中提到沈剛伯爲了保住自己的文學院長之職，而「扣住」傅斯年校長要搶救的包括朱光潛等滯留大陸的第一流教授名單，因而使台灣學術水平一落千丈。李敖說：「沈剛伯慵懶成性，遊學無根，完全不足爲文學院的表率，完全是個誤人誤事的老人。這個老人在學問上除了對希臘史、羅馬史稍加涉獵外，其他的表現則爲才子派，有許多是信口亂道、信筆亂寫的，此公此才，對初出茅廬的大一學生，可以開開茅塞，可是一個學期足夠了，再聽就是浪費青春，因爲『沈郎之才，技僅此耳』！」[39]這些老教授溫柔敦厚的「臉譜」被拆穿後，乃開始「變臉」，務除李敖而後快。李敖從此成了學術界的「過街老鼠」，但是，李敖卻以自己能夠帶領《文星》走向「自由、民主、開明、進步、戰鬥等鮮明色彩」[40]而感覺意氣風發，雖然，一股冷鋒已暗暗的吹到李敖身旁，李敖卻哆嗦也不打一個，勇敢的面對生命中即將到來的狂風暴雨。即使，在風聲鶴唳的氣氛中，李敖仍頑強的在一九六五年十二月一日的《文星》第九十八期發表〈我們對國法黨限的嚴正表示：以謝然之先生的作風爲例〉，批評國民黨，十二月二十六日，雜誌被封殺停刊，四年的《文星》生涯乃告一段落。

由「大作家」到「大坐牢家」

李敖在《文星》興風作浪達四年之久，流彈所及幾已包括所有黨政學術界要人，所以，官方開始羅織罪名，最後以叛亂罪名㊶被判十年，㊷開始李敖的「大坐牢家」生涯。坐牢期間，李敖的家一再被抄，朋友也幾乎銷聲匿跡，其處境正如汪精衛所言：「良友漸隨千劫盡」，㊸連小蕾這位李敖最懷念的女人也在李敖坐牢十個月之後嫁人了。所以，李敖對國民黨的不滿與恨是可想而知的。

㊳同注⑧，頁一三〇。

㊴李敖：【李敖大全集】第二冊《教育與臉譜》，榮泉文化事業公司，頁八。

㊵同注②，頁一九七。

㊶「第一類是『與彭（明敏）來往帶信罪』——說我明知彭明敏特赦出獄後叛國之念未泯，仍祕密與之交往，並且介紹了某外籍人士爲彭明敏帶出一封信到海外，未加檢舉。第二類是『家藏文件入夥罪』——說我接受謝聰敏交閱的叛亂宣言及月刊多件。並同意加入以彭明敏爲首的叛亂活動，做了『台灣本部』的委員。第三類是『監獄名單外洩罪』——說我把泰原監獄叛亂犯名單交某外籍人士帶赴國外，作爲攻訐政府之運用。」同注②，頁二八七。

㊷警備總部在一九七二年三月十日判李敖十年刑，李敖拒絕上訴，後因軍事檢察官說判太輕乃重開審判庭，後因蔣介石過世減刑，改判八年半。實際坐牢日期由一九七一年三月十九日到一九七六年十一月十九日，共五年八個月。

㊸李敖：【李敖大全集】第三十一冊扉頁上的說明文字，榮泉文化事業公司。

出獄後三年（一九七九）乃重操舊業，出版《獨白下的傳統》，又開始鼓動沉寂多時的文化風潮，李敖的鋒芒畢露吸引了電影明星胡茵夢的注意，後由蕭孟能替他們穿針引線，成就一段爲期約四個月的婚姻。[44]

李敖並在《中國時報》寫「李敖特寫」專欄。又引起國民黨以軍方和情治方面爲主軸的人馬「關愛的眼神」，後因「蕭孟能誣告李敖案」，[45]被官方撿到一個現成封殺李敖的機會。李敖以誣告案被高等法院判刑半年。[46]

入獄前，李敖和他的紅粉知己汝清徹夜挑燈編好六冊【李敖千秋評論叢書】，[47]再交給林秉欽轉交葉聖康的四季出版公司出版。【李敖千秋評論叢書】以書籍的方式挑戰國民黨的出版法，所以，李敖雖然被層層監視，坊間卻依然可以看到他的調笑辱罵，國民黨只能徒呼負負，趕場去查禁【李敖千秋評論叢書】，眞不禁令人對李敖頑強的意志力肅然起敬，我們眞可名李敖爲「文化鬥士」而不爲過。

李敖由「大作家」而淪爲「大坐牢家」，一路走來始終如一，李敖說：「《文星》被封殺以後，我陷入十四年的大霉運，欲賣牛肉麵而不可得，這是又一段一個人跟環境鬥、跟環境苦鬥的歷程。這段歷程，包括了做苦工與坐牢獄，悽楚而慘烈。結論是：『我還是我，李敖沒有變』」。[48]在這段與環境的苦鬥過程中，首當其衝的雖是台灣最高學府的老教授們和國民黨的領導人。其實，李敖眞正要鬥的並非「人」，而是「思」；他欲消滅者並非「名流」，而是「問題」；他心之所繫者絕非「滿城風雨」，而是「人間的不公與不義」。如是堅持才將他塑身爲一位「介入社會的知識分子」、一位「心繫家國的文人」；如是文心才將他雕龍成爲一位「經世濟民的儒者」、一尊「閉關走群眾路線的

㊹婚期之所以如此短暫，據《李敖回憶錄》中的說明，因胡茵夢爲一電影明星，國民黨爲當時中央電影公司的幕後大老闆，乃開始封殺胡茵夢的演出機會。不甘寂寞的胡茵夢「大義滅夫」，口出僞證，於是，李敖於一九八〇年八月二十八日決定招待記者，宣布離婚。參考注②，頁三四六。不過，胡因夢對此有不同說法，請讀者參考胡因夢：《死亡與童女之舞》。胡茵夢跟李敖結婚時名爲胡茵夢，後將茵的草字頭去掉，成爲胡因夢。

㊺據李敖的說法是：「蕭孟能接受姘婦（王劍芬）挑唆，翻臉無情無義，利用我（李敖）幫他料理水晶大廈一件事做切入點，誣告我侵占。」同注②，頁三五二。

㊻坐牢日期爲一九八一年八月十日到一九八二年二月十日，共六個月。

㊼按照箝制言論自由的「出版法」第二條，出版品分爲三類：一、「新聞紙類」。二、「書籍類」。三、「其他出版品類」。再按箝制言論自由的「出版法」第三十六條，出版品如違反本法規定，主管官署得爲行政處分：一、「警告」。二、「罰鍰」。三、「禁止出售散布進口或扣押沒入」。四、「定期停止發行」。五、「撤銷登記」。……換句話說：對「書籍類」，處分只能及身而絕，不能延伸。……因此，理論上，一個作者，如果能定期（「按期發行」）出書，則在某種形式上，幾與雜誌無異；雖然在事實上，全世界幾乎沒有這樣多產的作者，能夠維持——經年累月的維持——每月十萬字這種寫作量。……【千秋評論】（全名【李敖千秋評論叢書】）就在前無古人後無來者的出國民黨不意的情況下，『創世記』一般的出現了它的「創『書』記」。這種突破與成績，足登世界紀錄全書而有餘矣！」同注②，頁三九三—三九四。

㊽同注⑧，頁一八一。

活佛」；也正因爲李敖的「不變」，他才夠格稱爲一位「先知型的理想主義者」，徘徊在那「風簷展書讀」的歷史長廊，不，戰鬥於此「古道照顏色」的歷史壕溝。

我將歸來開放

因爲我從來是那樣，
所以你以爲我永遠是那樣。
可是這一回你錯了，
我改變得令你難以想像。
壞的終能變得好；
弱的總會變得壯；
誰能想到醜陋的一個蛹，
卻會變成翩翩的蝴蝶模樣？

像一朵入夜的荷花；
像一隻歸巢的宿鳥；
或像一個隱居的老哲人，
我消逝了我所有的鋒芒與光亮。

漆黑的隧道終會鑿穿；
千仞的高崗必被爬上。
當百花凋謝的日子，
我將歸來開放！

一九五七・七・廿九[49]

李敖在一九五七年爲自己的生命寫下了這首預言詩，兩次的監獄洗禮，使李敖的鬥志改變得令人難以想像。這朵入夜的荷花，雖然已收斂起所有的鋒芒與光亮，但李敖卻更像是文化沙漠中的仙人掌，雖有著吸引眾人目光的鮮豔色彩，全身卻刺蝟般的長滿硬刺，令人無法逼近。是的，李敖已經歸來，並且還不只是「開放」，觀諸李敖結束「大坐牢家」生涯之後，在有線電視台上「笑傲江湖」中的表現，李敖簡直是「大鳴大放」，李敖在此節目中所穿的紅夾克，直逼超人裝般代表正義的化身。李敖正如沙漠中開放的仙人掌一樣，其頑強的生命鬥志簡直如他自己所言：「令人難以想像」。

[49] 李敖網站：李敖語錄，http://www.leeao.com.tw/speaker/f20002.html。

二、播種者胡適——胡適的影響

李敖讀初二的時候，從陳正澄①那兒借到一本《胡適文選》，從此胡適成了影響李敖至深且鉅的偶像。

偶像的出現，是閱讀的一個嶄新階段的開始。能夠與一位世界級或國家級的文化名人魂魄與共，眞是莫大的幸福。然而更深刻的問題在於，你爲什麼與他如此心心相印？不完全是由於他的學問、藝術和名聲，因爲有很多比他學問更高、藝術更精、名聲更大的人物卻沒有在你心底產生這樣強烈的感應。根本的理由也許是，你的生命與他的生命，有某種同構關係，他是你精神血緣上的前輩姻親。暗暗地認下這門親，對你很有好處。

同構不等於同級。他是萬人矚目的文化名人，你是藉藉無名的青年學生，但他的存在證明，你所進入的生命系統的某些部分，一旦升騰，會達到何等壯美的高度，於是你也就找到了一條通向崇高的纜繩。②

年少的李敖，找到了胡適這座民國以來思想界的艾弗勒斯峰，於是，李敖亦步亦趨，戰戰兢兢的緊握這條通往崇高的纜繩、沿著這條朝向崇高的蜀道攀岩而上。李敖走得非常壯烈孤獨，但是他卻樂此不疲，因爲他知道每往上跨一步，就更接近偉大一步，而且，每往上攀爬一步，他可以睥睨的山水人物便更加寬廣了；目標既已確定，便毋需猶疑了。我們可以在李敖的身上，發現許多胡適的翻版。乍聽筆者此論，讀者可能會覺得一陣暈眩，難以理解。因爲，胡適行事總是一派溫和，甚至，寫完文章以後，人們往往不知道其所持的究竟是贊成還是反對的意見；③號稱「中國的良心」，身爲領袖群倫的知識分子、貴爲中央研究院院長，一輩子只跟一個文盲太太江冬秀白首偕老，怎麼會跟張牙舞爪、桀傲不馴、女朋友不斷的李敖牽扯在一起呢?不過此番論調卻是經得起檢驗的。胡適在「中國公學」的時候，曾主動要求退學，④而李敖則在台中一中和台大歷史研究所的時候，自動休

①陳正澄爲李敖初二時的班長，後任台大經濟系主任，又講學於日本，是名經濟學家。

②余秋雨：《余秋雨台灣演講》，爾雅出版社，頁十。

③蔣廷黻說：「適之先生的個性要比我溫和得多，即以他目前在國內發表的若干談話來說，都非常含蓄婉轉，有時甚至使人弄不清楚他到底是贊同什麼或反對什麼?」見李敖：【李敖大全集】第五冊《大學後期日記乙集》，榮泉文化事業公司，頁八二。

④「中國公學在最初，是按著共和國的理想辦的。……執行部的幹事是公選產生出來的。可是這個制度只行了九個月就修改了。因爲修改沒有經過合法手續，於是戊申（一九〇八）九月鬧出一次大風潮。（朱）經農先生是學生代表，首當其衝，被幹事開除。全體學生支持自己的代表，退學另外組織一個中國新公學。」同注③，頁二四八。

學；胡適年輕的時候便主張「全盤西化」，⑤既然要全盤西化，當然得拋棄所有老祖宗的遺產，如此便免不了對傳統提出強烈批判，⑥李敖則力行改革喪禮、不過舊曆新年、一生不信中醫且提倡廢除中醫、吾道一以貫之地主張「全盤西化」——連大便時都不忘其屁股亦正在全盤西化中。胡適早年同情鼓動學潮的青年學子，⑦而李敖則是在台大歷史所二年級的時候，砲轟當時的台大文學院院長沈剛伯，興風作浪幾成一人學潮。胡適這種對傳統的不滿情緒，深深影響著李敖的思考模式，所以李敖寫下了他的成名作〈老年人和棒子〉，文中對老輩提出質疑，文章力勁之大，流彈所及，老年人皆難倖免。胡適一生中有一個最重要的哲學那就是「不要被牽著鼻子走」，⑧循此哲學，李敖走向特立獨行的道路，也就不足爲奇了。

筆者將胡適對李敖的影響，歸納爲下列幾點。

⑤「玉堂在一份英文報上發表了幾篇關於通俗英文和義大利文演進的經過，引起胡適的注意。玉堂後來說：『這時距孫中山先生推翻滿清僅僅短短八年，正是西方文化東漸，『中學爲體，西學爲用』觀念甚熾的時候。只有像胡適那樣信念堅定的人，才敢公開指出中國不僅在槍砲和機器方面遠遠趕不上西方，就是在現代民主政治方面，在學術研究方面，也遠遠落後。換句話說，他主張『充分世界化』，或全盤西化。他相信除此之外，別無他法能使中國追上時代。』」見林太乙：《林語堂傳》，聯經出版事業公司，頁三七。

⑥「在短短的兩三年間（一九一八—一九二〇），他（胡適）用新方法整理了斷爛朝報的中國哲學史，澄清了浮夸淫瑣的文字障，創立了新式標點，宣傳了「不朽」論，介紹了實驗主義，攻擊了孔家店和舊式的父

子問題，改革了不合人情的喪禮，鼓吹了女權和新的性觀念，最後印出了《嘗試集》，把中國文學帶到一條新路與生路，在南社橫行排律成風的規摹裡，使老朽們面對了新詩。」　見李敖：【李敖大全集】第四冊《胡適研究》，榮泉文化事業公司，頁五。

⑦根據王先生（敬芳）的信：「我（王敬芳）是當初反對取締規則最力的人，但是今日要問我取締規則到底對於中國學生有多大的害處，我實在答應不出來。你（胡適）是當時反對公學最力的人，看你這篇文章，今昔觀察也就不同的多了。我想青年人往往因感情的衝動，理智便被壓抑了。中國學校的風潮，大多數是由于這種原因。學校中少一份風潮，便多一份成就。盼望你注意矯正這種流弊。」胡適認爲王敬芳先生的話沒有錯，但是要補充一句：「學校的風潮不完全由于青年人的理智被感情壓抑了，其中往往是因爲中年人和青年人同樣的失去了運用的能力。專責備青年人是不公允的。中國公學最近幾次的風潮都是好例子。」見胡適：《四十自述》，遠流出版公司，頁八七—八八。

白話文運動，對於中國傳統古文的總攻擊，是由胡適的〈文學改良芻議〉發動的；丁文江和張君勱纏鬥不休的「科學與人生觀論戰」，是由胡適的〈序〉總其成的，而該篇文章裡呼籲要進一步轉移戰場去討論什麼是「科學的人生觀」，事實上卻宣布了「科學的人生觀的成立」，因而停息了論戰的戰火。……胡適以一種流暢明白的語言，使他的文章容易接近新一代的青年，而他在行文間的口氣，往往也隱含了一種與前代決裂，訴諸於下一代年輕人，直接向他們提意見、進行喊話。見楊照：〈重讀《胡適文存》　強烈的意見、包容的胸襟〉。收於《聯合文學》一九九九年四月號，頁一四〇。由此我們可以知道，胡適對於青年人鼓動風潮的情境是同情的。

⑧蔡漢勳編著：《文化頑童・李敖：李敖被忽視的另一面》，大村文化出版公司，頁五六。

清楚明白的白話文學

胡適在一九〇六年（十五歲）的時候，就已開始閱讀小說，加上古文根基甚好，所以，鍾古愚[9]鼓勵胡適何不為《旬報》寫白話文，於是，胡適寫了他生平的第一篇白話文。歷史的因緣起滅，往往純屬巧合，在這個偶然的談話裡，胡適開始了他的白話文創作，埋下了日後「白話文運動」的種子。現在，讓我們來看看胡適怎樣記錄他的第一篇白話文的誕生：

《競業旬報》的第一期是丙午年（一九〇六）九月十一日出版的。同住的鍾君看見我常看小說，又能作古文，就勸我為《旬報》作白話文。……這篇文字是我第一篇白話文字，所以我抄其中說「地球是圓的」一段在這裡做一個紀念：

譬如一個人立在海邊，遠遠的望這來往的船隻。那來的船呢，一定是先看見它的桅杆頂，以後方能夠看見它的風帆，它的船身一定在最後方可看見。那去的船，卻恰恰與來的相反，它的船身一定先看不見，然後看不見它的風帆，直到後來方才看不見它的桅杆頂。這是什麼緣故呢？因為那地是圓的，所以來的船在那地的低處慢慢行上來，我們看去自然先看見那桅杆頂了。那去的船也是這個道理，不過同這個相反罷了。……諸君們如再不相信，可捉一隻蒼蠅擺在一隻蘋果上，叫他從下面爬到上面來，可不是先看見他的頭然後再看見他的腳麼？……[10]

胡適以簡單明瞭的語言來闡述「地球為什麼是圓的」的道理，就像胡適所說：「這段文字已充分表現出我的文章的長處和短處了。我的長處是明白清楚，短處是淺顯。這時候我還不滿十五歲。二十五年來，我抱定一個宗旨，做文字必須要叫人懂得，所以我從來不怕人笑我的文字淺顯。」⑪

從上文中，我們可以清楚的看到，胡適的白話文創作模式深深影響著李敖。

首先，最清楚的莫過於在文章中用引言，這對一般文學創作者而言是鮮有的經驗，文學創作往往以文采逼人，而不以證據服人，因爲證據的堆積，往往造成文章艱澀難懂，使讀者卻步。不過話說回來，在文章中有引文的好處是：可以讓證據說話，清楚的呈現作者要表達的內容。胡適和李敖都是史學專家，他們對於「實事求是」的態度，如出一轍。胡適以不滿十五歲的年紀，來論述「地球是圓的」，卻講得頭頭是道、以理服人，我們清楚的看到，年輕的胡適就已擁有高度的邏輯推理能力，他先後以船的遠行與歸航來說明地球是圓的道理，胡適的文字是清新流暢的，並且已具大將之風。眾所皆知，議論文可以寫得氣勢萬千，但卻很難寫得柔情似水；所以，「溫源寧說他（胡適）的散文也是清順明暢，像一泓秋水一般，晶澈可愛，卻很少波瀾曲折，闡理則有餘，抒情則不足。」⑫同樣的，李敖的作品知性洋溢，尤以政論文章爲最，總是能提出異於尋常的見解，借題發揮，臚列

⑨鍾古愚外號鍾翳子，他是「競業學會」的會長。同注⑥，頁一六七。但在陳金淦編的《胡適研究資料》頁九八—九九則寫：錢文恢，號古愚，人稱「錢翳子」。

⑩胡適：《四十自述》，遠流出版公司，頁六六。

⑪同注⑩。

⑫同注⑥，頁二五六。

文獻，層次分明，波瀾壯闊，文采斑斕，議論縱橫，虎虎生風。但是在政論文之外，胡適和李敖也曾以詩人的面貌出現。所以，李敖很難認同溫源寧的說法，李敖認爲「《嘗試集》中有許多很好的抒情詩，及未收入的詩如〈依舊月明時〉、〈舊夢〉皆爲上選。」[13]胡適的散文，既然以政論性文章爲主，則理應清楚明白波瀾壯闊，而不是溫柔細膩哭哭啼啼。所以，李敖認爲評論胡適的散文「闡理有餘，抒情不足」是可議的，李敖說《嘗試集》中有一些很好的抒情詩，因爲李敖沒有指出來是哪幾首，筆者也不便妄加猜測，現在以〈舊夢〉一首，讓大家來看看這首詩的文學性如何。

山下綠叢中，
露出飛簷一角，
驚起當年舊夢，
淚向心頭落。
對他高唱舊時歌，
聲苦無人懂。
我不是高歌，
只是重溫舊夢。

這首詩有一股淡淡的哀愁隨著歌者若有似無的迴盪在舊夢中，這絕對是一首成功的抒情詩，雖然，李敖偶爾也不認爲胡適是一個成功的詩人，[14]但這並無損於這首詩的感人情調。除了「用筆如刀」的政論文，李敖也有溫柔細膩的情詩〈忘了我是誰〉，⑮所以，李敖也常自喜是一位詩人，只可惜「笨蛋們都不相信」。⑯

另外，胡適在這段文章中，指出他行文的長處和短處，胡適說他行文的長處是「明白清楚」，而短處則是「淺顯」，當然，「明白清楚」和「淺顯」是一體兩面的，我們很難在論述一件事情時讓讀者明白清楚卻又講得艱深異常。胡適對李敖的這一點影響是很深刻的，李敖時常在文章中提及他的文章是要讓「所有受苦受難的人能看得懂又不看得睏」，⑰而這讓「所有受苦受難的人能看得懂又不看得睏」的行文方式，最重要的，除了「有趣」之外，當然就是要「明白清楚」了。而從這裡，我們也不難窺測，李敖學習胡適，最後又企思有所超越的一面。其結果是極爲具體的：李敖的文章不只「明白清楚」，還很「有趣」。

⑬同注⑫。

⑭「我不承認在嚴格的尺度下，胡適是『哲學家』和『史學家』，我寧願承認他是一個褪了色的詩人、一個落了伍的外交家、一個最卓越的政論家、一個永遠不停止的眞理追求者。」同注⑥，頁十四。

⑮歌詞發表於一九七九年九月十八日《中國時報》，新格公司作爲「金韻獎」第一名推出。傳說是李敖爲胡茵夢所作，但是李敖否認，李敖說：「傳說這歌是我爲胡茵夢作的，絕對錯誤，因爲在牢中寫它時全無特定對象，眼前只是一面白牆耳！」見李敖：《李敖回憶錄》，商周出版公司，頁三六四。

⑯同注⑮，頁三八二。

⑰李敖：〈快看《獨白下的傳統》〉。收於《獨白下的傳統》序文，桂冠圖書公司，頁十七。

胡適對李敖更深的影響在小說創作中，一般人看到胡適的作品集以爲胡適只擅長政論性文章，而誤以爲胡適不寫小說，其實胡適也曾寫過小說。胡適是民國以來領袖群倫的思想家，這位偉大的思想家在寫了一個月的白話文之後，忍不住要闡發他的思想，於是，寫一部長篇的章回小說。

小說的題目叫做《眞如島》，用意是「破除迷信，開通民智」。我擬了四十回的題目，便開始寫下去了，第一回就在《旬報》第三期上發表（丙午十月初一日），回目是：「虞善仁疑心致疾，孫紹武正倫祛迷」。這小說的開場一段是：

話說江西廣信府貴溪縣城外有一個熱鬧的市鎮叫做神權鎮，鎮上有一條街叫做福兒街。這街盡頭的地方有一所高大的房子。有一天下午的時候，這屋的樓上有二人在那裡說話。一個是一位老人，年紀大約五十以外的光景，鬢髮已略有些花白了，躺在一張床上，把頭靠近床沿，身上蓋了一條厚被，面上甚是消瘦……

我小時候最痛恨道教，所以這部小說的開場就放在張天師的家鄉。但我實在不知道貴溪縣的地理風俗，所以不久我就把書中的主人翁孫紹武搬到我們徽州去了。⑱

胡適寫小說的目的，是用來「破除迷信、開通民智」，這跟李敖寫小說「以傳播思想」豈不不謀而合嘛？而且胡適在寫小說的時候，是有意識的先「擬了四十回的回目」；李敖寫《上山．上山．愛》

涉及的主題上百個，《北京法源寺》涵蓋的主題更多達四百多個，這些在在的都說明胡適對李敖的影響。胡適對李敖的影響不僅於此，胡適說他「小時候最痛恨道教」，李敖不也寫了一篇名爲〈張天師可以歇歇了〉[19]的文章，希望中國的土地上不要再有人靠祖宗吃飯。另外，胡適在小說的創作中，仍然逃不出他身爲歷史學家求眞的態度，因爲「實在不知道貴溪縣的地理風俗，所以不久就把書中的主人翁孫紹武搬到我們徽州去了。」小說原本建構於虛擬的實境，所以，在小說中虛構人物或風情文物，本爲理所當然，然而，胡適竟然因爲「實在不知道貴溪縣的地理風俗，所以不久就把書中的主人翁孫紹武搬到我們徽州去了。」這個求眞的態度深深影響著李敖一生的行事與文風。所以，我們可以看到，李敖在寫《北京法源寺》這本歷史小說的時候，對於歷史事件往往深入考據[20]，不願敷衍馬虎。

讓我們先來看看胡適在小說《眞如島》的第八回中，是如何以孫紹武的嘴巴討論「因果」之不可信，以破除迷信：

⑱同注⑩，頁六七。

⑲此文的主要用意，在推翻「父死子蔭」的傳統。同注⑰，頁二〇三—二一三。

⑳「《北京法源寺》中的史事人物，都以歷史考證做底子，它的精確度，遠在歷史教授們之上（例如張灝寫《烈士精神與批判意識》，作者儼然譚嗣同專家，但書中一開頭就說譚嗣同活了三十六年，事實上，譚嗣同生在一八六五年，死在一八九八年，何來三十六年）。在做好歷史考證後，盡量刪去歷史中的僞作（例

> 這「因果」二字，很難説的。從前有人説，「譬如窗外這一樹花兒，枝枝朵朵都是一樣，何曾有什麼好歹善惡的分別？不多一會，起了一陣狂風，把一樹花吹一個『花落花飛飛滿天』，那許多花朵，有的吹上簾櫳，落在錦茵之上；有的吹出牆外，落在糞溷之中。這落花的好歹不同，難道好説是這幾枝花的善惡報應不成？」這話很是，但是我的意思卻還不止此。大約這因果兩字是有的。有了一個因，必收一個果。譬如吃飯自然會飽，吃酒自然會醉。有了吃飯吃酒兩件原因，自然會生出醉飽兩個結果來。但是吃飯是飯的作用生出飽來，種瓜是瓜的作用生出新瓜來。其中並沒有什麼人為之主宰。如果有什麼人為主宰，什麼上帝哪，菩薩哪，既能罰惡人於既作虐之後，為什麼不能禁之於未作虐之前呢？……「天」既生了惡人，讓他在世間作惡，後來又叫他受許多報應，這可不是書上説的「出爾反爾」麼？……總而言之，「天」既不能使人不作惡，便不能罰那惡人。……
>
> 落花一段引的是范縝的話（看本書第二章），後半是我自己的議論。這是很不遲疑的無神論。[21]

胡適在討論「因果」兩字的時候，先以一樹花兒來作比喻，這些花兒本來都漂漂亮亮的掛在樹上，一樹的花兒並未曾有哪些特別做好事或做壞事，但是一陣風兒吹過來，他們的命運卻有了天壤之別，難道眞有什麼「因果」的道理內含其中嗎？胡適更進一步的解釋，如果眞有什麼菩薩神明的意志在裡面，爲什麼這些菩薩、上帝之類的萬能天神，不在這些惡人還未行惡之前就先以制止，而要在這些惡人行凶之後才處罰他們呢？況且，上天如果眞的生下惡人，那麼惡人本應作惡的不是嗎？

如根據王照《小航文存》和唐才質《戊戌見聞錄》，譚嗣同在獄中，不可能再寫信給康、梁），而存眞實。不過，爲了配合小說的必要，在刀口上，我也留下關鍵性的可疑文獻（例如譚嗣同獄中詩，『去留肝膽兩崑崙』的事，我在《歷史與人像》中早有考證，但這是歷史學的範圍，不是小說的範圍，在小說中，我另做處理），甚至還有將錯就錯之處（例如譚嗣同孫子譚訓聰寫《清譚復生先生嗣同年譜》中說『親赴法源寺訪袁』，但照袁世凱《戊戌日記》，他住的是法華寺。但我爲了強調法源寺的故事性，特就年譜將錯就錯處理）。大體說來，書中史事都盡量與歷史符合，歷史以外，當然有大量本著歷史背景而出來的小說情節，但小說情節也時時與史事掛鉤，其精確度，別有奇趣（例如書中描寫譚嗣同看到的日本公使館「那一大排方形木窗」，事實上，是我根據一九〇〇年的一張日本公使館的照片做藍本寫出來的。又如整個有關法源寺的現狀，是許以祺親在北京爲我照相畫圖的；有關袁崇煥墳墓資料，是潘君密託北京作家出版社李榮勝代我找的；有關康有爲、譚嗣同故居現狀，是陳兆基親自帶我查訪的……）。清朝史學家說『中有苦心而不能顯』、『中有調劑而人不知』，大率類此。史事之外，人物也是一樣。能確有此人、眞有其事的，無不求其符合。除此之外，當然也有塑造的人物，但也盡量要求不憑空揑造（例如小和尚普淨，他是三個人的合併化身，就參加兩次革命而言，他是董必武；就精通佛法而言，他是熊十力；就爲共產黨獻身做烈士而言，他是李大釗。我把他定名爲『李十力』，並在李大釗等二十人被絞名額中加上一名，就是因此而來。又如在美國公使館中與康有爲對話的史迪威，他確是中文又好又同情中國的人物，我把他提前來到中國，跟康有爲結了前緣）。這類『苦心』與『調劑』，書中亦復不少。」見李敖：【李敖大全集】第一冊《北京法源寺》，榮泉文化事業公司，頁三六四—五。

㉑同注⑩，頁六九。

爲什麼這些惡人按照行惡的本性卻又要遭菩薩的懲罰而受到許多報應呢？萬能的天神既然不能使人不做惡，那麼萬能的天神便無權處罰這些惡人。小說中洋洋灑灑的議論，充滿哲思辨正，主要的目的在告訴世人根本無所謂的「因果」。驗之《北京法源寺》的內容，我們可以知道胡適怎樣的徹底影響李敖。㉒爲了表示比「無神論者」的胡適更客觀，李敖想當然耳持的是「未知論者」。㉓

李敖的白話文深受胡適影響，但是，自認「五十年來和五百年內，中國人寫白話文的前三名」的李敖，當然不以胡適的接班人爲滿足，站在這位民初以來最偉大的思想家身邊的李敖，總隱隱約約透露出一股焦慮的氣息，李敖焦慮著如何超越胡適，如何才能站在這位思想界的巨人肩膀向遠處遙望，以比這位巨人看到更寬廣的面向？在李敖的潛意識中，胡適一直是他想超越的對象，所以，李敖有時對胡適似乎充滿孺慕之情，但是話鋒一轉，便又開始批判起胡適來了。

> 邱吉爾最愛引用的一句老話是希臘史家布魯達克所說的：「對他們偉大領袖無情，是強大民族的特徵。」胡適之是我們思想界的偉大領袖，他對我們國家現代化的貢獻是石破天驚的、不可磨滅的。雖然這樣，我仍希望我們的進步能向他投擲我們的無情，只有這樣，才能證明我們是一個知道長進的強大民族。㉔

在這裡李敖難得的稱讚別人「偉大」，對象是胡適。但是，爲了表示自己民族的強大，李敖大膽的認爲我們可以對胡適投擲以無情。

白話文的推行，最爲人所詬病的是，總有些下里巴人的下三爛的話語出現。其實，受過什麼教育的人會講出什麼樣的話來，是很容易理解的，但這一點卻爲自認風雅的文人所無法接受，爲此，胡適在提倡白話文的時候，特別提出「不避俗語俗字」。一心想超越胡適的李敖，對於胡適的主張，往往要求「青出於藍而更勝於藍」，所以，胡適要求的「不避俗語俗字」在李敖的眼裡，是很不夠看的，李敖簡直是「雞巴來，雞巴去」。

李敖一貫地又找了許多證據來證明「以雞巴入文」在各經典中，是履出不窮的。㉕雖說李敖也知道「『雞巴』不只是胡適所提倡的俗語，而在一般人的眼裡是眞正的髒話，是事實。但我的目的，正是要把清教徒的污染，有以光復，故不避用此二字耳。」㉖就以「雞巴入文」一例而言，李敖從胡適的「八不主義」出發，在胡適的「影響焦慮」下，他對胡適「不避俗話俗字」這一「不」的實

㉒請參閱本書第四章。

㉓《PLAYBOY》編輯部：〈專訪李敖．PLAYBOY頭號校友〉，《PLAYBOY》國際中文版，一九九六年六月號，頁五三。另外，李敖在台灣大學的一場演講中，回答筆者所提有關其個人宗教與信仰問題時，李敖明白而立即地表示他是位「不可知論者」。就筆者對李敖的了解，筆者推測：其「不可知論」（agnosticism）不無在客觀性上超越胡適「無神論」（atheism）的色彩。

㉔同注⑥，頁十九。話說回來，李敖之所以希望大家對胡適投擲以無情，乃是基於一位理性愛國主義者的情操，唯其如此，才能證明我們的時代與學術之長進與知所長進。

㉕參考李敖：【李敖大全集】第十四冊《中國性研究》一書，和本論文第五章第一節：百無禁忌的語言觀。

㉖李敖：【李敖大全集】第三十一冊《李敖書函集》，頁二一一。

踐，可謂徹底得比胡適還胡適。

胡適對李敖的影響，是很全面的。李敖說：「四十年來，能夠『一以貫之』的相信他所相信的，宣傳他所相信的，而在四十年間，沒有迷茫、沒有轉變、沒有『最後見解』的人，除了胡適以外，簡直找不到第二個。在這一點上，我們不能不肯定他的穩健與睿智，和他對中國現代民主思想的貢獻。我們不得不說，這隻好唱『反調』的烏鴉，[27]確實具有遠見。而這種遠見，就百年大計的建國事業來說，顯然是必需的。」[28]這種思想上早早的定型，李敖又何嘗不是呢？他的「思想有一致性，不隨時代變調起伏，不會盲目討好大眾。現在當紅時寫的文字，跟落魄時期的文字；在『黨外』時期所說的話，跟現在接近『新黨』時所說的話，翻來覆去，都是同樣的語氣、同樣的思慮、同樣的『善霸』和自負」。[29]李敖在初二的時候，宣布不過農曆年；高三的時候，自動休學；大一的時候大膽主張喪禮改革，在父親的喪禮上，不掉一滴眼淚，體驗「雖千萬人，吾往矣！」需要多大的勇氣；研究所二年級的時候又故計重施，從台大歷史所休學；並且在二十六歲時，看到腐敗的學術與官僚體制，寫下〈老年人和棒子〉，引起一陣軒然大波。李敖跟胡適一樣，都是一隻好唱「反調」的烏鴉，這些在在都肇因於李敖思想上的早早定型，定型之後，便無所懼的一直堅持下去。

㉗「胡適在《每周評論》裡，發表了他的政論導言〈多研究些問題，少談些『主義』！〉他認為：「主義」的大危險，就是能使人心滿意足，自以為尋著包醫病的『根本解決』，從此用不著費心力去研究

這個那個具體問題的解決法了。

這是胡適第一次走出書齋來論政治，可是談得非常礙眼，北方的社會主義者、南方的無政府主義者都罵他，這是很自然的事。因爲思想的訓練不同，看問題的方法自然兩樣，胡適著重的是一點一滴的解放、具體的問題、必要時的存疑和個人的獨立思考的機會。胡適選擇了一種 non-punitive reaction，對國家大事，訴諸理智而非情緒，重實證而反對狂熱，他勸人不要爲了『目的熱』就導出『方法盲』，因此，他澆了別人的涼水。他也知道自己惹人討厭，於是他自比做一隻烏鴉，孤獨的唱了一個小曲兒：

我大清早起，
站在人家屋角上啞啞的啼。
人家討厭我，說我不吉利。——
我不能呢呢喃喃討人家的歡喜！

——〈老鴉〉」

同注⑥，頁七—八。

另外，李敖說：「這次出來辦《烏鴉評論》，就是要在眾口一聲的時代裡，刮刮大叫一番。我要痛斥政局的黑暗、政黨的腐敗、群眾的無知、群體的愚昧、思想的迷糊、行爲的迷信、社會的瘋狂、知識分子的失職與怯懦。……我絕不怕得罪人，也絕不媚俗，台灣所有雜誌都是媚世的，可是我就不信邪，我就是要辦個《譴責雜誌》給大家看！英國古歌《兩隻烏鴉》（The Two Corbies）裡，烏鴉對話，去吃死屍，最後吃得『白骨剝露，淒風永拂』（O'er his white banes, when they are bare,/The wind sall blaw for evermair.）。烏鴉的功勞，不正是如此嗎？」同注⑧，頁二一五。

㉘同注⑥，頁十一。

㉙陳豐偉：〈思想家之夢〉。李敖網站：李敖訪談，http://www.leeao.tw/leevslain/tw9.html。

審慎的交遊態度

「見賢思齊」是人類進步的最大動力，我們讀聖哲先烈的故事，因而心嚮往之，更甚而學會他們爲人處世的智慧。李塨是胡適最崇敬的清朝學者之一，他有一句名言，深爲胡適所信服：

交友以自大其身
求士以求此身之不朽[30]

胡適既然有「交友以自大其身，求士以求此身之不朽」的認知，再加上要造成一個文化運動所需要的浩大聲勢與人力，所以，胡適交遊滿天下。在這些交遊滿天下中，有些雖只是泛泛之交，但因爲胡適爲人熱情誠懇，所以，大家都自認爲是胡適的好朋友，這些人在寫文章的時候，爲了增加自己文章的權威性，往往就會有「我的朋友胡適之」[31]這樣的話語出現，而胡適也不以爲忤。也正因爲人人皆自許爲胡適的朋友，所以，胡適簡直交遊滿天下。

李敖曾到南港造訪胡適，在胡適的客廳裡，李敖見識到胡適絡繹不絕的賓客，簡直是「車如流水馬如龍」，這一幕景象，震撼了李敖，李敖覺得這樣的人生，或許很快樂，但是勵志要做第一流人物的李敖，經過思考之後，卻又再一次的，與他尊敬的前輩走向了相反的道路。李敖不願意走姚從吾「白首下書帷」的學院窄門，也不願意走胡適交遊滿天下的康莊大道，他選擇了一條特立獨行的道路，並且深以爲豪。在南港客廳見到胡適賓客的那一幕，使李敖聯想到胡適的生命活像《老人與海》中那條被啃光的大魚一樣，胡適的生命就這樣一點一點的被他所謂的朋友分光了。李敖不願意自己因爲交遊而影響他成爲偉人的計畫，因爲李敖深深知道：「如果我（李敖）想達成一個夠水準的人物，對朋友的態度實在很重要，我必須擺脫一些無意義的，不能互爲神聖的朋友之累，盡量把時間騰出來給那些值得我花時間的朋友。」㉜

所以，李敖選擇性的選了一些終生的朋友，這些朋友並不曾因爲李敖的落魄被關而遠走高飛；更沒有因爲李敖的飛黃騰達而趨炎附勢。李敖已經了解到朋友對他人生的價値意義之所在：

我笑說我李敖專心寫書，不交新朋友了，老朋友也「遇缺不補」了。朋友不交、舊友不補，乃是參悟人生後一樂。朋友是寫作的敵人，因爲他們太耽誤時間，胡適一輩子交遊滿天下，造勢成功，寫書失敗，這是得不償失的事。並且所交皆匪類劣種，他死後，連全集至今都印不出來，所謂朋友，豈可靠哉！（一九九一年十一月十三日）㉝

㉚李敖：〈《胡適與我》自序〉。收於【李敖大全集】第十八冊《胡適與我》，榮泉文化事業公司，頁一。

㉛「胡適在世時，因爲他的響亮名聲、又因爲他的平易寬容，『我的朋友胡適之』變成多少人掛在口裡招搖撞騙的方便工具，引爲趣談。然而，《李敖快意恩仇錄》則讓我們看到。李敖如何以天下人恨恨訾罵『我的敵人李敖』，爲値得自豪自傲的畢生成就。」見楊照：〈讀《李敖快意恩仇錄》：強烈的意見、絕對的堅持〉。收於《聯合文學》一九九九年四月號，頁一四五。

㉜同注③，頁三七。

㉝李敖：【李敖大全集】第十九冊《李敖隨寫錄前集》，頁一二一。

這裡有一個關鍵的觀念，那就是李敖認爲「朋友是寫作的敵人」，因爲，朋友的到訪，或者關心，往往消耗太多時間，我們只要看李敖的日記，就能明白早年的李敖花了多少時間在與人交際應酬；然而，多數的朋友在李敖坐牢的時候，都做鳥獸散了，「所謂朋友，豈可靠哉！」這裡除了透露李敖的交遊態度，也反應了李敖的「時間焦慮」，因爲李敖是時間的有效管理者，所以，會妨礙他寫作計畫的，即便是朋友有時竟也會變成另類敵人。除了李敖有「朋友是寫作的敵人」的認知之外，趙元任也深以胡適因交遊而消磨太多時間而有所警惕。有一次，趙元任接到李敖的信卻因爲太忙而無法親自回信，請他的祕書代爲回信給李敖：「趙（元任）先生說因他手下有些要緊的著作希望能貢獻給後輩和國際上，免得步胡先生的後塵。胡先生就是昔日太多雜事，給自己要寫的都耽誤了。」[34]由這句話中，我們看到胡適因爲交遊而耽誤到太多寫作計畫，是公認的事實。大家都在避免與胡適走向相同的道路。除非這個朋友是值得終身深交的朋友，否則便毋需浪費時間在這種朋友身上，而這個朋友既然是值得深交的，必是有深度肯肝膽相照的，那麼這種人本身也無多餘時間可以用來和朋友消磨，所以，不只自己要交有用的朋友，連自己也必須是朋友有用的朋友。當然，李敖的朋友少，一方面是因爲李敖有意識的選擇朋友，一方面也是因爲人們怯於跟李敖做朋友。[35]

李敖不是胡適的徒弟，卻絕對是胡適的知己，李敖自認在胡適「求士」的心裡，他是受到胡適另眼看待的，這樣的另眼看待與李敖的父親李鼎彝是胡適的學生無關，而是歷史上的因緣巧合，李敖在十七歲的時候遞了一封長信給胡適，洋洋灑灑，自述自己的身世，並且李敖又在二十二歲的時候投了一篇〈從讀《胡適文存》說起〉的文章在《自由中國》，胡適從美國回來以後，約李敖見面，胡適說：「呵！李先生！連我自己都忘記了、丟光了的著作，你居然都能找得到！你簡直比我胡適之還了解胡適之。」㊱爲了當一個可靠的朋友，也爲了報胡適當年一千元贖回褲子的恩惠，㊲所以李敖決定爲胡適「寫一部十本的大傳記，我要用這一百二三十萬字的大傳記，讓『死掉的人』重新『活過來』，讓他重新『說些什麼』，也讓我們『說些什麼』。」㊳

一個企思有所作爲的年輕人，受到中國近代最有影響力的思想家的鼓勵，李敖的心中該是如何的雀躍，當不難想像，有了前輩的鼓勵，李敖當然對自己更加有信心。李敖有一段話，頗能講出他與胡適之間的忘年之交：

> 清朝王源〈劉處士墓表〉中記「（劉獻廷）嘗從容謂余曰：『吾志若不就，他無所願，但願先子死耳！』予驚問故，曰：『吾生平知己，舍子其誰？得子爲吾傳以傳，復何恨哉？』」我想，胡適死而有知，當有劉獻廷這一感嘆。㊴

㉞李敖：【李敖大全集】第三十冊《李敖書翰集》，榮泉文化事業公司，頁十五。

㉟李敖說：「因爲我一生中站在正義立場上講話，卻一直缺乏朋友的立場，也許我一直重正義甚於朋友，因此人多敬而遠之，怯於跟李敖做朋友。」見李敖：【李敖大全集】第十三冊《冷眼看台灣》，頁一三四。

㊱同注⑮，頁一二三—一二四。

㊲「現在送上一千元的支票一張，是給你『贖當』救急的。你千萬不要推辭，正如同你送我許多不易得來的書我從不推辭一樣。」同注㉚，頁十三。

㊳李敖：【李敖大全集】第四冊《胡適評傳》序文，頁二。

所以，李敖在胡適死後，也跟他自己父親死後一樣，並不急著哭，[40]因爲特立獨行的方式來紀念對他有知遇之恩的胡適。[41]顏淵因爲有孔子的賞識，死後聲名大噪，崔顥的〈黃鶴樓〉詩，因爲李白的一句「前有美景道不得，崔顥題詩在上頭」而名留千古，可以想見李敖將因胡適而成其大，胡適更將因有李敖這個不是弟子的「學生的兒子」而更彰顯令名。

深究李敖的交遊態度，我們不難發現，是出於立志成爲一個偉人的標準，李敖在他二十二歲的時候寫下：

> 今天想到的最具體的一個念頭是，我要做一個偉大的人，有一種偉大的自處生活和一種偉大的對人態度，我要使人以我而驕傲，不使人以我而羞恥，我在別人的心目裡要成爲一個永不能忘的有光彩的人。我曾寫「成第一等人做法」的理論道：「世俗的態度固然格卑而不必說，一般有著眞情的男孩子的態度也是不足法的，因爲他們的做法總不成爲第一等人的標準，所以他們做出來的總不能可記可歌，使人感動。能否『可記可歌，使人感動』是一個做法的最好標準，任何想出的主意都要在這個標準下稱稱看，而決定其取捨，要知道大凡不合這標準的做法，都是普通人慣用的方法，The natural thing and the impulsive thing，那些常是錯誤的（至少是不夠偉大的）。」「他們至多夠得上『好』，可是卻夠不上『超卓』與『偉大』。我不自安於平庸的『好』，我要使人佩服，使人受感動。我『要生活在深深的影響人』！」我所做的每一個動作、所說的每一句話、所做的每一件事，都要問問是否可合這個標準。（一九五七年五月廿七日）[42]

所以，李敖「一樣一樣擺脫了重大的糾纏自己的 topics——外出、電視、友情、談話、瑣聞。」㊸「偉人」，在正常情況下，應該是一個小學生的志願。一個二十二歲的年輕人，仍然能對自己的理想懷抱如此崇高的標準，可謂異數。李敖想當一顆面面發光的鑽石、㊹一個有影響力的偉人，所以，李敖的標準不是一般標準，「好」往往是不夠的，因爲還有「最好」等在前面。因爲有自己的獨特標準，李敖不願意過農曆年、不哭喪、不怕坐牢等等，這些在在都肇因於李敖早期就有了不平常的志向——成爲偉人。當然想要成爲一位偉人，光立志是不夠的，更重要的是要有實力，李敖對自己的能耐深具信心，他在寫完〈老年人和棒子〉之後，寫下：「寫〈老年人和棒子〉至夜三時，文思甚湧，此文若得售，必可轟動。」㊺我們看到李敖是如何預言自己的未來。果然，〈老年人和棒子〉捧紅了李

㊴同注㉚，頁二。

㊵給王尚義的信說：「老胡死，我還沒時間來哭他，我一直忙著在紀念他的工作上盡點力量，反應理智一點，也許適合我的性格。」同注㉞，頁十一。同樣的，李敖在父親死後，替李鼎彝出版他所寫的《中國文學史》。

㊶「胡適先生送我一千元，可是我（李敖）說三月要還他，但他二月就死了，最後我以《胡適選集》給他作了最好的紀念。」同注㉚，頁一四二。

㊷李敖：【李敖大全集】第十七冊《大學札記》，榮泉文化事業公司，頁十五—十六。

㊸李敖：【李敖大全集】第三十七冊《李敖祕藏日記》，頁三八。

㊹同注⑮，頁四二三。

敖，使李敖成爲家喻戶曉的文壇新星，也成了老年人口誅筆伐務去之而後快的青年人；不管褒貶如何，李敖這篇文章，確實如他所言轟動異常。

在李敖的成長過程中，我們也可以常常看到李敖是如何的自我勉勵，李敖自認自己不是一個粗獷的男人，更加不是一個坐困學城的人，他是：

一個萬千人中的有大辦法大抱負的人，以我（李敖）的年齡才具與性格，我決心放棄了在我裡面那些無爲的、縮頭的、重視愛情的「陳彥增的毒素」，我決心只給我自己一條路走，就是要好好把我鍛鍊成新時代的英雄人物，鍾成一條「堅強得可怕」的硬漢。

沉沉一片力

亦俠亦溫文

霸氣與野心是我指給自己的一條新道路，——一條唯一的新道路。㊻

梟雄般的志願，未曾因歲月而有所磨損，反而讓更多的文壇前輩見識到李敖的光芒，「有一次梁實秋先生說我的智慧成熟過早，我頗不謙虛地認爲他這看法不錯。再過三天，我就是三十一歲的人，我自認在三十一歲的『男孩子』中，我是一名『老狐狸』，而爲那些傻小子們所不及。但是做了『老狐狸』，並不值得得意，因爲那很孤獨。——當你把人生看破，把許多誤認爲有價值的價值摧毀，你難免會有一種『無可無不可』的虛無情緒，對人間，在許多方面，你不再是一名熟客而是卡謬筆下的『異鄉人』。」㊼從二十二歲到三十一歲，十載流光，李敖不斷地爲他成爲「偉人」的A計畫而奮鬥；他摧毀了許多世俗的價值，他看不慣「老年人」的作威作福，然而一切世俗的標準，包括賴以維生的職業，卻統統掌握在這群「老年人」的手上。顯然，李敖這條「偉人」的道路，因爲沒有金錢的奧援及掌聲相伴，走起來便更加落寞辛苦了，然而，李敖卻能一路走來，始終如一，我們除了佩服他的勇氣與頑強的毅力之外，他「擇善固執」的堅持，想必將替他在歷史上爭得一席之地。

嚴謹的治學方法

大學時期的李敖，深爲胡適著迷，李敖在《大學後期日記甲集》中，寫下不少心嚮往之的語句，茲摘錄兩段以窺胡適在李敖心中的形象：

> 我想到胡適説話演説時的態度，我甚受影響，我眞的已經開始做一個最有氣派的颸風型的人。（我在説話的神情與技術上，最近因他而有大改變），歸來在室中大談可證也。㊽

㊺李敖：【李敖大全集】第二十三冊《早年日記》，榮泉文化事業公司，頁九二。

㊻李敖：【李敖大全集】第二十三冊《一個預備軍官的日記（下冊）》，榮泉文化事業公司，頁六〇〇。

㊼同注㊲，頁一二三—一二四。

毛子水說他（胡適）給人一個「偉大人格的榜樣」，今天我益發感到這一點，我覺得他是紐曼（John Henry Newman 1801-1890）〈The Definition of a Gentleman〉一文的實例，我眞欽羨他這種神識超邁的境界。[49]

李敖心儀胡適、「欽羡」他那種「神識超邁的境界」，此對胡適之「欽羡」在思想、心理的成熟度上，在行爲、價値的型塑上，無疑遠超過他在寂寞的十七歲時對其師嚴僑的崇拜。

夏志清教授曾謙虛的說他自己先治西洋文學，「後來改行教中國文學，眞不免有些羨慕古文根柢比我深厚的那幾位留美學人。假如我也同他們一樣，生在書香之家，從小有嚴師逼著讀古書，練寫詩詞駢賦各類文體，該多麼好！」[50]夏氏是少數能在美國發表英文論文的中國人，他後來改教中國文學，可見其中西文學素養深厚之一般；但是，夏氏仍不以此爲自滿，他經常羨慕那些所謂「書香之家」的子弟，可證，環境對人的影響之無遠弗屆。反觀，北京的童年對李敖的型塑力自是不在話下，有一個北大國文系畢業的老爸更是他在中國歷史文化的古今跑道上奔騰的絕對助跑器，至於有胡適這麼一位「老爸的老師」，其啓蒙的切身之感與先河之功亦不過「想當然耳」罷了。

胡適小時候，其母胡太夫人就非常重視他的教育。有一次，胡適發現他的同學竟然不知道「父親大人膝下」的意思[51]，胡適這才驚覺，原來他受到的是較好的私塾教育，他是被老師另眼看待的，只因爲他的母親奉行「紅包制度」。[52]也由於老師的傾囊相授，所以，胡適的的古文根柢是深厚的、治學態度是嚴謹的，這一點對李敖有很大的影響，李敖有一段文章描寫光罵人「王八蛋」是不足以服人的，還需以證據證明他之所以成爲「王八蛋」的原因：

以前東吳大學校長——大訟師端木愷讀了李敖的文章驚爲「用筆如刀」，此眞知李敖者也。李敖「用筆如刀」，刀鋒所至，白刃相加，所傷實多。爲什麼如此利害?原因有二：一是文筆、一是證據。空罵一個人是王八蛋，罵得再漂亮，也不夠的，要有證據證明他是王八蛋，才算本領。我一生功力所在，都是「上窮碧落下黃泉，動手動腳找東西」，東西就是證據。有證據入檔，再用生花妙筆，寫而出之，王八蛋應聲倒矣！[53]

也就是因爲李敖常常以證據服人，所以，被罵的人常常不敢還嘴，以免被罵的更難看，[54]雖然，被罵

㊽李敖：【李敖大全集】第五冊《大學後期日記甲集》，榮泉文化事業公司，頁十。
㊾同注㊽，頁二—三。
㊿夏志清：《雞窗集》，九歌出版社，頁三三—三四。
51同注⑥，頁八四。
52當時胡適的同學每年出兩元學費，胡適的媽媽卻送十元。
53李敖：【李敖大全集】第十九冊《求是新語》，榮泉文化事業公司，頁四七—四八。
54「李敖曾經告過一位《國語日報》的社長，結果他自己不吭氣，反倒是他的朋友替他辯護，最後他跑去罵他的朋友，他說：『你們爲什麼要幫我辯護呢?李敖罵我，我不吭氣的話，只要挨一次罵，你們幫我辯護，我就要挨很多次的罵。』」見李敖：《洗你的腦，掐他的脖子：李敖總統挑戰書》，商周出版公司，頁一四二—一四三。

成「王八蛋」心有不甘，卻也只能甘心做烏龜！李敖有如椽的巨筆，勢若關公的青龍偃月刀，所以，李敖一路過關斬將，直令對手無招架之力。李敖「上窮碧落下黃泉」找證據的嚴謹態度，實受到胡適很大的影響，「胡先生曾三番兩次地在他文存的〈自序〉」裡揭櫫一段表明他寫作態度和方法的話，這是文存第一集〈自序〉中的一段：『我自己現在回看我這十年來做的文章，覺得我總算不曾做過一篇潦草不用氣力的文章，總算不曾說過一句我自己不深信的話。』」[55]要想讓自己在十年來做的文章，都不曾潦草以對，並且文章中的每一句話都是自己深信的，這需要何等嚴謹的治學態度才能達到，胡適就是以這種嚴謹的治學態度來自我鞭策，所以，胡適的立論是精闢的，語言是明確的，正因如此，胡適爲文常常無法以速度取勝：

> 胡先生仍舊是尊重充分而可靠的證據，「一點一滴都不苟且，一字一筆都不放過」，仍舊主張「不著急，不要輕易發表，不要輕易下結論」，所以他下筆很矜慎，文字很精湛，寧肯冒「善做上卷書」之名，叫人挖苦，總是不肯潦草寫完他那《中國哲學史大綱》的中卷和下卷，《白話文學史》的下冊，或是《四十自述》的第二集，我希望批評他的人特別注意這一點基本的態度。[56]

也因爲爲文的這一點基本堅持，所以，即使胡適寫的是自己的傳記，卻仍然無法擺脫「嚴謹的歷史敘述的老路」。

胡適在《四十自述》自序中說他自己「究竟是一個受史學訓練深於文學訓練的人」。他寫丁文江的傳記，總是離不開他那「嚴謹的歷史敘述的老路」，他絕對不會像蕭伯納的老朋友赫理斯

(Frank Harris)寫《蕭伯納的傳記》(*Bernard Shaw*)一樣的手法，來寫一部文學味道較濃一點的傳記。十八世紀的英國詩人華滋華斯(William Wordsworth)雖努力提倡寫詩要「民眾化」，但他自己寫出來的卻始終是高深的學者的詩。胡適本人似乎也難逃這種歷史的先例。[57]

其實，嚴謹的歷史敘述，本就很難符合一般民眾的水準，這是很好理解的，所以，胡適的文章也就很難「民眾化」了。胡適的困境也是李敖的困境，不過，李敖比胡適幸運的是，李敖掌握了先進的媒體力量，使他的思想可以不再完全由閱讀與書寫來傳播，李敖以單槍匹馬之姿，出現在電視台上，建立了罵人的信用。[58]

公費負笈美國哥倫比亞大學的胡適，甫考完博士論文口試，論文尚未修改、文憑還沒到手，就

---

55 同注⑥，頁二五五。

56 同注⑥，頁二五三—二五四。

57 同注56。

58 「『李敖笑傲江湖』的最大特色是：它不以空口罵人，而是以證據罵人。罵人威風所至，最後演變成不被李敖罵，就對李敖感激了；若被李敖捧一下，那就感激涕零了。陳文茜向我開玩笑說：『我們民進黨不怕你罵而怕你得了老年癡呆症，你罵人憑證據，我們如該罵，被你憑證據罵了也就算了，不過你已建立起罵人的信用，一旦你老年痴呆了，不憑證據罵我們，甚至造我們的謠，別人聽了信以爲眞，我們就慘了。』」同注⑫，頁四四七。王得后也說：「李敖從不空談，每一個問題都引證大量的歷史文獻或文字資

打道回國，在二十六歲的時候，被當時的北大校長蔡元培聘到北大教書。胡適是個喝過洋墨水的人，再加上當時北大的樸學由章太炎掌門，[59]大家理所當然認爲胡適應該教西洋哲學，出人意料的是，胡適卻教起了中國哲學史，更令人跌破眼鏡的是，胡適還以西洋的治學方法闡述中國哲學，引起軒然大波。章太炎弟子如顧頡剛等頗不以爲然，但是，顧頡剛在聽完胡適的幾堂客之後對曾任台大校長的傅斯年說：「他（胡適）雖沒有伯弢先生[60]讀書多，但在裁斷上，是足以自立的……胡先生講得的確不差，他有眼光、有膽量、有斷制，確是一個有能力的歷史家，他的議論處處合於我的理性，都是我想說而不知道怎麼說才好的。你雖不是哲學系，何妨去聽一聽呢？」[61]傅斯年聽了之後，也對胡適非常信服，於是，胡適以自己的學識在北大占得一席之地，與章太炎分庭抗禮。[62]

胡適爲人雖熱情誠懇，但對於學問卻一點也不敢苟且，即便是對引薦他到北大教書的北大校長蔡元培，也一樣沒有手下留情，頗引起蔡元培的微詞：

> 胡適之先生紅樓夢考證，列拙著於「附會的紅學」之中。謂之「走錯了道路」；謂之「大笨伯」、「笑謎」；謂之「很牽強的附會」；我實在不敢承認。意者我亦不免有「敝帚千金」之俗見。然胡先生之言，實有不能強我以承認者。[63]

由對恩人也不客氣這一點來看，李敖也是深受胡適影響的。李敖在章孝慈過世之後，左手簽下七百萬的捐款給章孝慈，右手卻發表抨擊章孝慈爺爺的專書——《蔣介石評傳》，以揭老蔣之底，以鞭老蔣之屍。

然而，嚴謹的治學方法使好客的胡適，也難免成爲箭靶，爲流言所傷：

四十年來，胡適被窮酸文人的浮議罵慣了，他才不在乎這些，有的甚至寫洋灑千言的專書罵他，他只覺得好玩。他最喜歡的一句話是：「You can't beat something with nothing.」他

料，有時還到『資料爆炸』的地步。你可以不同意他的觀點，他的結論，你決不能無視他提出的證據，甚至正是這些資料將推動你重新思考他提出的問題。……李敖曾經誠實地表白：『我的文章裡固然有許多偏見和情緒語言，可是你把這些過濾掉以後，剩下來的就是純粹的資料。』」王得后：〈大陸版引言〉。收於大陸版【李敖大全集】第一冊《北京法源寺》序文，北京友誼出版公司，頁四—十六。

59 「民國六年的九月裡，胡適以一個留美博士的地位，到了國立北京大學，當時的北大的天下，可以說是太炎弟子的天下。北大的教授主力中，大都出身章太炎的門下，像黃侃（季剛）、朱希祖（逖先）、錢夏（季中、玄同）、周樹人（豫才、魯迅）、沈兼士等等，都是太炎的嫡系，並且可以說是東洋派（留日派）。」同注㉚，頁四一。

60 伯弢先生爲陳漢章，爲當年北大講中國哲學史第一年的教授，他讓學生們知道「研究一種學問應該參考的書是多至不可計的。」學生們都敬愛伯弢先生知識的淵博。同注㉚，頁五三。

61 同注㉚，頁五四。

62 「胡適在舊學根柢上，雖然比章太炎差得很遠，但是因爲他受了西方的教育，在治學方法上，占了舊式中國學者所占不到的便宜，用新法治舊學，成績自亦不同。」同注㉚，頁四二。

63 同注㉚，頁六四。

> 說：「只要我們有東西，不怕人家拿『沒有東西』來打我們。」我要給他補上一句：「只要我們負責任，不怕人家拿『不負責任』來罵我們。」補全了，才是「個人主義」的眞精神。……這主義的特性有兩種，一種是獨立思想，不肯把別人的耳朵當耳朵、不肯把別人的眼睛當眼睛、不肯把別人的腦力當自己的腦力；二是個人對於自己思想信仰的結果要負完全責任，不怕權威、不怕監禁殺身，只認得眞理，不認得個人利害。（〈非個人主義的新生活〉）……在他眼中，爲輿論坐坐牢，算不了什麼，並沒有什麼不像話。[64]

對立論有獨立判斷的能力，並且肯不計個人利害去信仰自己認爲是對的思想，即使爲了這種思想犧牲一切，包括坐牢也在所不惜，胡適這麼坐而言，李敖就替胡適起而行了。因爲李敖有這種獨立思考的能力，所以，在歷經兩次政治獄之後，他仍然沒有與國民黨妥協，李敖仍然堅持走他那條「不合作主義」的道路，雖然，過程備覺艱辛，但是，李敖終於堅持出一條屬於自己的路。

李敖雖然常說，「要找我佩服的人我就照鏡子」，[65]但是先前我們已經看到他是如何地心儀嚴僑、欽羨胡適了，類此，他對彭明敏有所禮讚也就不足爲奇了。李敖期許他認爲最成材的台灣人——彭明敏——的是：

> 格於島國局面，台灣人本來像樣的、成材的就不多，我一直珍惜這樣的台灣人朋友，我希望他（彭明敏）變成台灣的胡適，做最有志氣、最有學問、最有高度教養的偉大知識分子。[66]

李敖連用「最有志氣、最有學問、最有高度教養」三個最高級來間接形容胡適的人格與氣度，這是很少見的，顯見，胡適不只是李敖心儀的「偶像」，更是李敖欽羨的「嘔象」——李敖「嘔」心瀝血而欲有所超越的對「象」。雖然，李敖於此把胡適捧得高高的，但是，話鋒一轉，他往往難掩其尖酸苛刻的一面，試看此一李敖式的感嘆：「國實無人，如胡適之老是賣老貨，殷海光也老是那一套，即可受歡迎，但他們又何其狹窄。」[67]又「唯美主義的李敖，豈胡適、殷海光等無藝術人生者所可及！」[68]「其實胡適又有什麼？所知並不很多。[69]（二十三歲）」；「努力已不在胡適式的，要走羅曼羅蘭的路。」[70]雖然，李敖不是胡適的嫡系弟子、註冊學生，但是，毋庸置疑的，李敖追隨的是胡適的腳步。在李敖追隨胡適腳步的過程中，我們看到李敖是如何的受到胡適的影響，又是如何的急於擺脫胡適的影響，焦慮的李敖，在矛盾中掙扎著。

---

64 同注⑥，頁十六—十七。
65 李敖說：「要找我佩服的人，我就照鏡子。」見李敖：《李敖快意恩仇錄》扉頁中第四張照片的說明，商周出版公司。
66 李敖：【李敖大全集】第二十冊《你不知道的彭明敏》，榮泉文化事業公司，頁七九。
67 同注㊽，頁十四。
68 同注㊽，頁十六。
69 同注㊺，頁六。
70 同注③，頁十。

三、理性的愛國主義者

政治觀

李敖像一個憂心忡忡的先知一樣，指出了何處是台灣的民主和平之道——「一國兩制」。①然而，這種智者的聲音，不但無人傾聽，反而被惡意攻擊。李敖就像古典希臘時期的蘇格拉底一樣，雖然指出了一條最適合人民利益的路線，但是，卻不受民眾青睞，蘇格拉底最後被人民審判處死，死前，他有機會越獄，但是，蘇格拉底不願意，他以死來捍衛自己的思想；而李敖，幸運地，沒有死在國民黨的「黑獄」中，並且，監獄的洗禮反而使他越來越無所懼，越來越像一個先知。就李敖的政治觀而言，我們可以稱之為「理性的愛國主義者」。何為理性?李敖說：「什麼是熱愛鄉土、什麼是共同打拚，有一個重要前題是正確地熱愛鄉土、正確地共同打拚，如果熱愛鄉土，共同打拚的方法錯誤，不但未愛鄉土，反而害了鄉土，愛之適足以害之。」②舉例而言，青年黨主席曾琦曾經提倡國家主義和愛國主義，胡適認為任何強烈的國家主義和民族主義只會使一個民族故步自封甚至引起民族之間的仇恨，所以，胡適寫文章批評曾琦。無可否認的，曾琦必是出於一片愛國的赤誠以及對人民的關懷，但是，曾琦並未思考過提倡國家主義和民族主義所隱藏的危機，這便是李敖所謂：

「如果熱愛鄉土，共同打拚的方法錯誤，不但未愛鄉土，反而害了鄉土，愛之適足以害之。」因此，自認睿智過人的李敖對於沈富雄說他不愛台灣的說法，覺得無法接受。李敖說：

> 沈富雄罵我不愛台灣，我現在把他罵回去。我在爲台灣打拚，在受苦、受難，和國民黨鬥爭時，沈富雄在美國；我把戰場清理了，把敵人消滅了，像陳唐山、彭明敏、蔡同榮、沈富雄他們才回來。他們沒有做裁判的資格，眞正愛台灣的是要以誰在台灣住得最久，一直連續住下去，才是愛台灣。③

---

①一國兩制就是在一個中國以下各自表述，台灣海峽兩岸五十年不變，有五十年的時間公平競爭。台大政治系教授石之瑜認爲：「李敖和議論他的人有個最大的不同，那就是，李敖覺得一國兩制的內容到底是什麼還不一定，所以人人可以想辦法在裡面塡自己喜歡的東西，而且早塡比晚塡好，把人家的空間先給占掉。議論他的人認爲，一國兩制是什麼已經很清楚，一言以蔽之，即大陸是中共，台灣是地方，地方向中央臣服，台灣沒有什麼可以發揮之處。」見石之瑜：〈李敖能詮釋一國兩制嗎？〉，《海峽評論》第一〇五期，一九九九年九月號；李敖網站：李敖訪談，http://www.leeao.com.tw/leevslain/tw5.html。

②董孟郎、劉永祥、羅如蘭、伍崇韜：〈李敖：維持兩岸和平　大陸終將民主〉。李敖網站：李敖新聞，http://www.leeao.com.tw/speculation/elec2000/01221.html。

③同注②。

雖然，我們很難苟同李敖為自己量身訂做的愛台灣標準，但是，敢犯眾顏的李敖對於沒有人敢提的「一國兩制」，卻敢高聲疾呼，其氣魄更甚於整個新黨，誠如李敖在電子報中所言：「耶穌說沒有先知在自己鄉土被接受，大陸是李敖的鄉土，但我不在其內；台灣是李敖的鄉土，但我被見於外，不過，對我來說，在內與見外，皆屬過眼雲煙，總歸中國是我的鄉土，在這鄉土上，大陸也好、台灣也罷，對我都是一樣，我的終極是在無何有之鄉、在廣漠之野、在中國與人類的歷史上定位。」④這「在中國與人類的歷史上定位」的表白，充分說出李敖的人生方向與野心，李敖眼中，其價值與思想毋需受縛於任何一時一地的裁判。接著，我們來看看李敖心目中的「一國兩制」究竟是如何的兩制法：

我最近被攻擊，是因為我提出一國兩制。一國兩制在台灣沒人敢提，包括新黨也不敢提。我主張的一國兩制是一個中國，兩岸各自表述，並未說一個中國是指中華人民共和國，或是中華民國。一國兩制是鄧小平提出的，是指在一個中國的前提下，兩岸在不同制度下，互相尊重，五十年不變，五十年後才決定中國如何統一；一國兩制是暫時性的。

這十年來，台灣花在國防和武器上的費用超過三萬六千億元，……如將這筆經費投入社會福利、環保、教育、原住民等建設，將是多麼龐大的經費！我們不能用擴充軍備解決兩岸的問題，這種國防政策使兩岸關係陷入緊張，消耗台灣的資源。⑤

在這段話中，李敖首先指出很多人都知道要熱愛自己的鄉土、要為自己的鄉土共同打拚，然而，熱愛自己的鄉土、爲自己的鄉土打拚的方式如果不對，那麼愛之適足以害之。證諸民進黨人士講的「台獨」，其實，也是一種愛台灣的方式，長久以來民進黨人士一直努力希望台灣有自己的「國格」，而不是強大中國的「附庸」，但是，此時此刻，由於國防實力相差懸殊，李敖認爲講「台獨」毋寧是挑起兩岸戰爭的導火線，戰火一起，豈不生民塗炭、百姓流離，那麼那些自認爲熱愛鄉土、要爲熱愛的鄉土一起打拚的民進黨人士，將如何面對這樣的局面呢？如何能自圓其說：「『台獨』是要爲人民謀求更大的福祉呢？而戰爭是『必要之惡』，等到戰爭一過之後，總會有『民主進步』的一天呢？」這些話，在戰後、人民骨肉離散之時，講來豈不特別諷刺？所以，一個錯的熱愛鄉土的方式，正足以陷整個民族於萬劫而不復，套句民進黨選戰名言：「有那麼嚴重嗎？」我們不禁要膽戰心驚的回答說：「是的，就有那麼嚴重！」

李敖在國民黨一黨獨大的時候，毅然做了一個「不合作主義者」，扒糞挖臭，志在闡述自己的思想，並且曾爲此先後做了兩次政治犯，但是李敖出獄後仍然無所懼，仍然照樣寫他的政論性文章，展現了一個知識分子不輕易妥協的風骨，這種硬漢作風，唯有在中國特立獨行的知識分子血液中才能找到，這種特立獨行的知識分子，一如「不畏浮雲遮望眼，自緣身在最高層」的王安石，一如「風簷展書讀，古道照顏色」的文天祥，志在追求千秋美名，而非百年安逸。史學涵養深厚的李敖，

④李敖電子報一九九九年十二月三十一日。http://www.leeao.com.tw/speculation/elec2000/01221.html。

⑤同注②。

當更能明白這其中的汗青奧義，因而，李敖選了一條普通人不願試足的道路。這條「不合作主義者」的道路，走來需要更大的勇氣與毅力，因爲，這條「不合作主義者」的道路，終點到底在哪裡，無人可以相告，因爲從沒有人走到路的盡頭；英雄的氣勢，是否可以無限延伸到路的盡頭；是一項殘酷的挑戰。然而，我們目睹了李敖，走在這條充滿荊棘的道路，卻依然面不改色，依然，談笑風生。我們見識到的這一位「不合作主義者」，在其與環境的艱苦搏鬥史中，是只聞其笑卻不見其淚的；那笑中的淚，流在你我同情與想像的夾縫裡。李敖的外表給人的感覺是狂放不羈的，但是骨子裡，卻是憂國憂民的。他希望兩岸可以在理性和平的基礎下對談，這其實也才是最有益全中華民族的生存之道。李敖主張「一國兩制」，其邏輯與理性至爲清楚：他認爲唯有「一國兩制」「能把老共拉過來，把槍放下，讓我們在談判桌上贏他們。在鄧小平的一國兩制裡，台灣可以到大陸做官，甚至做到國家副首長，我們甚至可以請中共的新疆幫我們解決核廢料的問題」。[6]這不傷一兵一卒的和平解決之道，正是李敖用心之所在，因爲李敖不希望看到血流成河的場面發生。況且，如果眞的實行「一國兩制」可以得到這麼多好處，我們又何樂而不爲呢？現在，爲了台灣的「國格」、「尊嚴」問題，無端端要挑起兩岸的戰火，東帝汶爲了獨立而戰，死了五分之一的人，如果台灣獨立也需要這麼多人以生命來換取，値得嗎？況且，這五分之一死亡的人口裡面，可能有你的爸爸、丈夫、兒子或親兄弟，那麼你還會認爲「國格」比這些人的生命更重要嗎？答案顯然很明白。

再者，如果兩岸處於敵對狀態，那麼，我們就得編列天文數字的國防預算。試看，在民生經濟困難的此時，我們仍不得不花一千六百億元購買六十架幻象戰機，而在幻象成軍不到三年的二〇〇三年的今天，卻已有幻象戰機因爲人爲或者機器本身的損害而掉下來了；即使這些戰機不掉下來，十年、二十年後，這些號稱「幻象」的戰機，不也只剩下廢鐵一堆嗎？屆時，「幻象」也只能「幻象」罷了，眞能改變些許歷史「眞相」嗎？這麼龐大的國防預算，最後也只換得「空軍博物館」多些陳列品罷了！

李敖的主張來自切身之痛，他爲了自己的理想付出了慘痛的代價，坐了兩次政治獄，不只朋友跑了，連女朋友也吹了。⑦即使如此，五十年來，李敖未曾離開過台灣一步，他說，若要比「以住在台灣最久的人爲最熱愛台灣的人」，李敖當然鰲頭獨占。當李敖把「戰場清理好了，把敵人消滅掉了」的時候，當年身在美國享受絕對自由的沈富雄，卻指李敖不愛台灣，難怪李敖會覺得沈富雄根本沒有資格罵他不愛台灣，更遑論是做「誰比較愛台灣」的裁判了。

話說回來，這十年來，台灣花了三萬六千億元的國防經費，而其目的，只是在防止同文同種的中國渡過台灣海峽。試想，如果把這些經費拿來投入社會福利、環保、教育、原住民建設等等，那麼台灣豈不很快就可以躋身「福利國」了！爲政者不思如何爲百姓尋求最大的福利，卻在「虛名」上爭長短，苦的是老百姓。然而，民眾對於這種政治上的處境，卻在上位者有意的操控與強力的宣導下很難對自己的困境有自知之明，就像余秋雨講的：

---

⑥陳嘉宏記錄整理：〈李敖：選出危險的人　台灣萬劫不復〉。《中國時報》第三版，二〇〇〇年三月五日；李敖網站：李敖新聞，http://www.leeao.com.tw/speculation/elec2000/03055.html。

⑦小蕾在李敖第一次入獄時黯然離開，離開時，李敖給小蕾十萬元，後將此情節寫入《上山・上山・愛》中。

學理的力量畢竟微弱，更大的教化來自於社會現實。一代又一代的兵荒馬亂構成了中國人心中的歷史，既然歷史的最粗輪廓由暴力來書寫，那麼暴力也就具有了最普及的合理性。中國文化在歷史面前常常處於一種追隨狀態和被動狀態，因此有很大一部分成了對暴力合理性的闡述和肯定。有些暴力確實具有懲惡揚善的正義起點，但很少有人警覺即便是正義的暴力也會失控於報復激情，沉醉於威懾慣性。在這種情況下，少數懷抱文明、固守冷靜的文化人就顯得特別孤獨無助。

曾經讀到過一位盲詩人悄悄吟詠的幾句詩：

殺人盈野復盈城，
誰挽天河洗甲兵？
而今舉國皆沉醉，
何處千秋翰墨林？

這位盲詩人就是陳寅恪先生。⑧

由於「一代又一代的兵荒馬亂構成了中國人心中的歷史，既然歷史的最粗輪廓由暴力來書寫，那麼暴力也就具有了最普及的合理性。」這足以說明，爲什麼中國人對於戰亂有那麼大的忍受力，百姓們雖對亂源不自知，然而歷史學家卻深知這樣的困境來自於統治者的權力欲望，所以陳寅恪有「殺人盈野復盈城，誰挽天河洗甲兵，而今舉國皆沉醉，何處千秋翰墨林」的嘆息，這是何等的大氣魄，又是多麼悲天憫人的人道關懷——到底有誰可以把天河挽下以洗甲兵，讓戰亂永遠平息呢？當全國都沉醉不醒的時候，我縱有千秋的學問，更與何人說？陳寅恪⑨是中國近代最傑出的歷史學家之一，他對於暴力所構成的中國文化，感到深深的嘆息，但是，就如同他殘弱的身體般，陳寅恪的嘆息聲竟也顯得如此無奈而低沉。然而，儘管陳寅恪嘆息的聲音是這樣的輕微，他寫的這首詩卻是對暴力最有力的控訴，同樣身爲歷史學家的李敖，和陳寅恪有相同的看法，他們都不願意看到戰亂，因爲戰亂是無意義的，戰亂只是統治者權力欲的爆發，得到利益的，永遠是在上位者，絕不是下層的百姓。李敖提出「一國兩制」以謀求兩岸的五十年和平，其實，正是這首詩的最佳寫照。陳寅恪在庚子兵敗之後，開始對政治冷感，自號「神州袖手人」，⑩但是李敖在歷經兩次政治獄之後，卻越挫越勇，終而使「李敖」二字成爲一個「不合作主義者」的代名詞。李敖表示：

---

⑧余秋雨：《霜冷長河》，時報文化出版公司，頁一七六—一七七。

⑨汪榮祖：《史家陳寅恪傳》，聯經出版事業公司，頁二七九—二八一。陳寅恪於一九四五年十月抵達倫敦求醫，主治醫師杜克艾爾德（Sir Stuward Duke-Elder）於一九四六年一月二十五日寫了一份報告書，大意是說，他不認爲進一步手術會有更好的成績，加上陳寅恪的身體又不好，醫師建議不應再行手術。所以，陳寅恪約在五十五（一九四五）、五十六歲時（一九四六）雙目失明。胡適說：「寅恪遺傳甚厚，讀書甚細心，功力甚精，爲我國史學界一大重鎮。今兩目都廢，眞是學術界的一大損失。」

⑩「庚子事變起，八國聯軍攻占北京，慈禧太后與光緒帝倉皇逃奔西安，舊日維新人士乘亂思動，想恢復光

大家都沒有從三國中得到教訓，暴虎馮河並非勇，國小民弱時，要想辦法謀求自存之道，而不是「七塊論」、「特殊國與國關係」、「夾擊論」等，「喊爽」而已。他說，今天台灣是要忍辱負重的「阿斗路線」，還是大家都死光光的「諸葛亮路線」？值得深思。⑪

一向自視爲天才的李敖，爲了台灣與中國的長治久安，竟要求人民走「阿斗路線」，而不走絕頂聰明的「諸葛亮路線」，這是一個值得我們深思的問題。具有豐厚歷史涵養的李敖，對歷史事件，一向有另類看法，不消說，阿斗的昏顢與奇計迭起的諸葛孔明是不可同日而語的，看過《三國演義》的讀者，一定心折於諸葛孔明的謀略，而感嘆於阿斗的無能，這是每個「三國迷」的共同心聲。而自視「世無雙出」的李敖，理應選擇絕頂聰明的「諸葛亮路線」，然而李敖因爲看到諸葛亮的「七擒孟獲」，雖然平定了南蠻，卻也造成蜀國的元氣大傷，不僅百姓死傷無計，諸葛亮自己也在這曠日費時的征戰中，消磨了歲月與智力，終於讓司馬家乘隙興起；諸葛亮雖然爲自己贏得了「鞠躬盡瘁，死而後已」的千古美名，但這難道不是杜甫筆下「一將功成萬骨枯」的寫照嗎？所以，李敖在這個節骨眼裡，要大家忍辱負重，不要學諸葛亮走「死而後已」的路線，這正是李敖「理性愛國主義者」的展現。李敖之所以會有這樣的認知，那是因爲李敖看到了：

台灣獨立建立在錯誤的觀念上，過去蔣介石、蔣經國時代灌輸民眾共產黨是「壞的、小的」的思想，認爲共產黨不會變好，認爲台灣可以打敗他們。但今天共產黨已經改變，大陸有台灣六十倍的人口，有核子武器，台灣獨立不是理論好不好的問題，是能否成功的問題。台獨會引起兩岸戰爭，而台灣沒有勝算，亞洲也會連帶動盪。李敖主張「一國兩制」，一國兩制對台灣最有利，可以保持兩岸五十年和平。⑫

緒實權，繼續推行新政，所謂勤王，最激烈的有唐才常的起事。從近年刊佈的〈陳三立與梁鼎芬密札〉看，三立亦曾積極參加勤王行動，全函如左：『讀報見電詞，乃知忠憤識力猶曩日也。今危迫極矣，以一弱敵八強，縱而千古，橫而萬國，無此理勢。若不投間抵隙，題外作文，度外舉事，洞其癥結，轉其樞紐，但爲按步就班，敷衍搪塞之計，形見勢絀，必歸淪胥，悔無及矣。竊意方今國脈民命，實懸於劉、張二督之舉措（劉已矣，猶冀張唱而劉可和也）。顧慮徘徊，稍縱即逝。獨居深念，詎不謂然。頃者：陶觀察之說詞，龍大令之書牘，伏希商及雪澄，斟酌擴充，竭令贊助。且由張以劫劉，以冀起死於萬一。精衛之填、杜鵑之血，盡於此紙，不復有云。節厂老弟密鑑，立頓首。六月十三日金陵發。周康燮：〈陳三立的勤王運動及其與唐才常自立會的關係——跋陳三立與梁鼎芬密札〉。《明報月刊》，九卷十期（一九七四年十月），頁六一—六三。』……光緒二十九年（一九〇三），清廷爲祝慈禧太后七十壽辰，戊戌黨人，除康、梁外，都恢復原官，但三立已無意仕進。後來，袁世凱入軍機，立憲運動漸興；三立雖素主維新改革，因識破袁氏的私心，雅不欲參加立憲運動。後又當選爲參政院議員，亦推卸不就，以致被人誤認爲反對立憲。自此，三立不再過問政治，自號「神州袖手人」。見汪榮祖：《史家陳寅恪傳》，聯經出版事業公司，頁十八—十九。

⑪江中明：〈李敖談謀略三國　以古喻今〉。《聯合報》第三版，一九九九年十二月二十六日；李敖網站：李敖新聞，http://www.leeao.com.tw/speculation/elec2000/12261.html。

如果兩岸眞的可以維持五十年的和平，這五十年的長治久安，難道不是中國歷史上少數連續五十年沒有戰亂的「太平盛世」嗎？爲什麼我們要放棄這難能可貴的機會？這就是李敖愛台灣的方式。李敖認爲，在這塊土地上，大家都可以以高分貝大聲說出自己有多愛台灣，然而一個錯誤的愛的方式，正足以陷台灣於萬劫而不復，這不是李敖願意看到的場面。在本土意識強烈的今天，「一國兩制」聽起來格外刺耳，這彷佛是又訂了一次「馬關條約」般的喪權辱國，只是這次的對象不是大和民族，而是同爲炎黃子孫的中華民族。然而，諷刺的是，雖說同爲炎黃子孫，李敖的「一國兩制」，依然難以獲得回響。先知的寂寞，往往無獨有偶，當年還在北大當教務長的胡適，有一次因爲左派和右派的學生發生衝突而出面調停，唯恐天下不亂的共產黨罵胡適是漢奸，「身爲教育家的胡適不疾不徐地說，『這屋子裡沒有漢奸，沒有任何一個人是漢奸。』我也要說，在台灣這塊土地上，沒有一個人不愛台灣，沒有一個人會出賣台灣。如果不正確地愛鄉土，不正確地共同打拚，就是害台灣。」[13]李敖援引胡適面對國共衝突的親身經歷，一語點破了統獨爭議的旨趣。幾乎「言必稱胡適」的李敖，直到了「行亦隨之」的地步，同樣展現其「理性愛國主義者」的政治觀。

李敖要把他這種思想傳給島上的每一個人，「早在去年（一九九九）八月，新黨徵召李敖參選之前，李敖就先聲明了不拜票、不設競選總部、不花一毛錢的基本原則，『我是思想家，要打的是一場改造思想的選戰，才不跟那些笨蛋玩一樣的笨方法。』」[14]李敖還指出，「今日局面已非哪個候選人勝敗問題，而是整個島上人存亡問題。」[15]我們看到李敖在兩千年的總統大選當中，宣揚理念、揭發弊端，實已爲台灣的選舉文化注入一股清流。李敖當然知道自己選不上兩千年的中華民國總統——他也不稀罕當選總統，[16]但是李敖卻亟欲利用此一機會，宣揚自己的理念，因爲李敖已經被壓抑夠久了，他的書被查禁的有九十六本之多，[17]已破了金氏世界紀錄，就連他被提名諾貝爾文學獎的消息，各大報也僅以一小篇幅來報導，有些報紙甚至置之不理，一個篇幅也沒有，所以，他更需要藉

---

⑫凌珮君報導：〈保護台灣　讓國民黨下台〉。《聯合報》第四版，二〇〇〇年三月十五日；李敖網站：李敖新聞，http://www.leeao.com.tw/speculation/elec2000/03153.html。

⑬同注②。參考李敖：【李敖大全集】第十八冊《胡適與我》，頁九十七；李敖網站：李敖新聞，http://www.leeao.com.tw/speculation/elec2000/03153.html。

⑭黃逸華：〈李敖如玩家家酒　輕鬆打　等著五組同台辯論　讓他們知道什麼叫「老李飛刀」〉。《中時晚報》第三版，二〇〇〇年二月十九日；李敖網站：李敖新聞，http://www.leeao.com.tw/speculation/elec2000/02195.html。

⑮陳鵬宇、劉建宏報導：〈趙少康：不願意過問　扁陣營：利弊難評估　李敖：佩服李慶華〉。《勁報》N三版，二〇〇〇年三月十七日。

⑯「我要語重心長地告訴你們，投李敖是最好的，可是我不稀罕你們投我，因爲我人在台灣，心在全世界，台灣對我太小了。我今天在這裡臨別贈言，想起中國古代詩人陸放翁的一句詩，他說：『尊前作劇莫相笑，我死諸君思此狂。』我在你們面前開玩笑，你不要笑我，我死了，你們會想起在台灣有這麼一號人物，一路走來，始終如一，他在你們面前，講了眞話，指引你們一個方向，讓你們知道，什麼是光明。」見凌珮君、張家樂報導：〈李敖：勿選國民黨和帶來危險的人〉。《聯合報》第三版，二〇〇〇年三月十三日；李敖網站：李敖新聞，http://www.leeao.com.tw/speculation/elec2000/031314.html。

⑰李敖：《李敖回憶錄》，商周出版公司，頁四一二。

總統大選來宣揚自己的理念。

由於熱愛台灣之因素使然，李敖對於所有危害台灣的人、事、物都很難忍受：

李敖指因台電與對岸祕密協商處理核廢料，使台灣損失約九百億元至一千五百億元，若能公開談判，台灣只要花運費的錢就可以處理蘭嶼核廢料。⑱

這就是李敖一邊告吳大猷，一邊又對他讚美有加的原因了：

李敖指昨天去世的前中研院院長吳大猷，原是他的被告；但吳大猷死了，他要向吳表示讚美。因爲吳大猷寧可得罪當道蔣介石，但堅持眞理反對發展核彈，因爲吳大猷知道核彈會害台灣。⑲

由李敖對吳大猷的的批評與讚賞，我們可以知道李敖的批評不限於國防，實已包括所有民生經濟，這是一向被視爲離經叛道的李敖一貫深切的儒者關懷。

思想觀

如果我們把李敖和清朝學者龔自珍做一比較，可以發現有許多相似處：

龔自珍在當日的讀書人裡，危機意識最高，不但關心天下大事，而且注意海陸邊防，尤其致力於蒙古及新疆的地理。他最聞名的兩篇論邊務的文章，是〈西域置行省議〉和〈東南罷番舶議〉。……憂帝國主義對沿海各地的經濟侵略，會用鴉片及奢侈貨品換去白銀。前面的一篇建議把華北及江北的人移徙西北，去開發守邊；其中經濟及國防的卓越先見，後來大半得以實施，極受李鴻章的推崇。此外龔定庵論述西北邊情的文章還有很多，例如〈上國史館總裁提調總纂書〉一文中，論回教與耶穌教之異，就十分有趣。自珍的學問博而雜，在當時固然遠非時輩所及……⑳

李敖和龔自珍都是智勇過人的鬥士，清朝的龔自珍呼籲朝廷應該對來自邊境的俄國與海上的英法強權有所防範，事實證明龔自珍的先知先覺比歷史早了五十年；今天，李敖在台灣提出「一國兩制」的看法，恰巧也是五十年的距離。五十年很快就過了，我們將可以知道李敖的預言是否實現。

⑱見凌珮君、張家樂報導：〈李敖：祕密協商　台灣損失千億〉。《聯合報》第三版，二〇〇〇年三月十三日；李敖網站：李敖新聞，http://www.leeao.com.tw/speculation/elec2000/031314.html。

⑲凌珮君報導：〈李敖：不是輪替是要國民黨下台〉。《聯合報》第三版，二〇〇〇年三月五日；李敖網站：李敖新聞，http://www.leeao.com.tw/speculation/elec2000/03056.html。

⑳余光中：《藍墨水的下游》，九歌出版社，頁一六四—一六五。

龔自珍對於百姓的關懷也具有儒者的關切，龔自珍在《己亥雜詩》之八十三寫漕糧北運，運到黃河與運河交接處時，因水位落差過大，船隻無法自然前進，只好以縴夫拉動，而每一運漕船約需十幾個縴夫才拉得動，仔細算算竟然有一千多艘運漕船準備渡過此河，那麼豈不正有一萬多人辛苦的拉縴嗎？龔自珍在萬籟俱寂之午夜時分，聽到縴夫節奏高亢的邪許聲，不禁為之淚下，因而作了一首詩：

只籌一纜十夫多，細算千艘渡此河。
我亦曾糜太倉粟，夜聞邪許淚滂沱。㉑

除了為縴者落淚，龔自珍也為農民慨嘆：

不論鹽鐵不籌河，獨倚東南涕淚多。
國賦三升民一斗，屠牛那不勝栽禾？㉒

我們可以從詩句中，體會出龔自珍深切的「儒者的關切」的一面。李敖「軍中樂園」為營妓請命；「工人崇拜者李敖」；「義助慰安婦者李敖」……正體現著他傳統儒者的一面，雖然他是一個坐上馬桶便感覺一屁股全盤西化的人，㉓雖然他是傳統下的獨白者，雖然他不遺餘力地批判他獨白之下的傳統，他——一如龔自珍——並未喪失傳統「儒者的關切」：

定庵治學雖廣，主要卻在通經致用。對內他主張變法革新，唯才是用；對外他建議以邊安邊，足兵足食。鴉片、科舉、纏足、迷信、虛禮等等，都是他大力抨擊的東西。㉔

粉碎「鴉片、科舉、纏足、迷信、虛禮」不正是李敖一生胸懷之所繫嗎？鴉片揭示中國之挨打與挨餓問題，李敖爲了避免此一難題，所以，主張「一國兩制」，解決兩岸統獨之難題。爲了反對科舉，李敖中學時自動休學，研究所又故計重施，李敖對教育與聯考的批評，詳見本書第三章第一節：「笑＝效」的教育哲學。

「足」的大小是古代女人美醜的判斷標準，李敖對女性主義之批判、貞操問題、中國人的王八情結、大學生同居運動、自由戀愛、健康離婚、宋代婚姻與離婚問題之探討（李敖大學畢業之論文——

㉑同注⑳，頁二三六。

㉒同注⑳，頁二三七。

㉓「（看守所）住的方面最有特色的是馬桶。每個馬桶上面，都沒有馬桶蓋，大便要直接坐下去，冬天時候，一坐上去，就像在屁股上套個大冰圈，我名之曰『套冰圈』，大便完了，起身時要小心，因爲皮膚已與馬桶有黏接現象，要慢慢站起，才不會痛。大便時候，整個屁股十足有『全盤西化』之感。」同注⑰，頁三七七。

㉔同注⑳，頁二三七。

《夫妻同體主義下的宋代婚姻的無效撤銷解消及其效力與手續》)、《中國性研究》、殉情的嚮往、冥婚的批判、在做愛中死去的第一志願死法㉕、軍中樂園爲營妓請命、二百萬義賣義助慰安婦、對母親的孝順與養生送死、《李敖情詩集》、情歌〈忘了我是誰〉等等，李敖對女性問題的關心層面較龔自珍提升了不少：從龔氏的纏足「腳丫子」一路提升到小腿、大腿、神祕的「百慕達三角洲」、腰、胸、腦、臉、眼、眉等等，以及女人個人與其民族的「尊嚴」——慰安婦問題及中日歷史之濃縮。

爲了破除迷信——李敖寫下〈張天師可以歇歇了！〉、《中國命研究》等等。爲了表示對虛禮的藐視——李敖寫下〈老年人與棒子〉，有爲青年李敖之棒喝台灣的老年人，長幼之間的傳統虛禮也告粉碎。

中學時父親過世，李敖演出「雖千萬人，吾往矣」之喪禮改革：不磕頭、不掉淚、不燒冥紙——孝子既不當哭人，更不當哭鬼，儼然胡適〈喪禮改革〉之小實踐家，足見其早熟、大氣魄、特立獨行、思想獨立、知行合一，這場早年個人秀的喪禮改革一直是他一生中所津津樂道的——選完二○○○年台灣的總統大選後，他也以一貫的態度處理了他母親的喪禮。而更前衛、先進的還在後頭——他個人的喪禮，一場「死無葬身之地」的喪禮：沒有了墳墓，沒有了靈骨塔，甚至連骨灰都沒有了，無灰可撒，只是吊在臺大骨科當標本，而全身所有可用的器官全已簽字捐出，可謂「屍骨無存葬人體，喪鐘敲響生之頌」。

正如前清大儒龔自珍，李敖固然生就一副叛逆反骨的風貌，李敖卻也不乏其傳統儒者的一面。柳亞子在〈論詩三絕句：定庵集〉一詩中讚定庵道：

三百年來第一流，飛仙劍俠古無儔。
只愁辜負靈簫㉖意，北駕南艤到白頭。㉗

由這首詩中，我們可以看見龔自珍的關注所在，除了在政治邊防和百姓關懷上，在愛情的國度裡，龔自珍也是不遑多讓的，甚而是不理會社會尺度的。

李敖的男女關係亦復如此，「並不理會社會的尺度」，從大學生同居運動起，一生有五次與妓女發生關係，並與兩位有夫之婦有染（汝青和一個不認識的流氓太太）……㉘除了「道義」與「美醜」原則外，李敖的性以愛情、自由、兩相歡爲圭臬，右眼既無「海枯石爛」，左眼亦睥睨「結婚證書」。

㉕我不知道我怎麼死，是什麼死相，但最嚮往的，其唯阿提拉（Attila the Hun）式乎？阿提拉是五世紀時的匈奴王，武功所及，包括了大部分中歐和東歐。此公外號「上帝之鞭」（Scourge of God）其凶悍可想。但其死也，不死於沙場，卻死於與德國少女依爾娣蔻（Ildico）花燭之夜，性交高潮中，女方欲仙欲死，男方卻眞仙眞死矣！……這是我最嚮往的一種死法。見【李敖大全集】第十四冊《中國命研究》，榮泉文化事業公司，頁一四八。

㉖靈簫是清江浦的妓女。龔自珍須在南船北馬往來途中，才能見到他的情人。

㉗同注⑳，頁二五六。

㉘參考蔡漢勳編著：《文化頑童‧李敖：李敖被忽視的另一面》，大村文化出版公司，頁九五。

大陸民運人士王丹說：

台灣知識分子歷來就有介入社會的傳統，從殷海光到陳映眞，主流趨勢都是不迴避對社會重大事務發表自己的見解。知識分子從天性上講，就容易成爲反對派，尤其與極權制度不相容……從書齋走上官場，對李敖而言可能是一場遊戲……受中國傳統文化影響的士大夫階層沒有多少個眞正「隱逸之士」，他們自覺或不自覺地把自己的命運與價值放在社會與群體的大背景下，力求個人價值與群體福祉的雙重實現，並痛苦地徘徊於其中，這種氣質對他們而言足稱「悲劇」，對社會而言則是幸運。㉙

我們的社會因爲有李敖這個「不合作主義者」變得活力十足，也因爲有李敖這個「愛國主義者」讓我們更清楚自己國家的走向，就像王丹說的，李敖「自覺或不自覺地把自己的命運與價値觀放在社會與群體的大背景下，力求個人價値與群體福祉的雙重實現，並痛苦地徘徊於其中。」李敖最愛舉陸放翁的詩「尊前作劇莫相笑，我死諸君思此狂」來爲自己作注解，我們何其幸運的擁有李敖這種敢說敢做、不計得失的智者、狂者；然而，我們的社會又何其故意漠視李敖的成就，等到有一天，李敖死了，我們恐怕會像陸放翁爲自己作的預言一樣：想李敖想得發瘋呢！

清朝的學者，面對洋人的船堅砲利，提出的解決方式是「中學爲體，西學爲用」，他們的主張並未使中國強盛，清朝以滅亡收場。時序來到了胡適的民國，胡適與蔣廷黻在辯論中國思想的趨向時，胡適獨排眾議，認爲應該「全盤西化」，這條道路是否可行還在實驗當中。胡適要求「全盤西化」

並非隨口講講而已，胡適與李敖是在傳統的泥淖裡，扎根最深的文人，但是在開枝吐葉之後，綻放的花朵，卻是西方的鬱金香。這頗値得玩味，李敖說：

如果我沒有看過右派的左派的或是國粹派的書，而只看過你的書，受你深刻的影響，那不是一件奇怪的事，可是當我在右派的書堆裡打過滾，在左派的遠景裡作過夢，又在國粹派的本位論底下受過歡迎以後轉而拿起《胡適文存》，這該是一件很有味的事。就老一輩的人說，在中國，沒有第二個人能帶給我這麼大的變化，使我在迷亂裡面，放棄了舊有的道路——那些使我著迷了好多年的老路。㉚

中國的知識分子，總是在時代的十字路口，辯論國家未來的走向，這是知識分子責無旁貸的使命感。李敖最後選擇了胡適所走的「全盤西化」這條路，在台灣這個彈丸之地，承續這種使命感，李敖這位中國文化思想趨向的探險家，爲了解謎，甘願去做一個戰士，即使這位戰士，是「一夫當關」，卻也常叫敵人「萬夫莫敵」，因爲這個戰士正如海明威所言，是「可以被摧毀，卻不可以被打敗」的。李敖說：

㉙王丹：〈政途上的「三秋樹」與「二月花」——龍應台出山與李敖競選〉。收於《明報月刊》第四〇六期，一九九九年十月號。

㉚同注㉘，頁七六。

眞正肯爲中國文化思想趨向求答案的人，他們必定願意做一個戰士，去打幾場漂亮的仗，乃至準備打一場勃朗寧（Robert Browning）所謂的「最好的又最後的」（The best and the last）一場仗。他們可能被暫時封住嘴、鎖住腿，可是他們永遠不會失敗或死亡——這樣的戰士不會失敗，十字架上的人物不會死亡。……舊時代的知識分子們老是想從政治著手，靠著傳統和既成勢力，作著「得君行道」「代聖人立言」的迷夢；新時代的知識分子們卻不這樣，他們封還了高官巨黨，不怕孤獨的走向社會改革的長途。在路的兩邊，他們散播眞正西方的花種，花種名目是「科學」、「民主」、「現代化」。這些種子不來自東方，兩千五百年的中國歷史裡不曾有它，一十五年的紅色大陸裡也不會有它，它的眞正溫床是在這大洋中的孤島，它的眞正花匠是我們這一代的孽子孤臣。兩千五百年來從沒有過的果實，我們要它從我們的手裡連根長起。「悠然見南山」的季節還早著哩！現在的時候，只是播種與春耕。㉛

舊時代的知識分子，如王安石、康有爲們，認爲只要「得君行道」，透過君主的支持，便可以將中國帶到富強的顚峰；顯然地，歷史以慘痛的代價告訴他們這是一條錯誤的路。於是，新時代的知識分子，選擇另一條路，他們不怕在社會改革的長途上孤軍奮戰，並且在爭戰四起之路的兩旁種下名爲「科學」、「民主」、「現代化」的花種，他們不僅是戰士，更是辛勤的園丁。

「科學」、「民主」、「現代化」是新一代的知識分子突破重重迷霧之後看到的方向。

就「科學」一點來分析，李敖可以說是一個擁有科學頭腦的人文學者，毋庸置疑的，歷史學家對歷史抽絲剝繭，還原出事件的原貌，需要高度的組織與邏輯能力。例如，胡適自稱尚未盡讀《紅樓夢》一書，卻能指出一些紅學專家（例如蔡元培）的謬誤論證。

科學不僅是一種精神，更是一種方法。李敖小時候就擁有了自己專屬的「李敖實驗室」，要不是後來實驗室的經費無從爲繼，李敖可能會成爲一個科學家。但是，命運畢竟引領他進入歷史的地域了，李敖最後成爲一個優秀的歷史學家，文壇也因此多了一位重量級的人物。

李敖在國小六年級的時候，當上了北平新鮮胡同小學的圖書館館長，這對李敖後來的人生也形成了關鍵性的影響。我們可以看到李敖的書籍分類清楚，哪一本書置於何處，他完全瞭若指掌。其實，圖書的管理也是另一種形式的科學方法，如果不以科學的方法來分門別類，而只以頭腦死記，那麼我們如何能在整棟圖書館裡迅速找到我們要的書籍呢？李敖因爲深知科學的方法是重要的，所以，他在家裡擺就了多台影印機，隨時影印拷貝，並且，李敖擁有多張大桌子，每一張大桌子上面及四周放置的就是一個研究主題的文獻文物資料，李敖就是以這種科學的方法來從事學術研究。因爲李敖看到了科學將帶給傳統學術研究一個新的視野。

民國初年，「民主」與「集權」有不同的擁護者。蔣廷黻要走的路線是集權專制，因爲他們看到列強太強、而中國太弱了，他們不想再等了，他們希望中國可以一躍而起不要再淪爲刀下俎，即便以民主、以生命爲代價，他們也在所不惜。

集權的優點是高效能，但是，先決條件需要有個有能力的領導者，如果不幸擁有一個無能的領

㉛李敖：【李敖大全集】第二冊《爲中國思想趨向求答案》，榮泉文化事業公司，頁四—五。

導者，或者是繼起的領導者是無能的，那麼整個國家的走向便岌岌可危。有誰能保證我們可以一而再、再而三的選出優秀的領導者呢？所以，胡適要走的是較長遠的路，雖然這條民主的路，耗時較長，收效較低，但卻是一步一腳印，成長雖緩慢，卻無「揠苗助長」之虞。

李敖一貫的主張是「眞正第一流知識分子影響政治而不涉足政治，我期望的彭先生和我一樣潔身自愛卻戰鬥不衰。」[32]所以，李敖對彭明敏回台競選一九九六年的總統，頗不以爲然，李敖說：

> 彭先生結束了二十二年又十個月的海外流亡生活，但也結束了他眞正該走的路和該守護的「晚節」，那就是以獨來獨往的偉大知識分子的地位，思想上領導群倫，鞭策政治的黑暗而不捲入政治的齷齪，像提拔他的胡適先生一樣。[33]

由於對政治的不屑，也因爲是一個歷史學家的身分，所以，李敖要走的路一直是千秋萬歲的路，所以，李敖希望自己可以成爲一個偉大的知識分子，並且李敖也一直朝這個目標努力，那麼知識分子的定義究竟爲何？根據楊國樞先生於一九九八年十二月十二日在誠品書店的演講題目：〈知識分子與社會良知〉。李敖認爲楊國樞定的「知識分子」標準，只有他適合，現在讓我們來看看楊國樞的「知識分子」標準爲何。

先談什麼是知識分子。這個詞彙最先來自俄國的intellectsia，這些人非常關心政治經濟、社會文化或思想層面等等社會大眾的問題，甚至參與革命的行動。西方社會歷代以來也有許多知識分子，他們超越了個人專業本行的領域，關懷社會大眾、民族發展以及社會思想演變的走向；

爲一個社會的政治、經濟、文化及教育發展提供理想；對社會的發展產生非常巨大的指引、催促、批判、支援的作用。西方政治、社會、文化的快速發展，跟相當數量的知識分子非常有關。㉞

李敖認爲楊國樞的「知識分子」定義，只有他一人符合，而楊國樞的「知識分子」定義是「非常關心政治經濟、社會文化或思想層面等等社會大眾的問題，甚至參與革命的行動。」這些定義拿來套在李敖的身上，果然是非常符合，我們看到了李敖政治上的主張、對文化的傳承與批判，更看到了李敖爲民眾進行的思想改造，李敖甚至願意親自去當一個革命家，爲此而兩次入獄，卻甘之如飴，並且越挫越勇。一個社會確實是需要更多的知識分子，才能讓社會更加進步，因爲知識分子爲人民提供了一個理想國的典範，並且「對社會的發展產生非常巨大的指引、催促、批判、支援的作用。」證諸李敖爲台灣所做的一切，他確實極爲符合楊氏所定義的「知識分子」；雖然，他的「唯一符合」勢必引起諸多抗議。在此，我們看到了李敖如何爲自己「蓋棺論定」，這樣的「論定」法，依然，充滿李氏獨家的傲岸風格。

㉜李敖：【李敖大全集】第二十冊《你不知道的彭明敏》，榮泉文化事業公司，頁七○。
㉝同注㉜，頁七一。
㉞李敖：《李遠哲的眞面目》，李敖出版社，頁一四四。

第三章　李敖的語言哲學

五四倒影見啓蒙　文化沙漠響駝鈴

一、「笑＝效」的教育哲學

李敖在競選總統時，因爲對於大家關心的教育相關政見及批判太少，只有「教育不能無趣」[1]的政見獲得肯定，所以，被由三十餘個民間團體組成的「選教育當總統行動連線」評爲「五個E」，敬陪末座，李敖因此大爲光火。

李敖認爲教育的目的在讓小孩活得快樂，過得有趣，而他的政見「教育不能無趣」，實已涵蓋所有教育政策，是爲最高準則。所以李敖對「選教育當總統行動連線」火冒三丈，準備告「選教育當總統行動連線」毀謗及違反選罷法。

話說回來，李敖之所以只堅持「教育不能無趣」是其來有自的。李敖的教育主張都收錄在《洗你的腦，掐他的脖子》一書中，李敖說：

> 一九七五年美國國家教育協會（NEA, National Education Association）就提出「教育專業倫理守則」（Code of Ethics of the Education Profession），其中以近乎冗贅的文字，反覆提醒不得無故限制學生獨立追求學問的行動。廣義的說，反過來說，施教本身，一旦對學生獨立追求學問的可能予以限制時，這種教育，就出了問題。而在根本上，任何無趣的教育，都是限制學

生獨立追求的基因。今天教育的最大問題是教科書內容的無趣，啓發不出來獨立追求的果實，塡鴨式考試更是扼殺的殺手，因此造成教育的失敗。補救之道，必須先推開不切實際的教育部式、李遠哲式的教改計畫，鎖定「教育不能無趣」的重點，予以重點著力。一個例子值得我們深思：台灣出了一位天文學的天才陳培堃，他從小到大，就是要發展獨立追求學問的行動，他擺脫了正統的教育與學校，自己依照個人興趣，走向天文學的研究。……陳培堃這個成功的例子，充分顯示了發展個人興趣的重要，也反諷了學校教育的無能。陳培堃的書，包括《PK天文遊記》、《和星星做朋友——小飛俠星座專輯》、《星空下的彼得潘》等等，試想教科書如果這樣陳培堃式的趣味化起來，學生的求知興趣，還愁培養不起來嗎？那些汗牛充棟的教育部式、李遠哲式的教改計畫，豈不多是隔靴搔癢嗎？②

李敖舉陳培堃的例子，反諷學校教育的無能。由於學校教育太過塡鴨式，只會製造「考試機器」，對於學生「獨立思考」能力的培養卻貧血得厲害，所以，李敖以陳培堃擺脫正統教育爲例，說明發展個人興趣的重要。另外，陳培堃這種充滿「趣味化」的書名，正是啓發學生學習興趣的重要指標，這種「教育不能無趣」的政見，才是「對症下藥」的萬靈丹，而不是「隔靴搔癢」的空包彈。

李敖不只舉例反諷學校教育的無能，他自己更是個力行者。李敖在〈十三年和十三月〉中自述身世的時候講到，他在台中一中讀高三的時候，突然不想接受學校教育，於是，由爸爸幫他辦休學，在家裡養了一年的「浩然正氣」。就讀台大歷史研究所二年級的時候，又辦了一次休學，從此退出學院，以個人力量研究學術，開始當一個政府的「不合作主義者」；開始以他特有的「文風」吸引廣大讀者的青睞。

從這裡，我們可以清楚知道，李敖面對大眾時，他的要求是要提高閱聽者的興趣，也正因爲如此，所以，李敖常常在行文中以一種諧謔的、百無禁忌的語詞來表達自己的想法。而「教育不能無趣」的想法，也就貫穿到李敖的整個行文方式了。③

李敖在台北工作室接受楊瀾的專訪時，④楊瀾問李敖對於很多人把「橫眉冷對千夫指」的魯迅，拿來跟他對比有什麼看法，自信滿滿的李敖當然覺得魯迅無法跟他比。⑤

---

①陳建宏報導：〈評斷不公　李敖要告教改團體〉。《勁報》N三版，二〇〇〇年二月二十九日；李敖網站：李敖新聞，http://www.leeao.com.tw/speculation/elec2000/02296.html。

②李敖：《洗你的腦，掐他的脖子：李敖總統挑戰書》，商周出版公司，頁二二—二三。

③李敖雖然認爲，說話、行文必須要有趣，但是他對生活上的要求則未必如此，所以當有人問李敖：「你不覺得寂寞嗎？」李敖回答：「我是很寂寞。所以我才覺得一個人過（日子）反而最強。我覺得最強的，是一個人在牢裡，最強悍的時候。我現在也很強，朋友婚喪喜慶一概不參加，吃喝嫖賭、打牌、喝咖啡、喝茶、喝冰水，我都沒有。我的生活非常無趣單調，我是個工作狂。」同注②，頁一一七。

④「楊瀾原是北京中央電視台的王牌主持人，赴美留學後，一年多前（一九九八）到香港加入鳳凰衛視，開設「楊瀾工作室」節目，專訪各地有代表性的人物。」同注②，頁一一三。

⑤李敖說：「我寫的【李敖大全集】目前已出到四十本了，這麼厚的每本三十六萬字，比魯迅已經多了一倍。」同注②，頁一一四。

我想旁人之所以會把魯迅拿來跟李敖相比，基本上，是因為旁人對李敖的語言哲學了解不夠深。也因為對李敖的語言哲學了解不夠深，所以，這些人搞錯了方向；李敖「橫眉冷對」的是那些享高官厚祿的大官員或是戴面具的假道學，或是任何你想得出來的僞君子，絕對不是李敖所關心的普羅大眾。所以李敖也為自己辯駁說：「我從來不太橫眉冷對，其實我是笑嘻嘻的，我可能是個笑面虎，不是（魯迅）那個得了肺病要斷氣的樣子。」⑥這個「笑嘻嘻的」形象，⑦其實就是李敖最好的描摹，我們可以很清楚的看到，李敖出現的場合裡，不管是電視上，或是演講廳，李敖總是笑容可掬，絕不是一副凶神惡煞的冷面孔，因為李敖有意識地要把文章寫得教

所有受苦受難的人能看得懂又不看得睏；我希望，他們透過這本書，來了解中國；也透過這本書，來了解自己。不論是販夫走卒，不論是孤兒神女，不論是白日苦工或黑獄亡魂，他們都是受苦受難的中國人，他們是中國的生命，他們是眞的中國。⑧

既然，這些販夫走卒、孤兒神女、白日苦工、黑獄亡魂，在白天已耗盡勞力謀求溫飽，那麼，如果李敖的文章無趣，這些人豈不是看沒幾頁就去夢周公了，這絕非李敖的本意，所以，李敖力求文章簡明可讀，正所謂「我手寫我口」，⑨除此之外，還加上類似綜藝節目主持人「一跤絆到邏輯外」⑩的語言風格。

李敖的文風一直朝著「大眾化第一」⑪努力，所以他對詩作「老嫗能解」的白居易，也就稱讚有加。李敖說：

白居易是唐朝創作最豐富的詩人，寫詩三千首。他限定詩要能「老嫗能解」（老太太都要能聽得懂），他的詩，當時流傳各地，很受歡迎。有的妓女甚至以會背〈長恨歌〉而增加身價。他自「長安抵江西，三四千里，凡鄉校佛寺，逆旅行舟之中」，往往見到有題他詩的、背他詩的各階層人士。白居易的受人歡迎，由此可見。⑫

---

⑥同注②，頁一一八。

⑦「很多人說李敖這個、很多人說李敖那個，但有一點，人很少說，那就是我在認眞以外，喜歡玩世、喜歡戲謔、喜歡惡作劇那一面。」見李敖：【李敖大全集】第十五冊《李敖書信集》，頁一二三。李敖說：「我的模樣其實很平凡，看我模樣絕對看不出我是這麼厲害的人，此『眞人不露相』者耶。」見李敖：【李敖大全集】第十九冊《李敖隨寫錄前集》，榮泉文化事業公司，頁一五一。

⑧李敖：〈快看《獨白下的傳統》〉。收於李敖：《獨白下的傳統》序文，桂冠圖書公司，頁十七。

⑨李敖：《李敖回憶錄》，商周出版公司，頁四一一。

⑩余光中譯：《不可兒戲》序，大地出版社，頁一。

⑪「Popular!Durant 使哲學書銷路增加百分之兩百，我此後痛恨與『人』脫節的學者們及知識分子，今之學者不會爲文，何能動人？既無感情，又無力量，一文皆不能卒讀。」見李敖：【李敖大全集】第五冊《大學後期日記乙集》，頁九九。

⑫李敖：《要把金針度與人》，商周出版公司，頁三四四——三四五。

連文盲老婦也能了解，連青樓妓女也能背誦，這正是李敖寫書的南針。這種受到各階層的人士所歡迎的境界，並且對實際生活有所影響的創作，正是李敖所要走的路線——大眾化路線。

一向自信滿滿、沒有崇拜者的李敖[13]，有一次收到一位工人寫來的信，信的內容大約是說，他很崇拜李敖，也很想看李敖的書，但是，因爲李敖的書太貴了，他買不起。於是，李敖就把書以很高的折扣，賣給這位工人，並且在其所覆之信末寫上「工人崇拜者——李敖」。[14]從這件事，我們可以看到，李敖並非無時不刻地崇拜自己，他更崇拜的是在汗水中默默付出的勞動者。在此，我們看到了李敖慈悲、慷慨、謙虛的一面。不過，既弔詭又遺憾的是，李敖立志要在「語言」風格上走大眾化的路線，然而，其實正是語言上的隔閡，[15]終使李敖無法深入影響他所關懷的中下階層。

除了文章要有趣以提高閱讀效果，「就連出馬競選總統，李敖仍然不改其笑罵中見眞章的個性，身爲總統候選人，他依然隨性的嘻罵葉金鳳等人。」[16]不過，依據林語堂的看法，「罵人是保持學者自身尊嚴，不罵人時才是眞正丟盡了學者的人格，凡是有獨立思想，有誠意私見的人，都免不了要涉及罵人。」[17]正因李敖太堅持絕對的正義，太具獨立思想，是以，凡在他的標準下不合格的，都難逃他的砲火。

李敖罵人無算，有人甚至以「瘋狗」譏之；[18]然而，以幽默大師林語堂的罵人哲學看來，李敖一貫的罵人堅持毋寧爲其「獨立思想」與「誠意私見」的大鳴大放。有些本土派人士抱怨李敖五十年來「吃台灣米、喝台灣水」卻老愛罵台灣人，李敖的回答很絕，他說：「我哪是特別愛罵台灣人，我李敖公平得很，你去看看，有哪一省人我李敖不罵的？」[19]一旦開筆幾乎少不了開罵的李敖，得罪了不少要人，甚至砲轟國民黨，以致身繫囹圄，出獄之後，更無視於顏回「不貳過」之古訓，再來個及身而絕的「二進宮」，成就了一位當代中國的不合作主義者——一位與當朝權威政治頑強頡頏的「大坐牢家」。

深入「考據」李敖罵人的慣性，我們不難發現他「罵人的固執」實源自他「追求眞相」、「堅持是非」、「得理不饒人」的人生原則，李敖的「被告朋友」郁慕明在《高手過招：郁慕明笑談九大政

---

⑬李敖說：「要找我佩服的人，我就照鏡子。」李敖：《李敖快意恩仇錄》扉頁中第四張照片的說明。

⑭「俊郎先生：

你信上問買《中國歷史演義全集》會不會上當，我認爲，凡是會看書會用書的人，沒有書能使他上當。你說你是「一名工人」，想分期付款，我特別轉請遠流的王洪文先生給你特別折扣——如果你不怕上當的話。

工人崇拜者　李敖　一九七九年十月八日」

見李敖：【李敖大全集】第三十冊《李敖書翰集》，榮泉文化事業公司，頁九九。

⑮李敖只會講他的母語——北京話，而台灣的工人卻大都以閩南、客家或原住民語爲母語，所以，李敖的書，很難打進中下階層。本論文第五章第三節：古典對仗的延伸，有深入評論。

⑯同注②，頁一四四。

⑰林太乙：《林語堂傳》，聯經出版事業公司，頁六七。

⑱同注⑨，頁四三四。

⑲李敖：「笑傲江湖」電視節目，一九九六年二月十三日。

治明星》中有著相同的論點：「李敖其實是滿講情義的人。雖然他罵的人很多，私下罵他的人也不少，但因李敖總是能抓得住『理』，所以，就算是被他罵了的人恨得牙癢癢的，也不得不接受。」⑳

李敖的罵人哲學更是脫胎於胡適的「烏鴉哲學」——一種寧鳴而死不默而生的人生態度（典故出自范仲淹〈靈烏賦〉）。「恨屋及烏」的罵法，「身體即政治」的「人身」乃至「人面」攻擊文字，恐怕是李敖最難辭其咎的負面示範，李敖可說爲了挑釁的語言效果，爲了達到將「語絲」刻入「你腦」的功用，他不惜犧牲「厚道」二字，李敖雖以「聖人」自期，並且以「聖人」自稱，㉑他的「恨屋及烏」人身罵法，恐怕將成爲他「聖人之途」的「龍門客棧」，讓他的「聖人之路」危機四伏。有人說：

「現在全台灣只有李先生你這位總統候選人是這樣講話的！」李敖回說：「他們說的都是那種討厭的語言，說的都是沒有感覺，也沒有生命力的語言。」㉒

在李敖代表新黨出馬競選總統之後，這場充滿老調的總統選戰，頓時變得生鮮、熱鬧。㉓

這就是李敖，爲了強調語言效果，永遠「語不驚人死不休」，而且永遠充滿了挑逗性的趣味。他的語言風格也像野草一樣，永遠朝向一個目標發展：頑強的與環境奮戰。

當李登輝一九九〇年三月於國民大會當選後，彭明敏判定台灣的機會已經出現，立刻從太平洋的彼岸寫了一封信請人轉交給李登輝……彭明敏當時在信中誠懇的勸告李登輝，他是第一位出生於本地的領導人，站在台灣歷史的轉捩點上，希望他能了解自己的歷史角色，雖然四周保守勢力包圍，但他最大的資本來自於人民對他的期望，因此李登輝應該對民主改革積極推動……彭明敏建議，爲了昭示新的時代已經來臨，李登輝在就職典禮上的演說，請務必讓人耳目一新，可以找些學者專家好好構思，以平易的話直接向人民訴求，不要再用一些老八股的文告，否則人民將會失望。㉔

李敖雖然沒有發表總統就職演說的經驗與機會，然而，徵諸李敖的語言風格與文字藝術，我們可以看出他與彭明敏先生頗爲相近的語言哲學，正是這種「務必讓人耳目一新」的堅持貫徹著李敖的語言與文字，李敖一生沒能有一篇總統就職演說，卻有著那麼一段「唯陳言之務去」、「語不驚人死不休」的總統候選人競選政見：「勃起台灣，挺進大陸，威而剛世界」。㉕八股文章正是李敖要大筆揮掃出門的文化殘渣，他萬不可能「再用一些老八股的文告」，他不只「以平易的話直接向人民訴

⑳蕭衡倩、羊曉東：《高手過招：郝慕明笑談九大政治明星》，天下遠見，頁二三二。
㉑陳嘉宏、張黎駒：〈李敖批蘇志誠沒學問〉。《中國時報》第四版，二〇〇〇年二月二十日。
㉒同注②，頁一三九—一四〇；黃越宏、賴心瑩訪問，「另眼新聞」電視節目，一九九九年九月二十四日。
㉓同注②，頁一三一。
㉔鄒景雯：《李登輝執政告白實錄》，印刻出版公司，頁八一—八八。
㉕引自二〇〇〇年總統候選人政見單。

求」，他的話甚至「平易」的有點「恐怖」，「平易」的散發著新奇與創意。若以彭明敏「務必讓人耳目一新」的標準為玉尺來裁量李敖的文字、語言，我們不得不承認：「人民將不會失望」。

李敖遍讀古書，對於許多中國大儒的行為風範瞭若指掌。一生在古典裡尋新意、在舊籍中找時潮的李敖，發現了一個奇特的現象，那就是為什麼這些所謂的大儒的著作，總是那麼「生硬難讀」呢？為什麼這些大儒奉獻出一生精力從事「白首下書帷」的工作，也沒能交出什麼好成績呢？問題到底出在哪裡呢？李敖舉出兩個例子來說明這些自認為「經世濟民」的大儒者所受到的侷限：

明末清初第一流的大學者顧炎武，他翻破了古書，找了一百六十二條證據來證明「服」字古音唸「逼」，㉖但他空忙了一場，他始終沒弄清「逼」字到底怎麼唸，也不知道問問吃狗肉的老廣怎麼唸。顧炎武如此誤入歧途，勞而無功，而他卻還算是第一流的經世致用的知識分子！又如清朝第一流的大學者俞正燮，他研究了中國文化好多年，竟下結論中國人肺有六葉，洋鬼子四葉；中國人心有七竅，洋鬼子四竅；中國人肝在心左邊，洋鬼子肝在右邊；中國人睪丸有兩個，洋鬼子睪丸有四個。……並且，中國人信天主教的，是他內臟數目不全的緣故！俞正燮如此誤入歧途，勞而無功，而他卻還算是第一流的經世致用的知識分子！㉗

李敖舉這兩個例子，說明中國的知識分子花了那麼長的時間，去做一些「斷爛朝報」，實在對國民生計毫無助益，而且，因為顧炎武和俞正燮抓錯了大方向，所以，即使顧炎武證明了「服」字古音讀「逼」又如何呢？在「理性的愛國主義者」李敖的眼中，這些根本不算什麼是學問，李敖的學問是要與廣大的民眾連結在一起的。李敖認為唯其如此才叫學問。俞正燮說：「中國人肺有六葉，洋鬼子四葉；中國人心有七竅，洋鬼子四竅；中國人肝在心左邊，洋鬼子肝在右邊；中國人睪丸有兩個，洋鬼子睪丸有四個。……並且，中國人信天主教的，是他內臟數目不全的緣故！」證明這種身體構造的不同，就能證明中國人比洋鬼子更勝一籌嗎？所以，即使俞正燮很幸運地證明了這些奇怪的身體構造又如何呢？還不是只是一種「阿Q」㉘心態在作祟而已嗎？準此，李敖又舉了司馬光寫的《資治通鑑》一書來說明，即便是抓對了大方向，但是，倘若他的學問是無趣的，便喪其啓發性，便不受廣大群眾所接納，結果也只是白努力罷了。

司馬光寫《資治通鑑》，參考正史以外，參考了三百二十二種其他的歷史書，寫成了二百九十四卷，前後花了十九年。大功告成以後，他回憶，只有他一個朋友王勝之看了一遍，別的人看了一頁，就愛睏了。㉙

㉖此乃聲韻學中所謂的「古無輕唇音」。

㉗同注⑧，頁四。

㉘魯迅創作阿Q的主要目的是要藉著他諷諭「言行不一致」的性格，譏刺那些上了當的、吃了虧的人，不知奮發向上，只知道說大話，藉以自我陶醉的劣根性，阿Q還有一個很重要的特性，那就是不管事實上怎樣受到屈辱或失敗，阿Q都會有一種「精神勝利法」聊以自慰。

㉙同注⑧，頁三。

《資治通鑑》一共寫了二百九十四卷。這是一項浩大的工程，神童司馬光一定耗盡了他的心力，而且他在《資治通鑑》中，一定注入他畢生所學的精華，但遺憾的是，司馬光最後以失敗收場，一本書讓人看了之後愛睏，在李敖的觀念裡，這就是一種大失敗，李敖絕不容許自己的作品出現這種敗筆。余秋雨也說：「一生中有幾本書不能吸引讀者，這幾本書等於白寫；一本書中有幾篇文章不能吸引讀者，這幾篇文章等於白寫；一篇文章中有幾句話不能吸引讀者，這幾句話等於白寫。」㉚可見吸引讀者之重要。王鼎鈞更說：「一本書是作者心血的結晶，靈魂的回響，氣質的凝固，是他多少年來識見修養抱負的總結。寫書讀書，都是人的終身大事！」㉛司馬光耗盡了畢生心力，卻只有他的好朋友王勝之捧場，一本書的吸引力貧乏至此，不禁令人懷疑是否有存在的價值。雖說余氏亦頗認同：一位作家完全不考慮讀者的接受度而只以闡揚思想爲目的，是一種認眞的寫作態度，甚或是一種値得崇拜瞻仰的人生態度，我們相信這種人必定可以忍受寂寞，從事許多高難度的工作。但是，他更強調：這種態度絕對不適合拿來寫文章。誠然，一位作家「心血的結晶，靈魂的回響，氣質的凝固」若只換得讀者的昏昏欲睡，豈不諷刺？《千年之淚》作者齊邦媛教授也說：「在噪音充斥的世界上，文字的聲音顯得多麼微弱！……看著電視等等聲色之娛把多數人的性靈驅進淺灘。一週七個晚上，多少有用的眼睛凝注在螢光幕上，『放鬆』身心。書和許多人的緣分已盡。若不是還剩下一些『頑強』的人渴望書中的智慧，深信文化的延續是自己的責任，人類將往何處去？」㉜

現今社會，誠如齊氏所言，「書和許多人的緣分已盡」，也正因爲如此，李敖刻意經營他作品的「文字收視率」，甚而親自披掛上電視之陣，利用現代傳播媒體、結合聲音與影像，做高他縱橫評論的「談話收視率」。文化頑童李敖和齊邦媛教授之別正在於：「齊展書而下千年之淚；李開顏而上古今之罵。」

讓文章更具「可讀性」，使「語言文字」吸引更多讀者，可以說是李敖畢生職志。「李敖的那枝筆，鋒利、尖銳，文章如行雲流水，淅瀝嘩啦，澎湃翻滾，的確是一等一的白話文。因之，李敖一貫就反對那種『教別人讀了要得胃病』的文章。」[33]但是，想擁有這種文風並非僥倖可得，李敖在年輕的時候就已經勵志要用「文字救世、鼓動風潮、關切蒼生」了，李敖說：

「我早在小學和初中期間，就決定了我一生中想要做的一種人，今昔並無不同。」我的志願在用文字救世、鼓動風潮、關切蒼生，我最看不起知識分子逃避現實。正因爲我這一志願下得很早，所以，我的許多文章都是早就蓄意要寫了的，準備過程，有的也日積月累得蓋有年矣，人們看李敖文章，驚嘆於文章的體大思精、資料淵博，卻不知道這是我多年練就的童子功和老子功，絕非倖致。[34]

---

[30]余秋雨：《余秋雨台灣演講》，爾雅出版社，頁三七。

[31]同注[30]，頁二八六。

[32]同注[31]。

[33]蔡漢勳：《文化頑童・李敖：李敖被忽視的另一面》，大村文化出版公司，頁一三六。

[34]李敖：【李敖大全集】第十七冊《波波頌》，榮泉文化事業公司，頁一六三—一六四。

因爲志願下得早，而且因爲「一以貫之」，所以，我們看到李敖的文章，會驚嘆於李文深邃的思想性與淵博的知識性，而且更重要的是，魅力無法擋。這是李敖來自司馬光的借鏡。試問一個人，努力了十九年，結果他的著作卻只有一位好朋友能靜下心來好好看一遍，那麼，就算這部著作中藏了什麼「爲天地立心，爲生民立命，爲往聖繼絕學，爲萬世開太平」的大學問，那影響力之小也是可以想見的。一部《資治通鑑》一共多達兩百九十四卷，就算王勝之眞的從頭到尾讀了一遍，那麼，王勝之到底得到了什麼呢？誰能保證王勝之不會像明末的大思想家黃宗羲一樣，在讀完了二十一史之後說：

> 我十九、二十歲的時候看二十一史，㉟每天清早看一本，看了兩年。可是我很笨，常常一篇還沒看完，已經搞不清那些人名了。㊱

如果連人名都可以搞混了，那麼可以從這樣的書籍裡面獲得什麼樣的學問，就頗令人懷疑了。

余秋雨也像王勝之一樣，想要求知於古典書籍，但是，「有幾位世界級的文學大師，他們的作品我曾通讀過一遍，經常會產生重讀的欲望。但每次從書架上取下他們的著作，正襟危坐準備恭讀時，往往翻不了幾頁就放下了。怎麼這樣沉悶？或許是一百年前的節奏？……諸如此類，我輕易地做了絕情的人。」㊲對世界文學名著絕情，需要很大勇氣。王勝之雖名爲「勝之」，然而，余氏的絕情或許比王勝之更「勝」一籌呢。

李敖爲文嬉笑怒罵，務求活潑節奏、化去沉悶，其理在此。他無所不用其極，就是爲了提高文章可讀性、做高「文字收視率」、讓閱讀像看電視一樣容易、教苦澀的啓蒙硬是穿起甜溜的糖衣——李敖才不要做余秋雨筆下所反省的「世界級的文學大師」，他也從不歌頌司馬光那種儼然卻教人難以下嚥的文字，他，只以他們爲借鏡。這也是爲什麼，李敖的文章會充滿諧謔與性事，因爲在李敖的邏輯裡，他覺得文章只有以「有趣」的方式呈現，才有利於思想的傳播。

如果將李敖「有趣」的語言哲學對比於蕭伯納（George Bernard Shaw）的寫作觀，可以發現一些相似之處。

蕭伯納這位身材高偉的作者，以其「縱橫古今驚人的議論，使讀他的書的人必生戒心，以爲此老不可輕犯。然而一見其爲人，又是樸質無華的文人本色，也是近人情守禮法的先生，因此想起他素來以眞話爲笑話的名言：『我的方法，請注意，是用最大的苦心去尋求應當說的話，然後用最放肆的語氣說出來。其實呢，眞正的笑話，就是我並非說笑話。』」（My method, you will notice, is to take utmost trouble to find the right thing to say, and then say it with the utmost levity. And all the time the real joke is that I am in earnest.）㊳

㉟明末只有二十一史。
㊱同注⑧，頁二。
㊲同注㉚，頁三五。
㊳同注⑰，頁一二六。

李敖與蕭伯納相像之處，正在於這種批判的人生態度與放肆的語言風格。例如，一九三三年蕭伯納應邀到上海訪問四天，由林語堂等負責接待：

那幾天是連日微風，但現在出太陽了。餐後大家到花園中，清淡的陽光射在蕭翁的白髮蒼髯，他身材高偉，有一種莊嚴的美麗。「蕭先生」，有一人說：「你福氣眞大，能在上海見到太陽。」「不，」這位機智的愛爾蘭人回答，「這是太陽的福氣，能在上海看見蕭伯納。」㊴

這種蕭翁式的機智與放肆更是經常出現在李敖的文章中，彷彿天女散花，教人目不暇給。以上這一段「上海太陽的福氣」說，不禁叫人聯想到李敖在出版《獨白下的傳統》一書時寫在扉頁上的狂語：

五十年來和五百年內，
中國人寫白話文的前三名是李敖，李敖，李敖，
嘴巴上罵我吹牛的人，
心裡都爲我供了牌位。㊵

讀者若是「比較級」的高手，當可看出李大師的「放肆」絕不在蕭大髯之下。

李敖一生立志要使文章提高閱聽者的興趣，就如同余秋雨所說：

有效態度也包括形式方面，例如我就遇到了一個現實的技術問題，即能不能讓我的著述，寫得

有更多的人閱讀？能不能讓我的思考，展現得有更多的人接受？這個問題初一聽不算很大，但一旦眞正實行便麻煩重重。一部學術著作寫得通俗、生動，有靈性的張力，很容易被看成是深度不夠的「媚俗」之作，就像在開一個高層會議時只能端然肅然，不苟言笑，越枯燥越莊嚴一般。我從有效態度出發，不懼怕「媚俗」之名，用年輕人也願意觸摸的散文筆調來寫一部部史論著作，最後在《山居筆記》中乾脆用散文來探討一個個複雜的文化學術問題。我的書暢銷了，開始有一些人不高興，不是不高興我的書而是不高興暢銷，於是以暢銷爲根據否定書的學術品性。其實寫出來的書沒人閱讀並不能證明學術品性，如果那是品性，乾脆不寫豈不更好？對那麼多莘莘學子、飢渴的讀者，表現出不合作的孤傲，究竟有何必要？有不少學問本身沒有普及的可能，研究者只能處於一種寂寞之中，但這些令人尊敬的學者不會否定別的學者與廣大讀者溝通的努力。我認爲，爲學術文化甘於寂寞是一種高貴，爲學術文化力求溝通也可能是一種高貴。㊶

余秋雨爲了提倡文化的「有效態度」認爲沒有理由「拒絕文化訊息的廣泛傳播」，於是，他上電視主

㊴同注⑰，頁一二六—一二七。

㊵同注⑧，扉頁上的文字。

㊶同注㉚，頁一九五—一九六。

持一個名爲「秋雨時分」的電視節目，談論文化長達半年之久；㊷同樣地，李敖在台灣的眞相電視台主持「笑傲江湖」談話性節目，其上電視的動機亦不外乎一種「提倡文化的有效態度」。

李敖的群眾影響觀與啓蒙使命所立基的也正是余秋雨此處所強調的「有效態度」，爲了此一「有效態度」，李敖就「中文表達的可能性」做了全方位的實驗，眞可謂無所不用其極了，而李敖對「有效態度」的奉行不渝正顯見於充斥在他行文間的「笑＝效」的文學觀。

㊷同注㉚，頁一九七—一九八。

二、佛家的入世思想

無疑地，「性」是一種最原始最令人衝動的原動力；「性」也是一種不學自會的課題，並且，「性」更是一種延續生命的必要條件。「不孝有三，無後爲大」的中國人對子嗣的傳承如此重視，那麼爲什麼中國人總是避談「性」呢？其實，中國的老祖宗對「性」並沒有避諱，只是這樣的歷史傳統被抹滅罷了，李敖舉《易經．序卦》的文字來說明這段歷史：

有天地，然後有萬物；
有萬物，然後有男女；
有男女，然後有夫婦；
有父子，然後有君臣；
有君臣，然後有上下；
有上下，然後禮義有所錯（措）。㊸

從這段話中，我們可以很清楚的演繹出，在《易經》時代的人們眼中，「男女」的地位只在「天地」

「萬物」之下，而在「夫婦」「父子」「君臣」「上下」「禮義」之上；換句話說，如果，沒有「男女」這一個條件，那麼其下的「夫婦」「父子」「君臣」「上下」「禮義」，便無法演繹下去。「男女」成了「夫婦」「父子」「君臣」「上下」「禮義」的必要條件。沒有了「男女」這一必要條件，其下的「夫婦」「父子」「君臣」「上下」「禮義」便歸於烏有，人倫將無從建立。

李敖又舉了一個《易經·繫辭》的例子說：

天地絪緼，萬物化醇；
男女構精，萬物化生。㊹

由「男女構精，萬物化生」這句話，可知，我們的祖先簡直是把「男女構精」，提升到「萬物」之上了，可見「男女」在中國古代的地位，眞可說是「一人之下，萬人之上」。沒有「男女構精」這一必要條件，天地將無從生化，宇宙必歸渾沌。

這是老祖宗對「性」的看法，充滿眞知灼見，然而，後人卻將「性」看成神祕、污穢、不可啓齒，這簡直誤入歧途。李敖引經據典的從事《中國性研究》，凸顯他對中國古典、原始的「性觀」掌握絕對的、有縱深的全景式認知。「性」是一切生命的源頭活水，絕非神祕、污穢、不可啓齒的。李敖以古籍這把生鏽的鑰匙，開啓「性」這個神祕的「百寶箱」，告訴世人，古人怎樣看待「性」。告子說：「食、色性也。」意思是說，人生最重大的兩件事，除了吃，便是「色」。可見古人對「性」的態度並非如我們想像中那麼嚴肅，古人眼中的「性」是不須避諱的，甚至可以說「性」是跟吃飯一般的無可避免與平常。

李敖舉證歷歷的訴諸古籍來揭示老祖宗心中「性」的地位，李敖更以圖示舉出「性」的地位不只形諸文字，甚至有圖可證。李敖指出在河南安陽侯家中發現的陳仁濤的《金匱論古初集》（頁六，圖初一、零九）中，就刻了「石男根」，那是有青銅文化風格的用石頭刻成的男性生殖器官，可見「生殖器崇拜」不僅見於原住民，或世界上任何其他民族，中國人也是不遑多讓的。㊺

其實，如果我們對歷史夠熟悉的話，我們還可以發現，「性」對中國的歷史有很多直接或間接的影響：

夏桀是以「熒惑女寵」妹喜亡了國的，商紂是以「熒惑女寵」妲己亡了國的，性的原因使人亡國，不能說不重要。趙嬰的私通，引出趙氏孤兒；齊莊公的私通，引出臣弒其君，性的原因造成政變，不能說不重要。呂不韋的奇貨可居，禍延秦皇顯考；呂后的人彘奇跖，禍延劉家命脈；唐高宗的倒扒一灰，禍延武后臨朝；楊貴妃的順水人情，禍延安史之亂，性的原因鬧出君權爭奪，不能說不重要。白登的美女圖片，可以使匈奴不打漢家；漢家的美女自卑，可以使漢

㊸同注⑧，頁一五二——一五三。
㊹同注⑧，頁一五三。
㊺此段文字，參考李敖：〈中國民族「性」〉。同注⑧，頁一五四。

家要打匈奴；昭君出塞，香妃入關，一一都牽動戰爭和平大計，性的原因，不能說不重要。齊襄公亂倫，出來了毋忘在莒；陳後主好色，出來了井底遊魂，慕容熙的跣布送亡妻，出來了回不去；花蕊夫人的被劫入宮，出來了送子張仙；咸豐的天地一家春，出來了禍國殃民四十七年的西太后。……㊻

李敖不厭其煩的爲我們找到歷代關於「性」所爆發出來的問題。從上述這段引言，我們可以看到從中國的第一個朝代——夏朝開始，中國歷代都無可避免的因爲「性」而有所改變，這些朝代或者因爲「性」而亡國；或者因爲「性」鬧出君權爭奪戰；甚至還因「性」而牽動戰爭與和平的重要契機。我們可以想見「性」的影響力絕非無足輕重的，相反的，「性」往往是國家生計之所繫。「性」既然對中國歷史有如此重大的影響，爲什麼後人總是難以啓齒呢？這主要是因爲「性」被刻意抹殺：

我們的歷史書，傳統寫法總是一派忠貞、英烈、聖賢、豪傑的歷史，搭配上貳臣、叛逆、奸佞、巧宦的活動，交織成歷來的眾生相。但是，受過現代方法訓練的人，他們不能承認這種「春秋之筆」「忠奸之判」能夠解釋整個歷史現象，也不承認單靠一些相殺相砍的政治史、耀武揚威的軍事史、仁義道德的思想史、四通八達的交通史等等就能了解過去。有現代方法訓練的人，他們嘗試用新的方向和角度、新的輔助科學（像性心理學、行爲病理學、記號學、行爲科學、團體動力學、統計學等等）來解釋歷史現象，來從夾縫中透視歷史。在這種新的方法的光

> 照之下，以前所視爲神奇的，如今可能化爲朽腐了：過去所看做朽腐的，現在可能又化爲神奇了；過去當做不重要的或忽視的，現在我們要「無隱之不搜」了；過去當做不能登大雅之堂的，現在我們不再「見笑於大方之家」了。㊼

李敖既然有了這樣的認知，所以，李敖體內的叛逆特質便情不自禁的衝欄而出，他開始以「性」開玩笑，以「性」當書刊的封面製造效果，常令讀者「誤買」，之後又愛不釋手。試想，有誰能夠邊看黃色書刊邊愛睏的呢？除了柳下惠之外，恐怕就是假道學、僞君子了！當然，李敖之所以用《花花公子》封面女郎當書刊封面，主要原因除了在喚起民眾的閱讀興趣之外，更重要的，恐怕是因爲李敖的書籍被查禁多達九十六本，已破了金氏世界紀錄。基此，李敖的作品從早期的【李敖千秋評論叢書】、【萬歲評論叢書】、【李敖求是評論】等，都以《花花公子》封面女郎當封面，一來是爲了刺激買氣，因爲許多不知情的讀者，就是誤以爲這些書籍乃黃色書刊而買回去閱讀的；二來是爲了避國民黨的耳目，讓自己的文章可以免於被查禁的命運；再加上李敖自己天生的叛逆性格，以《花花公子》封面女郎當封面也就順理成章了。

李敖還爲自己以《花花公子》封面女郎當封面，找到了佛家的「歡喜佛」來當學理根據：

㊻李敖：【李敖大全集】第六冊《獨白下的傳統》，榮泉文化事業公司，頁一五六—一五七。

㊼同注⑧，頁一六〇。

> 「歡喜佛」，是性交的佛像，性交姿式，以立姿爲主。
>
> 爲什麼有歡喜佛呢？歡喜佛的意義在哪兒呢？
>
> 歡喜佛出自梵語「歡喜天」（Mandikesvara），就是「難提計濕婆羅」。也叫「大聖歡喜天」、「大聖天」。歡喜佛是亂倫的佛，據《大聖歡喜供養法》，性交的當事人竟是「兄弟夫婦」！「大聖自在天，烏摩女爲婦。所生有三千子：其左千五百，毘那夜迦王爲第一，行諸惡事；右千五百，扇那夜迦持善天爲第一，修一切善利。此扇那夜迦王，則觀音之化身也。爲調和彼毘那夜迦惡行，同生一類，成兄弟夫婦，示現相抱同體之形，其本因緣，具在大明咒賊經。」（《大聖歡喜供養法》）[48]

這段引言，翻成白話的意思就是說：大聖自在天和烏摩女兩人結爲夫婦，一共生了三千個小孩，其中的一千五百個小孩是專門在做壞事的；另外一千五百個小孩，卻是專門在做善事的。做善事的那一千五百個小孩，其實就是「觀音的化身」，這一千五百個「觀音的化身」，以跟另外一千五百個做壞事的孩子發生性行爲，來「軟化」他們的惡行。[49]可見佛家的原始意義乃在導人爲善，至於手段爲何？並非重點。而現今的出家人動不動就說「色即是空，空即是色」，[50]講得天花亂墜、玄妙異常，卻未眞得其解。其實說穿了，以渡化眾生爲主要目的的佛家，既然認爲凡事皆空，那麼以性交來渡化眾生的方式，又何嘗不是一場空呢？性交也只不過是菩薩爲了軟化惡行、渡化眾生的一種方式罷了！那麼，以「性交」來軟化惡行又有何不可呢？

《維摩詰所說經》中說：「或現做婬女，引諸好色者。先以欲（欲）鉤牽，後令入佛智。」《宗鏡錄》中說：「先以欲（欲）鉤牽，後令入佛智，斯乃非欲之欲、以欲止欲、如以楔出楔、將聲止聲。」這一佛門理論，最爲有趣。這種理論主張「以欲（欲）止欲（欲）」，主張用風情萬種的美女，吸引好色之徒，以引你性欲爲手段，以導你信佛爲目的。——爲了使你進入我的信仰，不惜以「美人計」對付你，從「小頭」入手，達到「大頭」皈依。這一『大頭』問題，『小頭』解決」的妙舉，不是最有趣的嗎？我在文章中喜歡把性問題性字眼性觀念帶進場，消極的目的固然在打破禁忌，從「性自由」入手；但在積極的目的上，卻是佛門中的以「婬女」誘人，引起趣味，然後「令入佛智」。——孔夫子感嘆他未見好德如好色者，他眞笨！把德色合一，問題不就解決了嗎？[51]

㊽同注⑧，頁一四三——一四四。

㊾同注㉝，頁一〇四。

㊿引自《心經》。「有一天，佛的大弟子舍利佛問佛修持般若（智慧）法門的成就方法是什麼？佛便叫觀自在菩薩回答這個問題，由舍利佛問，觀自在菩薩回答，這一問一答，被記錄下來，變成了《心經》，《心經》雖然只有二百六十二個字，卻是佛經閱讀人口最多的。」此段敘述引自顏素慧編著：《觀音小百科．第一本親近觀音的書》，城邦文化事業公司，頁二八。

51同注㉝，頁一〇四；李敖：《上山．上山．愛》，李敖出版社，頁三〇四——三〇七。

爲了感化眾生，菩薩竟會化身爲「婬女」，以引起眾生的的淫欲爲手段，以「令入佛智」爲終極目標，這段佛經清楚的告訴我們，菩薩毫不避諱的以人性最原始的渴望爲手段，來達到他傳教的目標，這具體而微地顯示了「佛家的入世精神」。

李文亦具此一「佛家的入世精神」，是以，當我們閱讀李敖的文章時會發現，李敖的文章充滿「性」的文字與圖片，也因此，李敖的文章很難被主流所接受，雖然如此，李敖的書籍卻往往是「暢銷書」的代名詞。這種落差出現的主因在於李敖以「思想領導行爲」，李敖的思想已超乎世俗、遠遠地快走在時代的前端，呈現著莊子般的灑脫與達觀。正因爲了然佛經的眞義，李敖早已簽下「大體捐贈」同意書，李敖死後，要把所有可用的器官都捐出來給需要的人使用。換言之，我們今天看到活生生的李敖站在我們面前，其實他的骨架，早已掛在台大醫院的解剖室裡，李敖爲自己的無機身體做了一個終點注解——「你死後入土爲安，我死後入人爲用」，可謂「死無葬身之地葬人體」。李敖是這樣看待「人生」與「肉體」的，一般人批評李敖整天「性事蛋蛋」、口無遮攔；然而，這些批評者除了滿嘴「道德經」之外，又眞能如李敖一般豁達、以屍體實踐「佛家的入世精神」嗎？

李敖爲了啓蒙大眾，不惜以「性」爲手段。李敖在文章中喜歡把性問題、性字眼、性觀念帶進場，以打破禁忌、爭取「性自由」，如佛門中的以「婬女」誘人，好引起讀者趣味，使之「令入佛智」。簡言之，李敖要走的是「大眾化路線」，以「婬女」來讓大眾一親「佛智」之芳澤。或許，由於無法直驅佛家精義之殿，連「至聖先師」孔子也有「吾未見好德者如好色者」之嘆。[52]

這樣的佛教故事無獨有偶，李敖又舉了另外一個故事來反證自己的主張：

更有不可思議的呢！歡喜佛是佛與佛發生性行爲，還有佛與人發生的呢，那就更實際、更人性化了。有本書叫《西湖二集》，有一個故事說，唐朝延州有位妓女，「不接錢鈔」、不要錢，讓人白嫖，原來這妓女是在「捨身菩薩化身，以濟貧人之欲」！以自己肉體做布施，眞是菩薩心腸。[53]

這位菩薩化身的妓女之所以『『不接錢鈔』、不要錢，讓人白嫖」，其實只是一個簡單的道理：如果這些窮人有「欲望」而不能滿足的話，那麼倒楣的可能就是那些良家婦女，是以，觀音菩薩願意以肉身做布施，去「軟化」這些窮人的色欲。

佛家的菩薩心腸與行徑非常人所能體會，一般人以「性」爲污穢、不堪入目。其實，如果，他們懂得佛家以「肉體做布施」的情操，將更能理解李敖「佛家的入世精神」之所在。

以上談的都是佛家以「性」爲手段，導人爲善的例子，至於，實行的細目爲何，我們且來看看李敖舉的另一個佛教故事：

唐朝時有一個叫閃右金灘的地方，有一天，這個地方，突然來了一個賣魚的女人，這個賣魚的女人擁有絕世風華，讓閃右金灘的男人，人人神魂顚倒，都以娶到這個賣魚的女人爲職志。這

[52] 孔子時代，佛教尚未傳入中國。
[53] 李敖：《上山·上山·愛》，李敖出版社，頁三〇五。

個賣魚的女人並沒有因爲擁有眾多追求者而設出什麼特別的條件，相反地，她只要求一個條件：誰能在一夜間背得出《普門品》，她就願意嫁給誰，結果有二十個男人背得出《普門品》，這個賣魚的女人當然沒有辦法一次嫁給二十個男人；於是，又換一部更難的佛經《金剛經》，可是，仍然有十八個男人背得出；於是只好再換一部更難的佛經《法華經》，這一次，終於只剩下一個姓馬的年輕人能背得出來，所以，這個擁有沉魚落雁之姿的賣魚女人，就答應嫁給他。可是，就在剛迎進門的時候，這個賣魚的女人就死了，更不可思議的是：屍體竟然立刻爛光了。後來，此地來了一個和尚，這個無福消受美人恩的馬姓年輕人，就帶這個和尚一起上墳，這個和尚打開棺木一看，屍體早已不見，只剩下一堆黃金色的鎖子骨。和尚說：「這是觀音菩薩爲了渡化你們，所以才會以美若天仙的賣魚女人現身，以色誘你們多讀一些佛經啊，阿彌陀佛！阿彌陀佛！」[54]

李敖在此「赤裸裸」地透露出他對「性」的看法，也因爲李敖知道「性」的作用「魅力無法擋」，如果「性」有那麼大的引人爲善的作用，那我們不只要時時運用，更要大大地運用。這可謂佛家給不信佛的李敖珍貴的「性」啓示。

---

[54]同注[53]，頁三〇六—三〇七。

三、儒家經世濟民的傳統

李敖的思想和性格，看似剛愎自用、得理不饒人。其實骨子裡，卻是充滿進步和救世思想的，李敖認爲要當一個眞正的知識分子、一位有用的知識分子，最重要的是，做出有利老百姓的事業，而不在文筆有多好，更不在創造出何種新文體，他說：

中國知識分子失敗了。有兩大方面的失敗：一方面是品格上的，一方面是思想上的。思想上失敗的特色是：他們很混、很糊塗、很笨。他們以知識爲專業，結果卻頭腦不清，文章不行。這種特色不但使他們品格諸善莫做，並且扶同爲惡而不自知；在思想上也不能深入群眾，影響普遍的中國人。他們寫的東西，只能自我陶醉，或者給互相捧場的同流貨色一起陶醉，實際上，實在不成東西。對絕大部分中國知識分子的作品，我看來看去，只是可憐的「小腳作品」。他們的集體悲劇，乃是在不論它們的呈現方式是什麼，它們所遭遇的共同命運，都是「被層層桎梏」的命運。……這樣的一纏再纏，……中國的作品便一直在「裹腳布」中行走，不論十個腳趾如何伸縮動靜，都無助於它在一出世後就被扭折了骨頭。

這樣子的悲劇命運，使千年的龐大文字遺產，只表露了龐大的繁瑣與悲哀。中國千年的文字障中，沒有大氣魄的詩，沒有大氣魄的劇，沒有大氣魄的小說，也沒有大氣魄的作品。沒有好的表達法，沒有像樣的結構，沒有不貧乏的新境界，也沒有震撼世界的文藝思潮。(55)

李敖一針見血的指出中國知識分子的失敗，一個是性格上的失敗；一個是思想上的失敗。

性格上的失敗，使知識分子「諸善莫做，並且扶同爲惡而不自知」，知識分子「諸善莫做」，尚不至於對老百姓有任何直接的壞影響，但是，「扶同爲惡而不自知」，卻是一種可怕的品格，而這種品格上的失敗，其危害老百姓的程度不下於猛虎之爲惡。李敖舉了一個宋朝史實來證明這種理論。

特立獨行的王安石搞變法，想直接授惠於老百姓的時候，文彥博站出來向皇帝說話了，他說：「陛下是同士大夫治天下，不是同老百姓治天下。」王安石想越過這批攔路虎，可是他碰到了絆腳石。(56)

由於文彥博等知識分子的顢頇和自以爲是，讓老百姓失去一個可能的「太平盛世」，也讓朝廷陷入維護「新政」與排斥「新政」的兩極化鬥爭裡，宋朝因而元氣大傷，從此一蹶不振，終而成爲中國歷史上最弱的朝代之一。這種知識分子「爲惡而不自知」的行爲，造成的傷害眞是罄竹難書。

另一方面，知識分子在思想上的失敗在於「不能深入群眾，影響普遍的中國人。他們寫的東西，只能自我陶醉，或者給互相捧場的同流貨色一起陶醉，實際上，實在不成東西。」李敖認爲如果思想不能藉由文章表達出來，不能影響普遍的中國人，如果文章只能自我陶醉而對國計民生毫無益處，那麼這些作品就只是「小腳作品」，並且這種文章，不管包裝以何種創新的文體，不管呈現以何種美麗的形式，都難逃傳統的種種桎梏；也因爲中國知識分子受到傳統的意識形態所侷限，所以使「千年的龐大文字遺產，只表露了龐大的繁瑣與悲哀。」李敖在此表達出他對於知識分子的「庸德之行，庸言之謹，讀書不化，守舊而頑固」[57]的深深不滿。這種讀書不化卻自以爲是學術研究的情況，在李敖眼中只是另一種「玩物喪志」，李敖藉著十七八世紀的大思想家李塨的歸納和預言，來說明這種諷刺的歷史：

「(知識分子) 於扶危定傾，大經大法，則拱手張目授其柄於武人俗士，當明季世，朝廟無一可倚之人，(知識分子) 坐大司馬堂，批點《左傳》。敵兵臨城，賦詩進講。……日夜喘息著書，曰：『此傳世業也！』卒至天下魚爛河決，生民塗炭。」[58]

知識分子以「批點《左傳》」、「日夜喘息著書」爲傳世不朽的事業，卻對臨城的敵兵不聞不問，終讓敵兵入城，百姓流離，生民塗炭，但知識分子卻仍以自己能不舍晝夜，喘息著書，以爲自己聲名

[55] 同注⑧，頁八—九。
[56] 同注⑧，頁七—八。
[57] 同注⑧，頁七。
[58] 同注⑧，頁十一—十二。

終可流傳後世而沾沾自喜。這種思想上的失敗，卻叫百姓付出慘痛的代價，這是李敖不忍見到的場面，所以李敖不只一次在文章透露出文章必須「深入群眾，影響普遍的中國人」的思想。既然如此，那麼文章就不能無趣，而且文章也必須含有經世濟民的思想在其中。這是李敖的語言哲學最重要的論點。這種書寫不能無趣、文章要包含經世濟民的思想，左右著李敖一生的行事與書寫，也是李敖「大眾化路線」的根據點。一旦對其經世濟民思想有所認識，我們便毋需訝異，為何興訟頻仍、官司不斷的李敖，[59]會拍賣其私家珍藏與古董義助「慰安婦」[60]。由於李敖的心中無時不刻的關心普羅大眾，所以他對知識分子有很嚴格的丈量尺度，而這一把尺的刻度，所衡量者乃是知識分子對老百姓做了哪些有意義的事情。

我們來看看李敖對這些有功於民的知識分子給予怎樣的評價：

> 劉鶚的進步與救世思想，使他做了兩件好事：一件是請開山西的礦，一件是賤買太倉的米來賑濟北京難民。這兩件好事，卻因為環境的黑暗偽善，使他一方面背了「漢奸」之名，一方面得了充軍之罪，——他被流放到新疆，五十三歲那年中風，死在風中的迪化。[61]

劉鶚為老百姓「請開山西的礦以及賤買太倉的米來賑濟北京的災民」，這兩件意義重大的事情不知創造了多少就業機會，更不知挽回多少瀕臨飢餓、死亡的性命，然而這樣的作為不但沒有為自己帶來任何掌聲，反而因為「環境的黑暗偽善，使他一方面背了『漢奸』之名，一方面得了充軍之罪。」這就是特立獨行的知識分子的悲哀，不管替老百姓謀求怎樣的大福利，只要跟統治者的利益不合就得不到好下場。不過，這仍無損於劉鶚在李敖心中的地位：一向認爲中國沒有偉大小說的李敖稱讚：「《老殘遊記》是劉鶚戳破黑暗與僞善的偉大小說」。[62]由於知識分子若與統治者處於敵對狀態，通常都以悲劇收場，所以中國的知識分子凡仕途不順遂，便會處於一種逃避或者隱居的狀態，這類知識分子，不只李敖看不起，也是顧炎武最恨的。

顧炎武最恨一般知識分子的逃避現實。他說：「君子之爲學，以明道也，以救世也。徒以詩文

[59]「趙少康指外傳李敖『好訟』，李敖笑說，其實外界都不了解，以爲他的官司都打贏，其實他常告輸，但在訴訟過程中他已經贏了，因爲很多人在出庭過程中與他辯論就吃不消，對方即使贏了官司也受盡折磨，而他則是輕鬆以赴，不必請假、不必頭痛。」凌珮君：〈李敖籲宋掀李登輝底牌〉。《聯合報》第三版，二〇〇〇年三月三日；李敖網站：李敖新聞，http://www.leeao.com.tw/speculation/elec2000/03032.html。

[60]「爲了幫新黨籌募一千五百萬元的總統大選保證金，並捐款協助婦女公益團體，新黨候選人李敖決定捐出四十件珍貴蒐藏和四百本古書義賣，全部義賣品總標價近億元，從宋朝的官窯、古本的聖經到男歡女愛的春宮畫，從溥心畬的鍾馗畫像到西方的裸女圖，每一件都有獨特的意義，都代表著李敖各個精神層面。」見邵冰如：〈李敖籌競選保證金　義賣珍藏標價近億〉。《聯合晚報》第三版，二〇〇〇年三月四日；李敖網站：李敖新聞，http://www.leeao.com.tw/speculation/elec2000/03043.html。

[61]同注⑫，頁三八八—三八九。

[62]同注⑫，頁三八九。

而已，所謂雕蟲篆刻，亦何益哉？」又說：「今日之清談，有甚於前代者；昔之清談談老莊，今之清談談孔孟。……以明心見性之空言，代修己治人之實學。」這種沉痛與氣魄，眞是古今罕有。㊿63

顧炎武，這位偉大的思想家，認爲君子的學問，如果不能「明道」、不能「救世」，那麼與「雕蟲篆刻」又有什麼分別呢？顧炎武甚至認爲，如果文章不能經世濟民，那麼也只是另一種形式的「清談」罷了！只不過，前代的清談內容是老莊，如今的清談對象改爲孔孟，清談的內容雖不同，然則，其無益於世的道理則是相同的。

李敖稱顧炎武爲「不合作主義者」64，卻又對顧炎武讚嘆有加，可見在李敖的心中，所謂的「不合作主義者」才是値得欽佩的，李敖稱讚顧炎武是「中國最偉大的知識分子之一。」65由此，我們可以看出李敖心中的知識分子既要能「明道」，更要落實「救世」之舉。綜觀李敖一生，他無時不是叫統治者頭痛的「不合作主義者」，片刻不離地走著顧亭林之路。

李敖跟顏之推一樣瞧不起只會舞文弄墨、無用的知識分子。顏之推說：

吾見世中文學之士，品藻古今，若指諸掌。及有試用，多無所堪。居承平之世，不知有喪亂之禍；處廟堂之下，不知有戰陳之急；保俸祿之資，不知有耕稼之苦；肆吏民之上，不知有勞役之勤，故難可以應世經務也。……吟嘯談謔，諷永辭賦。事既優閒，材增迂誕。軍國經綸，略無施用。故爲武人俗吏所共嗤詆，良由是乎！66

李敖稱讚顏之推的《顏氏家訓》是一部憂患之言。知識分子對古今之事瞭若指掌，但是，一旦被任命爲官的時候，卻往往不適任，那麼知道再多的典故，又有什麼用呢？處於太平盛世，就天眞的以爲天下從此無事，豈不荒謬？位居高官，卻不知道戰事之急，軍機務立，只知道享受既得利益，而不能體恤百姓耕稼的辛勞；只知道驅使人民，而不能設身處地的爲百姓著想的所謂文學之士，這種迂儒，整天「諷永辭賦」，根本對國家毫無益處。難怪李敖會誇顏之推的《顏氏家訓》爲一部「憂患之言」⑥⑦。

只可惜有這種憂患意識的知識分子少之又少，這些所謂的知識分子常常：

因爲讀書不化頭腦不清，常常發現他們爭不該爭的，又不爭該爭的。以宋朝的一場鬧劇而例。八百年前，宋朝仁宗沒有兒子，絕了後。新皇帝宋英宗做了皇上。英宗是仁宗堂兄濮王的兒子，他接了仁宗的香火，對他親生爸爸該怎麼叫，竟引起天下大亂。……⑥⑧

⑥③同注⑫，頁一一六。
⑥④同注⑫，頁一一六。
⑥⑤同注⑫，頁一一七。
⑥⑥顏之推：《顏氏家訓》，翰博顏嗣愼覆刊成化建寧本（微卷），頁二九B。
⑥⑦同注⑫，頁一三九。
⑥⑧「首先，騎牆派知識分子王珪不敢發表意見，右派知識分子司馬光表示，根據傳統文化，該叫親生爸爸做

> 別以爲上面舉的叫爸爸例子，只是一時一地的現象，才不呢！明朝世宗時候的「大禮議」，神宗時候的「梃擊案」，光宗時候的「紅丸案」，熹宗時候的「移宮案」，以至漢學宋學之爭，今文古文之爭，孔廟配享之爭，保教尊孔之爭。……沒有一件不是錯認目標浪費口舌的小題大做，沒有一件不是暴殄文字的喪心病狂。[69]

李敖認爲知識分子不把精神用來解決小人、解救百姓，徒以「天下興亡就在這一叫」了，這眞是一場諷刺的歷史鬧劇，宋朝是我國最弱的朝代之一，上至皇上，下至群臣百官，不好好思考國泰民安的方向，卻都義無反顧地參與這個史無前例的「傳統文化解釋權」的爭奪戰，叫爸爸也好、叫伯父也好，眞能「一言以興邦，一言以喪邦」嗎？第一流的知識分子不把精神用在使國家富強的方法上，卻搞得滿朝烏煙瘴氣。而這個「叫爸爸」的例子，雖曰空前，卻未絕後，中國的知識分子把心思都用來糾纏這些無聊的形式，難怪百姓要受這麼多苦，眞是嗚呼哀哉！嗚呼哀哉！

承續著這樣的認知李敖批評現今的文藝工作者：

> 置四海困窮而不言，如此冷血與逃避，何能成爲第一流的文藝工作者？更有甚者，他們還諂媚當道，這是什麼心肝？[70]

準此經世濟民之思，李敖耳提面命要第一流的文藝工作者把百姓的疾苦擺在第一位，不要對社會黑暗面冷血，更不要逃避一個文字工作者該負的責任。然而，李敖這種關懷民生疾苦的菩薩心腸，也自有其儒家「親疏差等」的分別，他曾經質問三毛說：

你說你幫助黃沙中的黑人，你為什麼不幫助黑暗中的黃人？你自己的同胞更需要你的幫助啊！捨近而求遠、去親而就疏，這可有點不對勁吧？並且，史懷哲不會又幫助黑人，又在加那利群島留下別墅和「外匯存底」吧？你怎麼解釋你的財產呢？[71]

三毛被李敖問得啞口無言，李敖個人認為：三毛之所以要幫助黃沙中的黑人，而不幫助黑暗中的黃人，其實是在作秀。這種捨近求遠不關懷同胞而去同情他族的做法，李敖深不以為然。由此，我們可以很清楚地看出，李敖深受儒家「親疏差等」的影響，所遵者實非墨家「兼愛之論」，所循者亦不

伯父，原因是，英宗由宗法制度的老二一支，入繼老大一支，必須不叫親生爸爸做爸爸，而該叫法定爸爸即仁宗做爸爸。這種見解，左派知識分子歐陽修反對，他也根據傳統文化，認為沒有消滅父母之名的道理，所以，仁宗不是爸爸，而濮王（原來的爸爸）才是爸爸。於是展開混戰，從皇帝媽媽以下，全部引用傳統文化，大打起來。嚴重到司馬光派的知識分子賈黯留下遺囑，要求皇上一定得叫原來的爸爸做伯父，不然他死不瞑目。另一個知識分子蔡伉，也向皇上大聲疾呼，聲淚俱下的表示，天下興亡，就在這一叫。後來司馬光派請求皇上殺歐陽修派，皇上不肯殺，並且違反了司馬光派的傳統文化，仍叫原來的爸爸做爸爸。司馬光派吵著，並且宣布『理難並立』『家居待罪』。最後鬧得雙方都賭氣要求皇上貶自己，滿朝烏煙瘴氣。」同注⑧，頁十—十一。

[69] 同注⑧，頁十一—十二。

[70] 李敖：【李敖大全集】第十七冊《李語錄》，榮泉文化事業公司，頁五—六。

[71] 同注㉞，榮泉文化事業公司，頁二八。

是老子「遺之得之」之情懷。三毛的這種做法李敖稱之爲「三毛式僞善」。如此，李敖亦不敢苟同金庸。有一天金庸到李敖家裡作客，談到他寫的武俠小說，李敖不留情面道：

胡適之說武俠小說「下流」，我有同感。我是不看武俠的，以我所受的理智訓練、認知訓練、文學訓練、史學訓練，我是無法接受這種荒謬的內容的，雖然我知道你在這方面有著空前的大成績，並且發了大財。(72)

在武俠小說引人入勝的情節中，暗含著投機與僥倖的心理：君不見《倚天屠龍記》裡的張無忌被關在石洞裡，就輕而易舉的練成九陽神功；《神雕俠侶》裡的楊過掉到懸崖卻意外的吃到不知名的果實，功力增加不知凡幾……；如此等等，在在給人不用努力，只要夠幸運，人人皆可能一躍沖天的觀念，這哪是李敖所能接受的，李敖是那種整天都不願意出門，連三餐都要他的弟弟李放從門口的狗洞送進來的超級用功之人，(73)他當然不願意倡導這種「僥倖成功學」。再者，武俠小說裡的武林高手整天「飛來飛去」，一場「東邪、西毒、老頑童的輕功競賽」，根本完全違背地心引力的原則，這更不是知性的、服膺五四的、崇尙科學的李敖所能接受的。加上李敖的精神導師胡適說：「武俠小說下流」，(74)自然，只認其理不饒其人的李敖會不客氣的對金庸說這些話了。他認爲所有文字工作者，都應該把「教育民眾」視爲己任，堅持文章要能「影響普遍的中國人」，而這種影響絕不能出於金庸那種頗具反科學色彩的內容。這是李敖最道貌岸然的一刻，他既要儼然護衛「科學之精神」，便不得不犧牲讀者閱讀的「趣味」；可憐的讀者，眞連「消遣一下」都不可以了。色情讀物、卡通漫畫，皆無不可，武俠小說卻獨遭譴責，此唯其有逆科學、有違五四矣。

儒家經世濟民的傳統，從孔子周遊列國開始，雖被長沮、桀溺諷刺，仍然堅持「鳥獸不可與同群，吾非斯人之徒與而誰與？天下有道，丘不與易也。」⑮到孟子「不遠千里而來」⑯的勸梁惠王應行王道，在在說明這種儒者憂國憂民的意識，而看似桀傲不馴的李敖，其實骨子裡比許多儒者更儒者。

林以亮論夏志清，言其偉大之處正在其「從中國傳統文化中吸收了以儒家爲主、以佛道爲副的中心思想。在評論作家和文學作品時，他著重的不是技巧、象徵、神話等表面上的細節，而是作品深處的『感時憂國』和『悲天憫人』的人道精神。」⑰這句話拿來形容李敖，眞是再貼切不過。只是，李敖極端張狂、名流罵盡、權貴「告罄」的駭人爭議性，常使一般讀者無法想像他竟然也有『感時憂國』和『悲天憫人』的人道精神。其實，細玩他作品的人，固然會對其「用筆如刀」的摧毀力退避三舍，卻也極難頡頏李敖：「作品深處的『感時憂國』和『悲天憫人』的人道精神。」

⑫同注㉞，頁二九。

⑬李敖可以「足不出户，窗簾遮得密不透光，連大門都不開，在牆壁上打一個狗洞，讓弟弟李放按時送報紙和糧食，過起自囚的生活。」見胡因夢：《死亡與童女之舞》，頁一五二。

⑭同注㉞，頁二九。

⑮謝冰瑩等編譯：《新譯四書讀本》，三民書局，頁二八二。

⑯同注⑮，頁三〇三。

⑰林以亮：〈稟賦・毅力・學問——讀夏志清清新作《雞窗集》有感〉，頁六—七。收於夏志清：《雞窗集》序文，九歌出版社，頁六—七。

化約而言，李敖除了大耍白話中文的金箍棒、表演語言特技、競走文字鋼絲的文學藝術層面外，讀者更難抗拒其行文間「reader-friendly」（「體貼讀者的」）風格的吸引力。而此「reader-friendly」風格的吸星大法正取決於：他挑釁讀者的閱讀刻板印象，他創造了叫人永難忘懷的表達法，他丟給你一個令人百思不解的作者，他揭發了教你我皆瞠目結舌的黑幕，他讓黑紙白字的閱讀行爲變成彷彿看卡通、賞綜藝一般容易而有趣。

李敖，其爲人也，以王安石經世濟民、特立獨行爲標竿；其爲文也，更是拜王安石跌宕議論爲正朔，以其千古翻案爲作文之法源，硬是要在知識、見解上奇峰青矗，正所謂「別人的文章都是娘娘腔，只有我的文章是大丈夫」，正所謂「不畏浮雲遮望眼，自緣身在最高層」，正所謂「區區豈盡高賢意，獨守千秋紙上塵」，正所謂「還入夢中隨夢境，成就沙河夢功德」。做人與作文，李敖所師，化約而言，王臨川耳。知其不可而爲的人生觀如此，特立獨行的奇止義舉如此，借題翻案的滔滔議論更是如此。

李敖的文章走的是王安石路線，重經濟（經世濟民）、感歷史、鋪資料、展知識、發見解、啓思想，較少感性強烈的描繪，〈十三年與十三月〉可說是李敖較爲感性的一篇文字，尤以「碧潭橋頭」那一段所喚起的時間感覺，臨場感十足，頗叫人聯想起蘇軾〈前赤壁賦〉中蘇子答客、闡發哲思的情狀。

基本上，李敖的議論風格還是偏向王安石的知性批判，而不似蘇東坡感性強烈的文風，這種議論風格的傾向可由他對此唐宋二大家極其個人化的評價管窺一斑。在《要把金針度與人》一書中，李敖大翻千古之定案，把人稱蘇海的東坡居士貶降了一番。李敖雖則稱讚「蘇軾是中國傑出的文學家，不論詩、詞、散文，他都有超人的表現。詞在他手裡，完成了獨立的文體，不再是樂曲歌詞的附麗，並且內容解放豪邁自成大家。」[78]卻對其思想頗不以爲然，李敖作了如下的結論：「蘇軾雖是達者，但他的思想水準只是超級文人式的，最高境界止於〈赤壁賦〉，並沒有思想家式的細膩與深入。又摻入佛、道及民間迷信，行爲上搞求雨、煉丹，境界有低段出現。他的政治觀點尤其舊派，比王安石差多了，眞所謂『汝唯多學而識之，望道而未見也』了。」[79]蘇軾政治上的守舊與思想上的迷信，看在手不停揮五四雙面纛——民主與科學——的李敖眼中，自然是不怎麼對味了。

反觀，王安石則是「在政治以外，古文與詩詞也卓然成家。他的文字比起舊式知識人來，思想細密得多……在思想上，他是超出時代的。」[80]與王安石同時代、比他小十五歲的政敵蘇東坡在王安石死後代皇帝寫敕文，大讚王安石曰：天意「將以非常之大事，必生希世之異人。使其名高一時，學貫千載，智足以達其道；辯足以行其言，瑰瑋之文，足以藻飾萬物；卓絕之行，足以風動四方」。[81]歷史家李敖認爲這並非溢美之詞，對王安石而言，這「正是公論」，罵人無算的李敖更斬釘截鐵地評斷王半山爲「中國最偉大的政治家」。[82]甚至連「中國最偉大的政治家之一」的「之一」都

---

[78] 同注[12]，頁二八八—二八九。
[79] 同注[78]。
[80] 同注[12]，頁一八七。
[81] 同注[81]。
[82] 同注[12]，頁一八六—一八七。

省略了，李敖如此毫不留情地心儀王安石，眞到了一往情深的田地了！王安石者也，可謂讓李敖走出自戀的第一號人物。

究竟李敖爲何對這位變法者情有獨鍾呢？細察二人身世與性格，我們不難看出，王李兩人皆所謂自我矛盾者：他們皆擺盪在「群」「己」、「人」「我」、「高」「低」、「俗」「奇」、「獨」「眾」、「古」「今」、「仕」「隱」、「用」「藏」之間的拉扯撕裂。王安石「二十二歲中進士，做地方官十八年」，「拒絕做高官，聲名動朝野。」⑧³可是十八年後，四十九歲起，他卻貴爲宰相，權傾一時，一人之下，萬人之上，推行新法，當國八年，結果成敗互見，並不盡如人意，只有鞠躬下台，去「寫精神於丹青」、去「獨守千秋紙上塵」了。無獨有偶地，二十八歲即以〈老年人和棒子〉一文崛起台灣文壇的李敖，不也師法印度聖雄甘地、民國教育家蔡元培，恪遵不合作主義，拒絕蔣經國關愛的眼神，不屑與國民黨同流，堅守黨外鬥士的崗位嗎？可是三十七年後，六十五歲的李敖不也動見觀瞻、保鑣貼身地代表新黨參加台灣二〇〇〇年的總統大選了嗎？六十五歲正好是王安石生命的終點，若以王安石的享壽（一〇二一—一〇八六）爲尺度，李敖可謂已自「藏」了一生，最後終不忘試「用」一番，這不正是王安石的翻版嗎？此不正范文正公所謂「居廟堂之高則憂其君，處江湖之遠則思其民」嗎？心縈廟堂，卻又身繫江湖；意在啓蒙蒼生，行卻閉關自處；一方面要走入群眾，另一方面卻又要獨攀高樓。正是這種不由分說的「經世使命」與「孤高情懷」叫李敖瑆然半山，行吟無矣！

⑧³同注⑫，頁一八六。

第四章　李敖的文字藝術（上）

文章合有老波瀾　莫做鄱陽夾漈看

一、百無禁忌的語言觀

一般人（尤其是中國人）提筆爲文，總是東遮西掩，通篇禁忌，這個不能講那個不能說的。是以，對今日十幾億的中文讀者而言，要讀到一篇痛快酣暢、淋漓盡致的辣手中國文章良非易事。李敖爲文卻一反常態，滿鍋麻辣，色、香、味一應俱全，讀了令人嗆眼、咋舌、乃至流鼻血。秉其「百無禁忌的語言觀」，李敖語料庫終以其「善下之」的老子哲學而成就其爲語彙「百谷王」的洋洋肆肆。亦即，大海之所以成其大，係因其不捐細流；李敖文字之所以語驚四座、風動八方，乃在於他不棄粗話的語言堅持。結果是二元的，討厭李文的人，視之爲下流、粗鄙；喜愛李文的人，卻難拒其潑辣、生動的獨家風格。就讀者反應而言，最爲有趣的例子，莫過於長期向李敖邀稿的號稱《前進》的雜誌對其文章所做的刪改。李敖原文寫道：「國民黨不是政治學上的一個政黨，反倒是民族學上、人類學上的一個典型內婚制的大家族，一個靠生殖器串連起來的有刀有槍有鎭暴車的大家族。」①《前進》雜誌的編輯卻將李敖的「生殖器串連」刪改成「裙帶關係」，李敖高聲抗議道：「我的原稿明明是『一個靠生殖器串連起來的有刀有槍有鎭暴車的大家族』，他們卻硬割掉我的硬邦邦的『生殖器』，而改成軟趴趴的『裙帶關係』，這種偷天換日，是違背當初約稿的協議的。」②一般讀者或許會以爲這是李敖的「小題大作」或「搞笑動作」，殊不知李敖對其「不棄粗話的語言堅持」

是大有其深厚學理作基礎的，而且這深厚的學理概括了思想、詞彙、語效等三面向，可謂三位一體，如神學一般，不可分割。就思想面而言，李敖「百無禁忌的語言觀」意在破除中國傳統的「性禁忌」、「假道學」，以求「反璞歸眞」，坦然以對人性，眞情至性享受人生。他如此剖析中國傳統的「性禁忌」：

《前進》小朋友偷偷刪改「生殖器」爲「裙帶關係」，其中一個原因是中了「性禁忌」的毒，這種中毒的特色，是一種「反對『性』的」(anti-sexual)現象。從歷史角度來看，中國歷史上，「反對『性』的」現象，至少在表面上佔了上風，所以規律、約束，乃至壓抑「性」的理論與事實，總是層出不窮。而經典、政府、理學、教條、迷信、教育、輿論等所層層使出來的勁兒，大多是在「解淫劑」(antiaphrodisiacs)上面下工夫，在這種層層「解淫」之下，善於掩耳盜鈴的人們，總以爲「沒有『性』的問題」，因爲「中國是禮義之邦」！流風所及，一涉到「性」的問題，大家就立刻擺下面孔，道貌岸然的緘口不言，或聲色俱厲的發出道德的譴責。因此，「性」的問題，終於淪爲一個「地下的」問題。這樣重大的問題，居然千百年不見天日，怎麼能不發霉呢？③

除了去迷思與破禁忌，就「詞彙」的面向而言，李敖「百無禁忌的語言觀」更著眼於直追古人，開拓今日中文詞彙的疆界，增加當今中文詞藻的容量，操弄現代中國文字的彈性，展現二十一世紀中文的瑜珈術，舞動出活生生的口語中文。他說：

在《史記》裡，有公然記錄「大陰人」（大生殖器的傢伙）的故事，而不加刪改；在《戰國策》裡，有公然記錄「以其髀加妾之身」（非全身壓住的性交姿勢）的故事，也不加刪改。……可見我們的老祖宗並沒像我們今天這樣假道學。今天，以前進號召的我們，實在該努力反璞歸眞、實在該衝決網羅，建立我們的新詞彙！④

正是出於這種「建立我們的新詞彙」的努力方針與語言哲學，李敖的文章不只信誓旦旦，更少不了其「性事蛋蛋」與「性口雌黃」！而此「性口雌黃」的行文特色與李氏註冊商標，自有其落實文章可讀性的實務面考量；易言之，李敖提筆爲文的同時，不時或忘的乃是如何提升其「語言效果」，如何捕捉讀者的眼，如何逮著讀者的心，尤有甚者，如何烙印讀者的腦，使閱讀的印象之旅永誌難忘。「生殖器串連」與「裙帶關係」究竟有何差異呢？對不解的讀者而言、對不察的編者來說，兩者之間似無不同；然而，對李敖而言，想要當他的一字師，並沒有那麼容易。李敖自有其獨到入理的分析：

①李敖：《中國性研究》，桂冠圖書公司，頁九五。【李敖大全集】第十四冊，頁二三—二四。
②同注①，頁九五—九六。
③同注①，頁九六—九七。
④同注①，頁九七。

我用「生殖器串連」的字眼，字眼是具體的、剽悍的、醒目的、痛快的、打破傳統禁忌的；但《前進》小朋友一改成「裙帶關係」，就明白而立即失色了，因爲它沒有上述字眼的特色，只顯得俗套而抽象。⑤

「俗套」與「抽象」正是李敖爲文的頭號天敵，「唯陳言之務去」的李敖豈肯落筆俗套？爲達不落俗套的行文境界，李敖一方面自創表達方法、自己發明新語彙同時，更縱身一躍而入中國文字江湖，在語言的汪洋裡放浪恣肆、逍遙遊之，他一刀劈斷中文的裹腳布，絕不大纏中文的天足。於是，一般中文作家的文章纏小腳——婀娜多姿；李敖的文章放天足——奔放自然。爲了達到「以具體寫抽象」的文字境界，他的行文必須是百無禁忌的，是「今夜不設防」的、是沒有語言紅綠燈的、是沒有文字交通警察的。其「百無禁忌的語言觀」實乃源自胡適文學革命運動的八大主張之一——「不避俗語俗字」，只是李敖「膽大妄爲」，其「俗語俗字」早已「粗得不俗」了。李敖自剖其粗曰：

我李敖寫文章，常常「不避俗語俗字」。「不避俗語俗字」，本是胡適搞文學革命時的八條件之一。胡適說：「與其用三千年前之死字（如『於鑠國會，遵晦時休』之類），不如用二十世紀之活字；與其作不能行遠不能普及之秦、漢、六朝文字，不如作家喻户曉之水滸、西遊文字也。」這種立論，是很對的。可是胡適自己，在「不避俗語俗字」一點上，卻做得火候不足，——他究竟是大學教授，太斯文了。

我李敖寫文章，就全不如此，我討厭斯文。爲了對斯文蔑視，我最喜歡用俗語俗字來「撒粗」

（有人撒潑，我卻撒粗），我的文章中時常出現「雞巴」一類的字眼，就是有意如此的。斯文的人看了我用的字眼，每以下流視之，我卻大笑他們上流得近乎無知。⑥

李敖緊接著舉《金瓶梅詞話》第二十七回「李瓶兒私語翡翠軒　潘金蓮醉鬧葡萄架」與《紅樓夢》第二十八回「蔣玉菡情贈茜香羅　薛寶釵羞籠紅麝串」爲例，證明「雞巴」一詞雖粗而不雅，卻早已出現於中國古典文學名著，早爲古典文學大作家明朝王世貞與清朝曹雪芹所用，民國讀者何必大驚小怪，又何必對李敖交相指責呢？畢竟，以此粗俗卻又活生生的語言入文，他「李敖其實是早落名家之後的」。⑦從《金瓶梅》與《紅樓夢》的先例，我們實不難看出：若無粗言粗語的適時運用、畫龍點睛，《金瓶梅》不易寫活淫婦潘金蓮，《紅樓夢》也很難刻畫出栩栩的薛蟠。換言之，限制粗言粗語的使用，雖然獲得溫馴爾雅的詞章氛圍，卻大大犧牲了語言的可能性，無異變相縮小了語言世界的版圖，這豈是中文疆界的拓荒者、中文辭藻的栽培者李敖所能苟同的？

雖則李敖無懼於讀者的批評，但他卻也無法漠視他人的感受，因而，他老人家老是把盾牌擋在最前頭，一如在其小說《上山・上山・愛》的扉頁中劈頭寫道：「清者閱之以成聖，濁者見之以爲

⑤同注①，頁一〇二。
⑥同注①，頁二一一—二二。
⑦同注①，頁二二—二六。

淫」——⑧情色文學，儼然成聖之蜀道矣！你若見之以濁、責之以污，便是自承心術不正呢！這是哪門子的詭辯術呀？李敖雖如此先發制人地爲其「百無禁忌的語言」辯護，他卻常難辭語涉「人身攻擊」之咎，在其「百無禁忌」、語驚四座的同時，李敖確實常越人身禁地的雷池，時有擦槍走火的演出。試舉一例如下：

誰是最不要臉的女人？我看郭婉容當之無愧。一個內閣大員，對租稅政策，出爾反爾，千分之多少都行，千分之十五，由她信誓旦旦；千分之六，也由她言之諄諄。千變萬化，一如人盡可夫似的小大隨意，而絲毫不以政策不行而該引咎辭職。⑨

政策朝令夕改，實屬失當，然而是否嚴重到「該引咎辭職」的程度，或可訴諸公論，以「最不要臉的女人」罪之，卻是「恨屋及烏」的論調——恨國民黨而亟欲辱其大員了。尤其，「一如人盡可夫似的小大隨意」雖然罵得「性」味盎然，卻是硬生生地以郭部長公領域之小過而強記其私領域勒令退學的三支大過了，李敖此處行文實難脫「人身攻擊」、議論失當之譏。

同樣地，在西元二〇〇〇年的台灣總統大選中，李敖不改其「恨屋及烏」、「痛快罵人」、「百無禁忌」卻「禮失諸『野』」、「口出『鱷』言」的本色：「由於連陣營拒絕參與『跨媒體聯盟』舉辦的五組候選人同台辯論，新黨總統候選人李敖痛斥連戰是『縮頭烏龜』，只有『扎他的屁眼兒』，頭才會伸出來。」⑩貴爲總統候選人，李敖竟然講出「扎他的屁眼兒」的話，另類之餘，不禁叫人捏把冷汗。

有趣的是，李敖「百無禁忌的語言」是一視同仁、絕無種族歧視或敵我分際的，他用同樣另類的語言回答記者的詢問：有人問李敖「選戰第一天一大早做些什麼？」李敖的回答很另類：「我在大便，我以大便應萬變。」⑪弔詭的是，雖然這是所有候選人當中，最無忌的語言，卻也是最爲眞實的答案——那很可能是他每天一大早的例行私事嘛，總不能因爲選總統而便祕呀；只是因爲參加總統選舉，他誠實以告地把例行私事當作例行公事來回答罷了。當然，「百無禁忌的語言觀」也常使大男人李敖以小女人的貼身物自況，他在演說中抱怨道：「我在台灣住了五十年，如果以住得久就是愛台灣的標準，我是最愛台灣的。可是現在的李敖一路被打壓，一路被忽視，像個衛生棉一樣，被忘了存在。」⑫

⑧李敖：《上山・上山・愛》扉頁上的說明文字。

⑨李敖：【李敖大全集】第十九冊《求是新語》，榮泉文化事業公司，頁五〇。

⑩凌珮君：〈李敖：連是孬種的眞小人〉。《聯合報》第二版，二〇〇〇年二月十七日；李敖網站：李敖新聞，http://www.leeao.com.tw/speculation/elec2000/02171.html。

⑪邵冰如：〈李敖不起跑　大便應萬變〉。《聯合晚報》第三版，二〇〇〇年二月十九日；李敖網站：李敖新聞，http://www.leeao.com.tw/speculation/elec2000/02193.html。

⑫陳嘉宏記錄整理：〈講出眞話　指引光明方向〉。《中國時報》第三版，二〇〇〇年三月十二日；李敖網站：李敖新聞，http://www.leeao.com.tw/speculation/elec2000/03077.html。在此，我們不禁聯想到陳文茜之反應、用語、犀利、性相關等都有李氏文風，難怪李敖最欣賞陳文茜，讚許她是全台灣最聰明的

除了李敖自創的「衛生棉」李敖，更勁爆的是，李敖自己也創造了如假包換的「同性戀」李敖呢！李敖在〈五十而不知天命——自己訪問自己〉中問自己說：「一個『荷花騙子』和一本罵李敖的專書上，都說你因長年坐牢而陽痿。」李敖回說：「只有肏這種人的屁股，他們才知道我雞巴多硬、多趙元任太太——「楊步偉」（陽不痿）！這些無聊分子，他們造謠造得可眞兩頭（『大頭』、『小頭』）忙呢！」⑬一旦李敖眞的「肏」了「這種人的屁股」，他恐怕不變成「同性戀」，也少不了王爾德式的「雙性戀」了；別人變性也就罷了，但是，十足異性戀、品味極挑、非「瘦、高、白、秀、幼」之美女不就的李敖⑭，爲了在語言上撒潑、在文字上逞能、在筆頭上百無禁忌，竟一至於斯，直教大男人李敖大開其變性手術，在龜頭上揮劍自宮起來了。

他既然可以自比爲「衛生棉」，當然也就不會輕易放過他的競選對手，他以一貫的李氏語彙來詮釋另一總統候選人宋楚瑜與國民黨的關係：「李敖表示，宋楚瑜不必怕選民說他和李登輝是『一丘之貉』，因爲宋楚瑜七年前是國民黨祕書長、與李登輝『情同父子』，李登輝要他做，他不能不做，宋楚瑜也必須承認自己曾犯錯，但現在已經改正，如同『妓女從良』」。⑮如此，他自己是「衛生棉」，宋楚瑜卻成了「從良的妓女」！

除了「衛生棉」與「妓女從良」，他也以獨特的方式表達了他對所有總統候選人的無奈。他借題發揮：

我在當預備軍官的時候，曾到「軍中樂園」調查，一個妓女告訴我，她每天接客三十多人，一次賺一包新樂園香菸的錢，她很痛苦。妓女說，她不求改變這種命運，只要有個人能夠讓她每天少接十次客，讓她多半包新樂園香煙的酬勞，她就心滿意足了。

不是嗎？今天我們在台灣混了那麼久，選總統只看見三個人在我面前，我要選他們，怎麼選？我告訴各位，選一個可以給我們半包新樂園香菸的人，如此而已。⑯

女人：「李敖副手人選確定為新黨立委馮滬祥後，曾被李敖欽點非她當副手不可的陳文茜指出，這件事證明男人說的『最愛』、『唯一』都是假的，二十一世紀的愛情果然都是『一夜情』，只持續二十四小時，不過她表示馮滬祥是不錯的人選，也祝福李敖參選之路順利。陳文茜指出，她被李敖欽定為『唯一』的副手人選只有在二十四小時左右，李敖就另外選擇別人，可見二十一世紀沒有『殉情』這回事，也沒有一往情深的情人，她的『羅密歐』找到另一個『茱麗葉』，她也替他高興。見郭瓊俐：〈陳文茜自嘲「一夜情」〉。《聯合報》第二版，二〇〇〇年一月二十一日。

⑬李敖：【李敖大全集】第十六冊《李敖對話錄》，榮泉文化事業公司，頁二一一—二一二。

⑭李敖：《李敖快意恩仇錄》，商周出版公司，頁二二三。

李敖寫道：「我對跟我上床的女人，也有五條件，就是『瘦、高、白、秀、幼』，『瘦』不是皮包骨，而是skinny，該譯『瘦不露骨』，我在床上絕對忍受不了胖，同理類推，我也不欣賞大奶的女人，大奶總給人笨笨的感覺，美國近年來流行大奶窄毛（陰毛修成長條狀），《PLAYBOY》等雜誌上所見多此類健婦，令人胃口倒盡。」

⑮凌珮君：〈宋早該抖內幕〉。《聯合報》第八版，二〇〇〇年三月七日；李敖網站：李敖新聞，http://www.leeao.com.tw/speculation/elec2000/03077.html。

⑯陳嘉宏：〈保護台灣　讓國民黨下台〉。《中國時報》第三版，二〇〇〇年三月十二日；李敖網站：李敖新聞，http://www.leeao.com.tw/speculation/elec2000/03123.html。

在此，國運之所繫的總統大選竟然與軍中樂園妓女的接客酬勞相關等同了起來，崇高與卑下、神聖與褻瀆之間的極度落差，油然產生一股謔畫般的諷刺，細膩的讀者不難感受李敖嬉笑怒罵背後深沉的無助與嘆息。李敖自己可以是「衛生棉」，宋楚瑜可以是「從良的妓女」，三組主要的總統候選人可以是「軍中樂園的妓女」，理所當然的，陳水扁成了「色狼」也就不足爲奇了：

李敖說，李遠哲是優秀的化學家，應該做中立的事情，但陳水扁在選台北市長時就利用李遠哲。李敖說，李遠哲就像是一個女孩子，「碰到色狼陳水扁」，被亂摸不敢吭氣，卻叫記者去問陳水扁，李敖指「色狼摸你，你就要抵抗，不能請記者去叫色狼表達意見」。炘

可見，「男女關係」表現在李敖「百無禁忌的語言哲學」中，全台政壇高層幾無倖免——從「人盡可夫」到「縮頭烏龜」，從總統牌「妓女」到市長牌「色狼」，性事蛋蛋，流彈所及，國、民、親三大黨無一不槓上開花，宛若煙塵浪女，理當羞愧無已。

反觀，素來一視同仁、從不偏袒的李敖，除了罵遍國、民、親三大黨外，對自己所代表參選台灣二〇〇〇年台灣總統大選的新黨，也是不假辭色的，他如是闡述自己與新黨的關係：

與新黨相處，「最爽的是可以好好欺負新黨。」但後來又發現新黨沒有什麼好欺負的，因爲他（李敖）認爲新黨公職多數只是一群書呆子和三民主義教官。對於這場選戰李敖知道他是完全沒有機會當選，但他是「聖人」，是知其不可而爲之。⑱

對於他所代表的新黨，獨來獨往卻絕不台獨的李敖竟以「新黨公職多數只是一群書呆子和三民主義教官」相識，這種挑釁的語言技巧，雖然常能如預期的收到別人注視的焦點，但也往往惹起一些不必要的麻煩，例如他的「新黨是一只爛香瓜」之說，就引起新黨黨員的不滿與抗議，在一九九九年八月二十二日新黨六週年慶祝大會演講上，有人向李敖抗議：「你爲什麼說新黨是『爛香瓜』？」從李敖的解釋，我們可以很清楚的管窺他一貫「語不驚人死不休」的堅持與其「百無禁忌的語言哲學觀」，他回答：

> 當時的情況你們不了解，他們說李敖是投機分子。如果我要投機，台灣流行的是「西瓜靠大邊」，那我應該去靠「西瓜」去，怎麼會靠新黨一個「香瓜」呢？新黨是「小的、爛的香瓜」。他們說那爛的呢？我說「爛的」是因爲我講話較誇大，所以加個「爛」字。我願意把「爛」字收回。⑲

---

⑰凌珮君：〈敖：不是輪替是要國民黨下台〉。《聯合報》第三版，二〇〇〇年三月五日；李敖網站：李敖新聞，http://www.leeao.com.tw/speculation/elec2000/03056.html。

⑱凌珮君：〈李敖籲宋掀李登輝底牌〉。《聯合報》第三版，二〇〇〇年三月三日；李敖網站：李敖新聞，http://www.leeao.com.tw/speculation/elec2000/03032.html。

⑲李敖：《洗你的腦，掐他的脖子：李敖總統挑戰書》，商周出版公司，頁八十七。

眞正了然李敖語言風格的人，並不難理解其「爛香瓜」的產地何在。在「百無禁忌」的寫作觀帶領下，李敖的語言創造常常肇生於一念之間，彷彿球類競技所謂的「第一時間」反應，近乎一種「不假思索」的「聯想反射」，表面上雖無余光中「蓮的聯想」那麼詩情畫意，骨子裡卻明明白白鑲嵌著李氏獨有的語言邏輯——一種源自「上下古今」之淵博聯想，佐以「古典對仗」之語言精算，終出於「百無禁忌」之桀傲不馴。

具體而言，李敖「爛香瓜」的栽種、生產過程如下：一、有聽眾質疑李敖代表新黨參選總統是一種投機分子的行爲，暗示李敖利用新黨寶貴的名額以達成自我宣傳的目的；二、李敖很不以爲然，因爲新黨實在太「迷你」、太「小」了，小得絕無機會勝選台灣二〇〇〇年的總統大選；三、他聯想起台灣閩南語裡常說的俚語——「西瓜偎大邊」；四、自認一向濟弱扶傾的李敖絕不偎靠「大西瓜」，而倚護「小東瓜」，爲達「古典對仗」之語言精算，「東瓜」可與「西瓜」精工相對，確是李敖用語的上上之選，然而，中文裡卻無「東瓜」一辭，而諧音的「冬瓜」卻乏意象之美，只好以眾所皆知的「香瓜」以喻其小而甜美，以愛國詩人屈原的「香」字暗示新黨的品質純正，是李敖所認同的；五、「香瓜」一辭空有「質地」、「意象」與「尺寸」，缺少李敖所鍾的「感受」、「脾氣」與「情緒」——（自認）義盡仁至的李敖竟被責爲「投機分子」，誰能不氣呀！是可忍孰不可忍呀！這豈非「四季出版社事件」[20]之重演嗎？勃然於衷，「爛」字出矣，怒氣於內，字行於外耳！「爛香瓜」意味著新黨雖優質卻有問題，需要「拯救」，而李敖正是雪中送炭的「羅賓漢」了。

然而，面對新黨黨員對其「爛」字的交相指責時，李敖的回答卻不十足的李敖：「我說『爛的』

是因爲我講話較誇大，所以加個『爛』字。我願意把『爛』字收回。」[21]根據筆者以上的分析，「爛」字大有其來頭，其過程雖複雜曲折，卻又出於李敖特有的語言邏輯，源自李氏獨家的「聯想反射」，並非李敖自己三言兩語的「因爲我講話較誇大，所以加個『爛』字」打發得掉的，李敖去李敖化、避重就輕的回答無非出於政治上的考量，爲了展現其禮數與善意；畢竟，政治人講話是很難「百無禁忌」的——李敖竟然也不能例外了！

傳統中國哲學教人不可「以貌取人」，李敖卻在傳統的戲碼外大獨其白、在傳統的舞台上大秀其倒立的看家本領。在其「百無禁忌的語言觀」照引之下，李敖行文不但「以貌取人」，甚且以貌逕「取」敵人之「首級」。其結果是正反互見的：親者痛，仇者快。——「痛」、「快」，不正是李敖文字世界的兩柱擎天地標嗎？或許唯有從此一角度切入，我們才能逼視李敖的眞面目、洞悉李敖運筆行文的眞諦：眞正隱身在李敖筆伐黑名單幕後的敵人，不是國民黨，不是民進黨，不是新黨，而是

---

⑳見李敖〈我要對法官說的——郁慕明、趙寧誹謗案的綜合陳述〉、〈還不迴避嗎？——致高等法院刑庭的一個狀子〉、〈一種不能朝別人身上推的責任〉，收於李敖：【李敖大全集】第三十二冊《李敖放刁集》，頁四五—七二。大意是李敖爲了四季出版社，義盡仁至，牽連友朋，犧牲慘重，卻被污爲「搞掉了王永城的四季出版社逼其出國」與「霸占了四季數百萬財產」，李敖因而自訴控告《秋海棠》月刊發行人誹謗罪。

㉑同注⑲。

「不痛不癢的文字惡魔黨」！李敖雖無工程師執照，卻肩扛文體工程師的大任，眼觀中文演進的大勢、耳懸詹天佑的量尺，他要重標中國文字的海拔，「痛」、「快」雙峰於焉矗起。嗆鼻火辣、感性十足的李敖文章望眼鶴立，既手術割除了滿清八股的遺毒，更體雕美容了白話文的平埔族。

二、文字遊戲

曾任東吳大學校長的端木愷說李敖「用筆如刀」，[22]李敖自己也極認同此論；其實，筆者以爲「用筆如刀」過於唯剛硬是尚，無法完全詮釋李敖的文風，如果加上「用筆如頑皮豹」，將會更爲全面與貼切。「用筆如刀」描述李敖的批判文章之入木三分、力道無窮，而且力透紙背，令人無法喘息、無法辯解、無所遁逃。這當然是李敖文風的一大重點，連李敖聽到這樣的評語，也說「此眞知李敖者」；[23]然而，筆者個人覺得評論李敖文章爲「用筆如刀」，其實只抓住一部分精髓，李敖的文章，應該是兩面刃，一面是「用筆如刀」，另一面則是「用筆如頑皮豹」。何爲「用筆如頑皮豹」？卡通裡的頑皮豹是沒有禁忌的，沒有特有形狀的，卡車壓過去後，他的形狀是扁平的；從天上掉下來，頑皮豹可以在地面形成一個「五體投地」的坑洞，但是，很快地，他又若無其事的活過來了，而且，立刻又變回立體的。這種可以隨意變化外形結構的可能性，超乎一般眞實生活之想像。李敖的文章正具有頑皮豹這種隨意轉化結構、頑皮、超乎想像的特質。

舉例而言，李敖說：「說我坐牢坐到陽痿的人，只有肏這種人的屁股，他們才知道我雞巴多硬、多麼趙元任太太——楊步偉（陽不痿）。」[24]李敖氣憤的罵著說他陽痿的人，但是，話鋒一轉馬上開了一個玩笑，開了一個給人印象溫柔淑婉的無辜語言學家夫人的黃腔，這叫做「用筆如刀」嗎？沒有那麼剛硬、鋒利吧？這根本是一種創意、一種藝術、一種玩笑、一種綜藝、一種趣味，更是一種中文語言特色的極度發揮。職是，筆者稱此李氏文風「用筆如頑皮豹」，蓋此筆法所臻者乃一種卡通的趣味與效果。以「用筆如頑皮豹」形容李敖文風，一如余光中教授在譯畢王爾德《不可兒戲》[25]時說，王爾德的文字常常「一跤絆到邏輯外」，[26]令人叫絕。何謂「一跤絆到邏輯外」？舉例而言，王爾德受邀從英國到美國演講的時候，在通過海關要報稅的時候，海關人員問王爾德：「有沒有任何東西要申報？」王爾德機智幽默的說：「我沒啥可報，除了我的天才。」（I have nothing to declare, except my genius.）天才本是一種稟賦，何能價値化？具體化呢？如何加以申報呢？王爾德的遺詞超乎一般語言邏輯之上，才會出此妙語。

王爾德又說：**I am the King of English.**（我是英語之王。）「英國」之王是明確的，「英語」之王卻是誇大的，是很「一跤絆到邏輯外」的。同樣地，李敖說：「五十年來和五百年內，中國人寫白話文的前三名是李敖，李敖，李敖，嘴巴上罵我吹牛的人，心裡都爲我供了牌位。」這豈不更叫人一跤絆到邏輯外嗎？試問，這是哪門子的邏輯？胡適推行白話文運動，至今不到一百年，李敖卻已預言五百年內，也就是往後四百年內的中國將無一人能超越他的白話文成就。而且，不只無法超越他的成就，往後四百年的作家將無一人可以擠進白話文寫作的前三名。對比之下，「我是英語之王」的王爾德，就沒那麼「一跤絆到邏輯外」了。正因爲李敖的句法超乎邏輯、異於常理，他往往被引錯，筆者在〈打敗引號的李氏句法〉有專節介紹，此處不贅言。

顯然，李敖除了「用筆如刀」之外，還「用筆如頑皮豹」，頑皮豹才更符合李敖的語言邏輯，李敖本身對這句名言非常得意，他沾沾自喜的分析說，這就好像連續推你三下，推一下、一下、再一下。其實，這句名言的巧妙之處，並不僅於此，而是在「一跤絆到邏輯外」的超越想像。反觀，李敖曾經批評蔣經國說：「你喊『勝利、勝利、勝利』，這種口號，難道就眞的可以勝利嗎？如果這種口號傳到敵人的口中，敵人也喊說『勝利、勝利、勝利』，那麼勝利該歸誰呢？」㉗若將此語反問李敖，李敖不也矛盾乎？李敖自己吹捧自己包辦白話文的前三名，難道不是一種蔣經國所喊的「勝

㉒同注⑨，頁四七—四八。
㉓同注㉒。
㉔同注⑬。
㉕《不可兒戲》或譯《誠實的重要》。
㉖余光中說，翻譯王爾德的文章就像在跟王爾德拔河一樣，因爲這些天才之作，巧奪天工，如何能等效翻譯呢？翻譯王爾德作品的困難，來自於王爾德不按牌理出牌。也因爲不按牌理出牌，加上有些特有的語彙是某個文化特有的產物，很難等效翻譯。舉例而言，時下一本寫如何學習英文的書，名爲《十分精采》。「十分精采」的絃内之音，大家都明白；但是，它的絃外之音，上溯「才高八斗」之典故，意味著全台灣英文之精采由此十人均分。「十分精采」這書名若要譯成英文，極難兼顧其絃內與絃外，此翻譯困難之所在。譯壇大家余光中認爲：翻譯王爾德，除了雙聲與雙關之兩難，更難的是在其絆人的邏輯鎖鏈中表演掙脫術。
㉗李敖：「笑傲江湖」電視節目。

利、勝利、勝利」嗎？我們只聽過散文、小說、新詩、劇本等等的比賽，卻從未聽說過，有哪個單位舉辦過「白話文大賽」，也沒聽說過有哪個作家報名參加過白話文比賽，李敖自己主辦白話文競賽，再自己包辦其前三名，難道不是因爲只有一人與賽嗎？那麼獎項統統歸你，又何足爲奇呢？其實，李敖並非不知此語易招非議，李敖之所以堅持不厭其煩地連續上台領獎，肇因於要使人對他的文章有感覺。李敖坦承：「這是一種廣告技巧，如果我說『李敖是最優秀的白話文作家』，聽了就沒有什麼感覺，但我說前三名都是李敖，你或許覺得這傢伙很狂妄，但你很難忘記這個句子。」[28]這種不合乎現實的自我頒獎、超越邏輯的筆法，眞如頑皮豹般大小隨意、寬扁自如的境界，是以，我們說李敖「用筆如頑皮豹」。

李敖的文章脫不了性、機智、趣味。他的靈感，來自中國文字特有的字形與同音。李敖說：「中國的文字因爲太少、不夠用，以致一字多義。中國文字，我做過統計，一共有一千六百五十六個音，其餘全部都是同音字（有些音甚至有音無字），而中國文字，在許愼的《說文解字》這部書裡一共是九千一百五十六個字，到了現在，中華人民共和國最新出版的《中華字海》裡，共有八萬五千五百六十八個字，不論是九千多字還是八萬多字，事實上我們常用的字一共只有六千一百九十六個，所以我們表達的意思，都在這六一九六個字裡面打滾，造成中文的一些困難。」[29]聰明的李敖將中文的缺點轉化爲有利的書寫方式。基此統計，李敖對同音字很有研究，並且很擅長開這種玩笑，但是，不可否認的，李敖對中國文字獨到的掌握能力跟他的個性有關。李敖曾於大學時代，觀摩一些當代名人的行事風格，李敖認爲，他應該效法的是林語堂，因爲林語堂不管是在演講或是待人處世上永遠是笑口常開的，年輕的李敖覺得這樣才夠雍容，每天緊張兮兮，嚴肅的打緊又有何用處呢？於是，李敖便朝著成爲一隻「笑面虎」而努力了。

李敖天生諧謔，玩起文字遊戲來肆無忌憚。文字遊戲顧名思義就是玩文字的遊戲。李敖在取笑他的前妻胡茵夢與貓的關係時，說他自己是「愛假貓家」，因爲他只愛看貓的照片，但是胡茵夢則是「假愛貓家」，[30]李敖刻意做這樣的分別，形成一種文字遊戲的趣味性，這是李敖諧謔的一面。由於遊戲稟性使然，李敖的語言常使「群胡同笑，四座並歡」。[31]雖然大剌剌罵人，但因總是笑嘻嘻的，所以，李敖自認絕不是一位「恐怖分子」；恐怖分子會用暗器傷人，而他罵人往往是直來直往的。李敖說：「眞正危險的人物絕不像我這樣常常好說話、說好話、話好說，拋頭露面，像個『文化明星』。」[32]以三個字「好、說、話」的不同排列組合：「好說話、說好話、話好說」，把玩、戲弄方塊漢字之特色，造成一種趣味效果。青年李敖、失業李敖，蟄居「碧潭山樓」，朋友施珂爲他包成功中學作文簿，他以批改作文爲生。改了一票作文簿之後，他將所閱作文歸納爲三類：其一曰「狗臭屁」，爲文字不通如臭屁，其臭如狗者；其二曰「臭狗屁」，爲文字不通如狗屁，極臭者；其三曰「臭屁狗」，最是令人難以消受，蓋「臭屁狗」者，狗也，終篇以放臭屁爲最樂、終身以放臭屁爲職

㉘《PLAYBOY》編輯部：〈專訪李敖．PLAYBOY頭號校友〉，一九九九年六月號，頁五二。
㉙李敖：〈菩薩與狡童〉。收於《中國時報》第三十七版，一九九八年十一月二日。
㉚李敖：《李敖回憶錄》，商周出版公司，頁四一九—四二〇。
㉛同注㉚，頁四二六。
㉜李敖：【李敖大全集】第三冊《上下古今談》，榮泉文化事業公司，頁一二七。

志。此乃以中國文字特有的排列組合方式，李敖以此製造語義的懸宕、落差、諧謔與誇大，常令讀者拍案。

李敖遊戲文字，常常出乎讀者意料，每每令人莞爾，例如李敖在描寫孔子「正樂」的一段文章中說：

> 所謂「正樂」，翻成白話，就是使音樂立正的工作。但是，使音樂立正，談何容易？事實上，立正了半天，一旦齊國將美女加流行歌曲外銷到魯國的時候，魯國君臣上下，就大有「三月頗知肉味」的香豔感覺了。孔夫子一氣，就走了，所有的正樂，都「稍息」了。[33]

「正樂」本是一項嚴肅的工作，李敖把它翻譯成「使音樂立正」，證諸孔子道貌岸然的臉孔，不禁使人露出會意的一笑，而「鄭衛之聲」被形容成「流行音樂」也是很恰當的比喻，透過李敖的文字，我們彷彿可以看到孔夫子吹鬍子瞪眼的生氣模樣，而所有的「正樂」在孔子走了之後，也不用再那麼嚴肅的「立正」了。

頑童性格的李敖，不只開孔子的玩笑，也開祖宗的玩笑：

> 在中國的家中，爸爸的祖宗越算越長，越長越好；而媽媽的祖宗，大概只算到外公，外公以外的公，都「見外」了。[34]

這一語雙關的「見外」，標示出中國重男輕女、男尊女卑的傳統，的確，在中國的家族中，女人的權利完全依附在男人的身上，所謂「妻以夫爲貴」、「母以子貴」、「在家從父，出嫁從夫，夫死從子。」這「父」、「夫」、「子」全都是男性，不管年紀比這婦人大還是小，一律是女人依從的對象，失去這些人，女人便成浮萍，無所憑藉。所以，李敖說：「媽媽的祖宗，大概只算到外公，外公以外的公，都『見外』了」。

李敖不只開祖宗的玩笑，索性也幽自己一默，他說：「我由「大作家」變爲「大坐牢家」的時候，看書無算。」㉟坐牢本是一件痛苦的事，李敖把他寫成由『大作家』變爲『大坐牢家』，讓我們感覺坐牢好像沒有那麼痛苦，坐牢竟然也可以成爲開玩笑的題材，牢亦可坐到成爲「大家」的境界，那麼，坐牢應該也勉強算是一種遊戲吧！只是，這個遊戲的「天生玩家」唯李敖一人耳，不免有些落寞；雖則如此，李敖仍然「自得其樂」。在此，我們看到李敖強者的一面，身繫囹圄，人們早已自暴自棄，李敖卻還看書無算，光陰點點，全無浪費，再加上李敖一輩子沒啥正式職業，終於，他大言不慚的說自己「讀書之多，的確可說中國人無出其右」，㊱以李敖一千五百萬字的等身著作而言，這句重話想必雖不中亦不遠矣！

㉝李敖：《獨白下的傳統》，桂冠圖書公司，頁九三。
㉞同注㉝，頁一〇二。
㉟李敖：【李敖大全集】第六冊《李敖文存》，榮泉出版社，頁一一八。
㊱李敖：《李敖對話錄》，桂冠圖書公司，頁一三七。

另外，文字遊戲亦可製造一種不可預測性。何謂不可預測性？我們講話的時候，如果將重點壓留在最後，常能收到意想不到的效果，李敖就常施此技，以吊尾句大吊讀者胃口。他說：

我十五歲的時候，我代表我的中學——台中第一中學，參加台中市演講比賽，我得了冠軍——下面那一名。得冠軍的是一個女孩子，一個很矮很胖、很黑很老、又兇得很的一隻母老虎，我從小就認識她了，並非青梅竹馬，兩小無猜，她是我姊姊。(37)

李敖在短短幾行字裡面，就用了兩次吊尾句，一次說他得了全台中市演講比賽的「冠軍」，弔詭得很，這個冠軍卻是第二名，為什麼呢？因為它是「冠軍——下面那一名」。接著，他描述得到冠軍的是「一個女孩子，一個很矮很胖、很黑很老、又兇得很的一隻母老虎」，依照中國「溫柔敦厚」的傳統與善良風俗，我們絕猜不到這個李敖「從小就認識，並非青梅竹馬，兩小無猜」的名嘴，竟然會是他自己的親姊姊。李敖這樣運用文字，讓我們在山窮水盡時，絕處逢生，豁然撞眼桃花源——或者莞爾，或者縱聲。此吊尾句，運用之妙，存乎一心，亦非李敖之所獨擅。中國的唐伯虎、紀曉嵐，英國的王爾德、約翰生，皆此中之尤也，約翰生不是說過：I am willing to love all mankind, except *an American*.與 No man but a blockhead ever wrote, except for money.嗎？(38)

當然，愛挖苦人的李敖也不會放過他的敵人：「李敖好整以暇地對政見會信心滿滿，表示可以輕易將敵人『打得滿地爬』；他是以『禪宗』精神，『逢佛殺佛、逢祖殺祖、逢羅漢殺羅漢、逢笨蛋殺笨蛋。』」(39)在這段話中，我們本來看到的是神佛滿天，敵人似乎莫測高深，但是，突然來個笨蛋，落差之大，令人不可測，也讓人在閱讀李敖文章時，充滿懸宕好奇，因為我們不知道下一句，李敖將以怎樣的方式來呈現他要表達的內容，如此，便增加了我們閱讀的興趣，達到李敖要走的大眾化路線，有趣又有內容。

李敖也曾以「人屁股一冊」形容自己的書《傳統下的獨白》賣得好，乍看之下眞叫人莫名其妙，但李敖在「人屁股一冊」之後馬上以破折號加注「當年胡茵夢就把它插在牛仔褲後，招搖走過輔大校園。」立刻，讀者恍然大悟，明白這原來改寫自成語「人手一冊」。妙的是，大悟之餘，讀者彷彿親眼目睹胡大美人搖曳的身姿，雙眼聚焦於她那牛仔褲緊塑、勾勒的臀部，周遭，則是美侖美奐的輔大校園，這是多麼綻然的一幕！多麼生動，又多麼具體！「人手一冊」是一隻軟趴趴的蒼老之手；「人屁股一冊」則是一團圓滾滾的青春之臀，充滿意象、動態，是一齣最迷你的電影。同樣地，李敖也改寫「洛陽紙貴」：「在《獨白下的傳統》使『台北紙貴』的熱潮中，一位美人，當年在大學時代，曾把文星出版的《傳統下的獨白》插在牛仔褲後，招搖而過輔大校園的，這回也趕去買了一冊，這位美人，就是電影明星胡茵夢。」[40]廣告文字之奔放，係李敖最引以爲豪者，驗之胡茵

㊲李敖：【李敖大全集】第二十三冊《一個預備軍官的日記（下冊）》，榮泉文化事業公司，頁七三五。

㊳James Boswell. *The Life of Samuel Johnson*. London: Penguin Books, 1791. p. 247, 209.

㊴凌佩君：〈敖：半小時太少、應延長時間〉。《聯合報》第三版，二〇〇〇年二月二十一日；李敖網站：李敖新聞，http://www.leeao.com.tw/speculation/elec2000/02211.html。

㊵同注㉚，頁三三七。

夢「屁股」，果然美不勝收。

當然，李敖有時也會突發奇想，將許多文字或成語排列在一起，造成一種堆積的趣味：「昨天週末，今天禮拜，都不能休息。昨晚四時才睡，不過你千萬放心，我是累不壞的，——不信你回來，看我使你哼唉啊呵呀哦唔呢哈呼啦呶啾吸嗡嗚！」[41]一連串口字旁的擬聲動詞，你是否也聽到G在床上的低聲呢喃或者張嘴驚呼呢？中國文字的造字規則，在此有了令人耳目一新的呈現，這一連串的「哼唉啊呵呀哦唔呢哈呼啦呶啾吸嗡嗚！」彷若穿著整齊、五官各異的女憲兵進行校閱大典，正步踢過總統府。

這是李敖的誇張，這也是李敖的技巧，這更是李敖的玩笑，當然也只有李敖才會想到文字疊羅漢，但也只有中國文字才禁得起這樣的玩笑！試看漢人作漢賦的時候，不也是堆積辭藻，造成漢賦所謂的「排山倒海的氣勢」嗎？那這一連串踢正步喊「口」號的女憲兵，「聲」勢豈不更響遏行雲橫碧落？

李敖不只疊文字的羅漢，李敖還疊語詞的羅漢。李敖說：「如果有一個新女性，又漂亮又漂泊、又迷人又迷茫、又優遊又優秀、又傷感又性感、又不可理解又不可理喻的，一定不是別人，是胡——茵——夢。」[42]語彙疊羅漢還不夠，李敖更大疊成語的羅漢。以前李敖在主事《文星》雜誌時，偶有文學批評之作，他對當紅的瓊瑤批評有加（甚或有乘），尤其〈我們應該打倒的濫套辭彙——以《窗外》為例〉一文，更是列舉瓊瑤小說《窗外》中的成語和舊言，並加以批判，李敖認為瓊瑤應該寫一些新的句子，可見他「唯成言、成語之務去」，與美國現代主義詩人龐德（Ezra Pound）一樣要「一新耳目」（make it new）。李敖也喜歡用成語，只是，他不像瓊瑤零零星星地綴以四字成語以求通達，李敖將成語一連串的使用出來，因爲他自任「成語的閱兵主帥」，棒子一揮，一托拉庫的成語魚貫而出，眞有如過江之鯽，請先做深呼吸再看如下的「李氏成語大隊」吧！

> 李敖是最受爭議的風雲人物，三十年來，人們對他千夫所指，他對人們橫眉冷對，高潮迭起，盛名不衰。不知道他的人，罵他目空一切、傲慢自大、喜怒無常、剛愎自用、尖酸刻薄、怙惡不悛、離經叛道、犯上作亂、舞文弄法、妖言惑眾、好訟成性、意氣用事、兒戲學問、包藏禍心、顛倒是非、得饒人處不饒人。
>
> 了解他的人，欣賞他特立獨行、當仁不讓、得理不饒、守正不阿、見解不凡、膽大心細、學問淵博、見義勇爲、快意恩仇、情文並茂、磊落光明、敢說敢做、辯才無礙、有所不爲、超軼絕塵、雖千萬人吾往矣。㊸

㊶李敖：《李敖作品精選集：李敖情書集》，桂冠圖書公司，頁四一。

㊷同注㉚，頁三四一。

㊸引自【李敖大全集】二十一到四十冊的廣告辭，榮泉文化事業公司。

李敖畢竟是李敖，成語雖然還是原來的成語，筆畫一撇不少，文辭一字不更，然而，在李氏八陣圖的作法之下，四字成語竟化作一條文字長龍，直綿延奔向夸父的足下，誰能抗拒那「數大便是美」、「文多就是力」的李氏魔法呢？或可名之曰「文字的數學」吧！這種成語大隊的進行曲，李敖並非偶一爲之，李敖也曾拿來讚嘆他的電視節目——「笑傲江湖」：「『李敖笑傲江湖』自開播後，立刻震驚島內和海外，自人類發明電視以來，從沒領教過節目是這樣幹法的：——一世之雄、一手包辦、一襲紅衣、一成不變、一言九鼎、一座稱善、一針見血、一廂情願、一板三眼、一唱三嘆。……總之，任何認爲一個人做不了的節目，都被我一個人做到了。」㊹

當然，主流作家是不作興這樣用成語的，但是，李敖用起來，卻妙趣橫生，至少，掩卷而笑的人總不在少數吧！而「好笑」、「有趣」，就是李敖爲文的重要方法與哲學呢！他最愛舉司馬光的《資治通鑑》爲例，雖然神童司馬光耗時十九年才完成了曠世巨作，自曰：「畢生心力盡於斯矣」，他自己卻感嘆「只有他的一個朋友王勝之讀過一遍」，其他人只要翻幾頁便昏昏欲睡了，一本費時十九年的歷史大作卻淪爲中華民族知識分子的強力安眠藥，眞嗚呼哀哉！㊺

余秋雨說：「世界上最永恆的文學，莫過於神話、童話和寓言，而在神話、童話和寓言中，無一不貫穿著濃烈的遊戲秉性。對人類最原始、最宏大的關愛，也就滲透在這種遊戲秉性裡。」㊻細讀之下，不難發現李文有其強烈的「遊戲秉性」，這種遊戲性格，誠如余秋雨所言，來自「對人類最原始、最宏大的關愛」，唯其原始，故具吸引力，唯其充滿關愛，故面對苦難仍一笑置之。一代善霸李敖，以遊戲人間的行文方式，呈現他的思想內容，這樣的頑童性格，使受苦受難的普羅大眾，在偶一參與其文字遊戲時得以自娛，達到他所要走的「大眾化路線」。

㊹李敖：【李敖大全集】第二十八冊《李敖回憶錄》，頁四二〇。
㊺參考本書第三章第一節：「笑＝效」的教育哲學。
㊻余秋雨：《余秋雨台灣演講》，爾雅出版社，頁六四。

三、古典押韻對句之美學

中國文字與西方文字的最大差別，在於獨體單音，加上聲韻非平即仄，如此，提供了一個良好的對仗環境。我們只消看看唐詩的工整對仗，整齊排列，便可鳥瞰中國文字的特性。一般而言，論者以為「中國的文字欠缺謹嚴周密的文法，頗不便於邏輯思考，但有利於文學表現。」㊼中國文字分為形、音、義三部分，在千年的凝淬中，形與義的結合已達到一種藝術的境界，中國詩詞，二十字之寡，便足將背景氛圍、作者感受表達淋漓。例如，詩仙李白的〈靜夜思〉：

床前明月光，
疑是地上霜；
舉頭望明月，
低頭思故鄉。㊽

這首詩沒有主詞，作者隱身屋內，他不必現身，卻沒有一個讀者不知道這首詩的主人翁在哪裡。漢字有其特別的獨體單音結構，在動詞的變化上，不像西方語言：主辭、時態改變，其動詞就以不同面貌出現，謂之詞形變化（inflection）。是以，〈靜夜思〉不見主詞，亦無動詞變位，文字雖然簡樸，音韻卻鏗鏘幽然。即使文字簡單純樸，這首詩歌所欲表達的遊子愁緒，卻未曾因爲文字的簡短而稍稍變薄。文字到了此種境界，實足已以藝術之姿卓然存在了。李敖「在寫文章的時候，時時反問自己：『它是不是最好的表達方式？』他要求自己，用最少的字數寫出最好的句子。」㊾同樣地，詩人余光中如是分析：

> 秩序化的結構表現在文句上，便是對仗與排比。中國字既單且方，又天生非平即仄，所以有文言修養的作者自然而然就會對起仗來。若是理直氣壯，言之有物，就算是句法儷行，也還是情溢乎辭。若是言之空洞，則對仗與排比就顯得徒有功架，失之機械了。白話文親切自然，卻容易流於散漫、嚕囌，因此在一路單行之餘，不妨酌用對仗與排比來整飭文句。……愛用對仗與排比，好處是以駢馭散，望之井然，讀之鏗鏘，但是用得過分之後，不免也有一點「擺姿態」（mannerism）之嫌。這種手法成敗如何，全在自然與否，若帶勉強，就得不償失了。……對仗

㊼余光中：《逍遙遊》，九歌出版社，頁七七—七八。
㊽蘅塘退士選輯：《唐詩三百首》，世一書局，頁五八。
㊾梁實秋等著：《說李敖長，道李敖短》，天元圖書公司，頁二二三。

與排比其實是一種變相的重複。重複，在文學裡也有許多方式，原爲意義與音韻的強調，但其效果應該是加強，不是干擾。[50]

余光中認爲「白話文親切自然，卻容易流於散漫、嚕囌，因此在一路單行之餘，不妨酌用對仗與排比來整飭文句。」但是，先決條件是要言之有物，不流於空泛之論，這樣的功力，來自厚實的古文基礎。李敖汲取古文精髓和來自西方的語言養分，加以用功、博學與戲謔成性，因此，他排比對仗起來旁徵博引，活潑萬分，運用之頻，舞弄之妙，簡直令人難望其項背。

李敖說：「國民黨扣住這些人，說要反攻反攻反攻大陸去，不准退伍，他們白天只好打野外；不准成家，他們晚上只好打野炮。」[51]李敖以簡單的一對，證明了以排比的手法來描述事件，果然可以避免白話文的散漫、囉唆。以「打野炮」對「打野外」，立即對出老兵的勤務、需求、無奈與心酸。

李敖在第一次政治犯被釋之後，遠景出版社的沈登恩找上了李敖，在沈登恩「三顧李敖」之後，兩人一拍即合，由遠景出版《獨白下的傳統》，此書一出，又爲文壇投下了一顆原子彈。李敖寫道：「遠景過去沒有李敖，李敖過去沒有遠景，現在，都有了。」[52]這兩句話以相同的字，做不同的排列組合，讓人在意猶未盡之時，感染當時寂靜文壇的冉冉「遠景」。

李敖在第二次政治犯出獄之後，控告蕭孟能誣告他，在出庭時，李敖巧遇前妻胡茵夢，在與蕭孟能和胡茵夢對話之後，李敖寫下：「這條好玩的日記，可以看出胡茵夢的風華、蕭孟能的風度和李敖的風趣。」[53]由此「風華」、「風度」、「風趣」，不難看出，李氏排比實爲一種意象與文字的重複，而此重複自有其強調、趣味與加深印象之功。

余光中說：「中文其實是一種很優美的語言，很強調美學，爲什麼呢？因爲我們的耳朵要求很高，不好聽的字眼，我們不說，一句話不好聽，就不能成爲成語。你去翻中文字典吧，成爲四字成語的，幾乎都是平仄調配得恰到好處，好聽，才能夠流傳幾百年，或上千年。中文的數目『千』，幸好是平聲，『百』是仄聲，『萬』也是仄聲，要是千讀成『欠』就糟了，對對子永遠也對不出來了。幸好這邊平聲千，那邊有萬跟百，因此，你去看那些成語：千瘡百孔、千頭萬緒、千秋萬歲、千年萬代，一口氣可以舉幾十個出來，千嬌百媚、千紅萬紫、千辛萬苦、千言萬語、千絲萬縷、千眞萬確、千依百順，都有一個美學的原理，平仄與文法都對仗。頭緒，你說千緒萬頭，也沒有什麼不對。千緒萬頭就是不好聽，誰講千緒萬頭呢？千方百計正好，誰講千計百方呢？拗口就不能成爲成語，因此，自然變成平平仄仄，誰也不會講千緒萬頭。千軍萬馬呢，你說一個兵要十匹馬幹什麼呢？你倒過來，千馬萬軍，誰也不接受你這個說法，千軍萬馬，就是平平仄仄。所以我們有時也會講出不太合邏輯的成語來，我們說『山明水秀』，水當然可以秀，水也可以明，山，誰看見山明起來

㊿余光中：《井然有序：余光中序文集》，九歌出版社，頁二四九—二五〇。

51同注30，頁一三七。

52同注30，頁三三四。

53同注30，頁三五九。

了？可是我們說山明水秀，就是平平仄仄，好聽。我們說紅男綠女，紅色往往跟女性聯想：紅粉知己，紅顏薄命。唯獨『紅男綠女』一句，綠接在女上面，就是平仄的關係。」㊹中文的對仗與排比不但能夠拉抬文章的氣勢，也頗能造成聲韻的鏗鏘。李敖的對仗與排比是濃縮而奔放的。李敖說：

男人用眼睛
女人從他視覺使他神昏顛倒
女人用耳朵
男人從她聽覺使她意亂情迷㊺

這句排比整齊的李氏格言，男人對女人、眼睛對耳朵、視覺對聽覺、神昏顛倒對意亂情迷，文字是白得不能再白的，手法卻脫胎於古典的對仗。李敖以簡單、工整、對仗的語言，寫出他對人性的觀察，豈不是嗎？古有明訓：「女為悅己者容」。所以，女人就極盡打扮之能事以博得心上人的回眸；而男人則極盡巧言令色之能事，令女人暈頭轉向，不知身處何方？李敖用短短四句排比工整的格言，就將男女天性上的差異闡述得分外流暢清楚，其所得力者乃對仗排比之功。

女友不斷的李敖，認為女人雖然為悅己者容，但是，在女人的潛意識裡，其「悅己」的男性形象，其實有五個：

女人的男人　其實有五個
心中一個

眼中一個
手中一個
懷中一個
夢中一個
以爲女人只有一個男人的男人是笨蛋⑯

這看似排比工整的句子，卻神來一筆：「以爲女人只有一個男人的男人是笨蛋」。用淺而不能再淺的「笨蛋」，加在這句格言之後，看似有點不倫不類，但此李氏風格也，永遠有其出乎意料的峰回路轉，而且，罵人從不拐彎抹角。句末連續用了五個「一個」，把女人朝三暮四的形象量化，造成雖少實多的意象，重複的效果不僅雙倍，簡直是「乘以五」了。

李敖罵人從來就是指名道姓的，再加上他是一個重視講話的人，所以，李敖說：

對男人我先聽他講什麼話才看他長什麼樣
馬英九例外

---

⑭余光中：《英文與中文西化》，財團法人趙麗蓮教授文教基金會，頁九四—九五。

⑮李敖網站：李敖語錄，http://www.leeao.com.tw/speaker/f199910.html。

⑯李敖網站：李敖語錄，http://www.leeao.com.tw/speaker/f200003.html。

對女人我先看他長什麼樣才聽她講什麼話
陳文茜例外[57]

眾所皆知，一句話要講得既長且通順，是不容易的。李敖在第一和第三句一共用了十八字，但流暢性仍不減，結構清楚明白，因其平衡相對。陳文茜是李敖的紅粉知己，李敖認爲陳文茜是「最聰明慧黠的女人」，[58]馬英九是台灣女性同胞的白馬王子，李敖將馬英九的外貌拿來比對陳文茜的說話能力，均勻呈現他對兩者——馬英九與陳文茜、美貌與口才——的重視。

當然，李敖除了將這種對仗排比方式拿來說明人性之外，他也拿來挖苦他的競選對手：

對宋張配你會好笑
對連蕭配你會冷笑
對陳呂配你會苦笑[59]

李敖一連用了三個笑：「好笑」、「冷笑」、「苦笑」來說明對手的搭檔組合，但是，我們清楚知道，雖然每個句子裡面都有一個「笑」，但是，卻一點都不好笑。這是李敖擅長的寫作方式，他常用清楚明白大剌剌的文字來嘲諷人。李敖又說：

由於連營拒絕參與「跨媒體聯盟」舉辦的五組候選人同台辯論，……李敖指出不僅連戰落跑，陳水扁也落跑，連戰是「孬種的眞小人」，陳水扁是「孬種的僞君子」……李敖指民進黨不是

「民主先生」是「孬種退步」，李敖指連戰與陳水扁都逃不掉，他是「老李飛刀」要「千刀萬里追」，到時候他會將他們「一砲轟死」。[60]

李敖以「孬種的眞小人」對「孬種的僞君子」來說明連戰和陳水扁的性格，其性格雖有「眞」、「假」之分，但其壞的本質卻是不一而同的，用排比的句子來罵人，不但省力不少，也令人印象深刻。最後，李敖以俠客的形象出現，改寫「小李飛刀」爲「老李飛刀」，既可明其年齡，亦可暗示其「棒」。如此，李敖的俠客性格以及「百發百中、例無虛發」的英雄形象便不言而喻了，其結果不是將敵人亂刀射死，而是高火力的「一砲轟死」，如此一來，敵人不但死得慘烈，還死無全屍呢！豈不快哉！快哉！

李敖是強者哲學的信奉者，一切皆務求其「大」。他說：「阿扁最近寫了一本《台灣之子》的書，我也想寫一本《台灣之父》的書。」[61]言下之意，他對台灣的影響要比當時的總統候選人陳水扁早得多、大得多了。爲什麼呢？根據李敖的邏輯，他是「台灣之父」，有李敖才有台灣，阿扁只是

---

[57] 李敖網站：李敖語錄，http://www.leeao.com.tw/speaker/f199910.html。

[58] 同注[30]，頁四七四。

[59] 李敖網站：李敖語錄，http://www.leeao.com.tw/speaker/f102171.html。

[60] 同注[10]。

[61] 同注[19]，頁二三一。

「台灣之子」，有台灣才有阿扁。如此一來，阿扁就成了李敖的兒孫輩，這罵人不帶髒字的罵法，亦出於李敖來自古典對句的靈感——以書名《台灣之父》對書名《台灣之子》，祖孫相爭於公元二〇〇〇的台灣總統大選。

李敖擅長罵人，對手只要一露敗相，他絕不手軟，罵人的砲火，不只朝向政治人物，也對著作家猛轟：

> 三毛很友善，但我對她印象欠佳……，我看她整天在兜她的框框，這個框框就是她那個一再重複的愛情故事，其中有白虎星式的剋夫、白雲鄉式的逃世、白血病式的國際路線、和白開水式的氾濫愛情。[62]

李敖一連用了四個「白」字來形容三毛文章的貧血蒼白，整天兜著同一個框框，框框裡面有「白虎星式的剋夫、白雲鄉式的逃世、白血病式的國際路線、和白開水式的氾濫愛情。」這四句排比整齊的對子，由「白」字領軍，將李敖對三毛的文學觀察、批判、不屑以最李敖式的獨家修辭法論而定之，以最烙人腦海的中文句法概括三毛文風，其語勢不可謂不創意十足、新穎高竿，其漂亮手法之所由，無疑是得利於古典對仗排比之整飾。

雖然，愛挖苦人是李敖性格的一部分，李敖也往往流露出對弱者的同情：

> 丁玲出版了《太陽照在桑乾河上》，紅得要命。但是，好景不常，太陽照在桑乾河上，明月照在

溝渠上，掃帚星照在丁玲頭上。丁玲曇花一現，就被打入敗部，被罰擦地板，最後變成一個在兩邊都要坐牢的人。[63]

「星星、月亮、太陽」一字排開，各自照著不同的對象。桑乾河擁有太陽，溝渠尚且有明月爲伴，倒楣的丁玲排到的是掃帚星，只好注定成爲一個在兩邊都要坐牢的人了。李敖有坐牢情結，對於一切不應該坐牢而坐牢的人，懷著深切的同情，是以，李敖同情丁玲，而在同情丁玲的同時，也更凸顯自己的關懷、情操與豁達，回首向來蕭瑟處，唯見風雨豈有晴？即使以坐牢爲代價，也在所不惜是李敖了。

李敖不只拿對仗排比來罵人，也拿來消遣自己：「總統選戰展開，候選人都有隨扈前呼後擁，李敖的感覺爲何？李敖說有『昔爲階下囚，今爲座上客』的感覺。」[64]從「階下囚」變爲「座上客」，畢竟耗盡了李敖的青壯歲月，人生有多少個二十年呢？李敖講得輕鬆，卻也充滿史家對時間力量的慨嘆，時間讓一切不可能變爲可能，也讓存有化爲空無，其理想雖然已露出「撥雲見日」之曙

---

62 李敖：【李敖大全集】第十七冊《波波頌》，榮泉文化事業公司，頁二七。

63 同注35，榮泉文化事業公司，頁一四—一五。

64 凌珮君：〈李敖顛宋掀李登輝底牌〉。《聯合報》第三版，二〇〇〇年三月三日；李敖網站：李敖新聞，http://www.leeao.com.tw/speculation/elec2000/03032.html。

光，然其流金歲月卻永遠流逝了：

我二十年前的精神部分一樣都沒少
只不過都上升了
我二十年前的肉體部分一樣也沒少
只不過都下垂了⑮

以「上升」和「下垂」，來形容精神的昇華，以及肉體無可奈何的老朽，看似抽象，若以「健康教育」觀之，則再「具體」不過了，蓋其所描繪者，人「體」之「具」也。歲月畢竟不待人，多少騷人墨客、英雄美人已被歷史淘溺其跡，時間的消逝是每位追求永恆者的共同感慨，孔子在周遊列國之後，站在江水邊嘆曰：「逝者如斯夫！不舍晝夜。」這喟然一嘆，嘆出多少「壯志未酬身先死」的無奈，李敖當然也感受到時日無多的焦慮，但是，他不作興在江水邊感慨，此公但知耕耘，或桌上，或床上，並以此格言所揭之一貫幽默態度，面對歲月流逝的感傷。

李敖詩作，較之一千五百萬字論著，簡直不成比例。李敖行文雖忠於胡適路線，揮毫白話，一派「前衛」，然泰半只限於評論性文章，就詩作的押韻、對仗及其古典美而言，李詩顯得遠較胡適《嘗試集》更爲崇古、更爲唐宋。從李詩擬古與其「對仗」、「押韻」之堅持，我們驚覺李敖爲文的一體兩面：他左手「左派」，大寫白話文章；右手「右派」，恪遵古典美學。是以，與現代主義詩人相較，極端「前衛」的李敖亦顯得「老派」，絕不放手古典中文之「後台」，或可以「新詩國粹派」稱之。李敖古體詩，較之白話詩，亦不遑多讓，其「押韻」堅持可說與胡適不無關連。李敖在胡適六十八歲的時候，寫了一首〈好事近〉打油詩給胡適祝壽。詩曰：

哈哈笑聲裡，
六十八歲來到，
看你白頭少年，
一點都不老。

壽星說話不妨多，
喝酒可要少，
不然太太曉得
那可不得了！
（適之先生曾提倡「不老」哲學，又是美國怕太太協會的會員，用這兩點意思成此小詞，敬賀他六十八歲的生辰。）[66]

---

[65] 李敖網站：李敖語錄，http://www.leeao.com.tw/speaker/f200002.html。

[66] 李敖：【李敖大全集】第十八冊《胡適與我》，榮泉文化事業公司，頁二。

胡適收到李敖此詩後，回了一封關鍵性的信給李敖，信裡說：「凡能做打油詩的，才可以做好詩。」[67]一般而言，凡打油詩者，皆須押韻，以求韻味、順口、強調、並加深印象。胡大壽星的鼓勵，後來可謂間接影響了李敖的詩觀，使他絕決地要在文學史的高潮洋瀾中作一股逆流，他鄙視新詩：「新詩人者，雙料騙子也。騙子只是騙人，新詩人卻連自己一起騙。」尤有甚者，自由主義者李敖很不自由主義地堅持將無韻詩送上斷頭台：「詩以有韻爲上，沒韻的詩，只證明了掌握中文能力的不足。台灣的所謂詩人和譯詩家，既不詩又不韻，像性無能者，是『詩無能者』，卻整天以陽痿行騙，眞是笑話極矣！」[68]李公此論，偏激之餘，融性學與詩學於一爐，令人絕倒。既然胡適如此稱許李敖的賀壽詩，爲了證明自己掌握中文的能力，兩年後的胡適壽辰，李敖不只寫了一首賀壽詩給胡適，而是逞才般的寫了三十首，以打油的面貌呈現。茲錄五首以明其文風，詩曰：

腐儒不做做鴻儒，野草茫茫猶未除，
白首校書兼論政，當年心血今在無？

千篇文字百卷書，又領「風騷」又高呼，
「福不唐捐」功須記，聖人自古不空出！

不知老來不知愁，垂柳三尺不嫌柔，
西風雖笑長條弱，幾番風雨鞭高樓。

先生老去如古木，祖國秋深可長住，
西方有孫手常拍；隔海莫想胡思杜。

煙塵瀰漫千重霧，辛苦或失「樓前樹」，
達者無爲無不爲，且爲後世鋪長路。[69]

另外，李詩爲求「趣味」、「活潑」、與「生動的對話性格」，而犧牲「文雅」詞藻、「古典」氛圍，去「莊」就「諧」的風格，與其對古詩「押韻」或「對仗」的堅持，皆可從〈陳文茜四十歲壽詩〉窺其一斑：

南港中央研究屁，占著毛坑屎不拉，
李昂小說光攪臭，北港香爐誰敢插？

---

[67] 同注[66]。
[68] 李敖：【李敖大全集】第十六冊《愛情的祕密》，頁四。
[69] 同注[66]，頁四—十。

建國妖姬新女性，不避孕也不結紮，
我是 Sisy 陳文茜，女人四十一枝花。

花下只見道友死，民進黨喲皆傻瓜，
所有男人不夠看，所有女人多三八，
所有黨綱徒說夢，所有政見都抓瞎，
我是 Sisy 陳文茜，女人四十一枝花。

濁水溪中淌濁水，蝸牛群中做女媧，
補天不成補破網，爛泥巴中吹喇叭，
十目所視十手指，文宣大權一把抓，
我是 Sisy 陳文茜，女人四十一枝花。

顛覆新聞人人讚，顛倒黑白人人誇，
打開電視說亮話，別無分號此一家，
尖嘴利舌又波霸，懶洋洋的把嬌撒，
我是 Sisy 陳文茜，女人四十一枝花。

今天天氣哈哈哈，壽星是我哇哇哇，
沒有什麼陳莎莉，只有蒙娜陳麗莎，
走上街頭黑壓壓，買件時裝把卡刷，
我是Sisy陳文茜，女人四十一枝花。

玩世不恭全靠我，取之不盡全靠媽，
愛之彌深全靠狗，仰之彌高全靠他，
新興民族鬼打架，姑娘妖廟一路發，
我是Sisy陳文茜，女人四十一枝花。⑩

從首句七字，一眼即可看出李敖的矛盾、矛盾的李敖：李敖爲詩，雖拚命存其盎然之古意，「屁」還是不能不放的！第一段大哉問「北港香爐誰敢插？」典出李昂小說《北港香爐人人插》，可窺李敖時事吸收之快、運用之活，以致其詩頗似怪胎，兼有斯文的古文結構與麻辣的新聞性格。第三段「濁水溪中淌濁水，蝸牛群中做女媧，補天不成補破網，爛泥巴中吹喇叭」，則以河名、人名玩拆音、拆字遊戲，極盡諧謔之能事，隱射陳文茜「濁水溪的女兒」之歲月，那一段濁水溪流域的青澀

⑩李敖網站：李敖新聞，http://www.leeao.com.tw/speculation/elec2000/03032.html。

之戀、翠綠之情，竟以「吹喇叭」結之，李敖的百無禁忌，眞一「舉」響徹雲霄矣！另外，以「濁水溪」對「林濁水」，以「蝸牛」對「女媧」，此乃李敖一貫戲弄、扭曲專有名詞的文字手法，一如其格言：「領袖可以沒有——如果沒有領袖（衣領和衣袖），穿背心也不錯啊！」此李氏獨門功夫，實立基於傳統中文的聲韻學、訓詁學、文字學，甚至典故學等，以此學問爲礎石，以其兒戲性格爲磨刀，李氏文心刀筆「雙雕」漢字之龍與中文之蟲。此詩亦顯其對仗與押韻的堅持，李敖不以現代新派手法寫詩，畢竟，他已經在古典的澡盆裡泡得太久了，淋浴豈可取代沐浴？當然，就精神層面而言，李敖走的還是白話文路線，是投入現實生活的。李敖不願把自己束諸高閣，他對佛經的闡述是觀音「寧願挨㑳」，以軟化類似陳進興等所犯之惡行，以稀釋人類潛藏之惡性。只要觀音開張雙腿，綠燈戶開張可免矣！無辜女子將得以逃此人性之所難逃；不只自己「寧願挨㑳」，觀音更派諸美女與惡漢性交，以拯蒼生於人性之既逆。正典佛經是這樣入世的，李敖強調入世精神，與觀音哲學如出一轍，他不是自我登聖爲「大慈大悲李敖菩薩」嗎？只是，在詩此一桂冠文類上，李敖死不肯以「白」入世，必欲衝決網羅、以古「韻」行之。

眞正將李敖「入世哲學」與「古韻堅持」融爲一爐，體現心關佛學與詩藝美學者，以〈老兵〉一詩爲最：

老兵永遠不死，
他是一個苦神。
一生水來火去，

輪不到一抔土墳。

他無人代辦後事，
也無心回首前塵，
他輸光全部歷史，
也丟掉所有親人。

他沒有今天夜裡，
也沒有明天早晨，
更沒有動章可掛，
只有著滿身彈痕。[71]

詩中說：「老兵永遠不死，他是一個苦神。他一生水來火去，輪不到一抔土墳。」曹植寫〈洛神〉，讀者無不摒氣凝神；李敖書「苦神」，讀者只有黯然傷神。渡海老兵，面對此詩，豈有不潸然淚下之理？身既隔海，生亦隔世，歷史之嘲、造化之弄、家國之難，過河兵卒啊！如何能解？此處落腳且

(71)同注(68)，頁七五。

為家吧！家？愁家也好，家愁也罷，家者，枷也！既為心之枷，更是身之鎖！

「一抔」土墳到底多大呢？這個問題可能會考倒很多人，因為我們很幸運，不是老兵，用不到這個單位詞。「一抔」就是以兩隻手掌心捧起來的巴掌分量，老兵戎馬一生，但死後既無親人可瞑其目，更無故里可以歸其魂，更可憐者，「他一生水來火去，輪不到一抔土墳」。荒野之屍，奢言安葬？歷史砲灰，怎堪入土？此詩，不只押韻與對仗源自古體，李敖還以古字出之。「一抔」這種單位詞，現代人已經很少用了；然而，一生罕有畢業證書的李敖，卻不或忘其北京新鮮胡同小學畢業證書，並將此證證諸其國文造詣，叫人不禁聯想起唐代駱賓王〈為徐敬業討武曌檄〉中之名句：「一抔之土未乾，六尺之孤安在？」是的，前衛的李敖是從古典走出來的，走出來，帶著一根棒子，這根棒子，在「老年人」面前是一枝訟棍，在「老兵」墳前是一炷清香！

當然，李敖對語言的講究並不範於古典，李敖對方言亦頗有研究，然多半限於書面研究而非口語使用。李敖說：「台灣人講『老公』，係北京人口中『太監』之意。妓女有言：『今晚你陪老公』意即『今晚你陪太監睡覺』。太監沒『卵叫』，有性無能，有愛無欲，整晚用嘴巴咬妓女，妓女痛苦不堪，故有『今晚你陪老公』一語」。李敖又說：「今天我李敖若著風衣當暴露狂露下體，台灣女孩會大叫『哇！』或『哇塞！』；北京女孩驚呼『呀！』；山東女孩則大聲說：『fer』（中文無此字）。」[72]此二例可看出李敖對「口語」、「元音」的掌握與考究，此其之所以文章流暢自然，引人共鳴者也，因其「白」可以貼近八方人民日常生活之現實，其「文」可以出土一代大師之抽象學術研究。反觀，李敖以此論證台灣的國語與大陸的國語早就分道揚鑣，何必苦搞「母語運動」，李敖更引歐陽子〈母語文學必死路一條〉之文為例，支持其論點。此李敖只知國民黨對台灣人民「政治壓抑」

之誤，而不能感受國民黨對台灣人民「母語壓抑」之苦，李敖對國民黨的「國語運動」少有批評，殊不知若無過分壓抑的「國語運動」於前，哪有反撲的「母語情節」於後呢？「國語運動」必要性自不在話下，然其亟欲控管台灣人民肩上之「頭」的舉措，難道不曾製造過多的不平、痛苦與扭曲？「母語運動」者，亦如「黨外運動」，值得同情、共鳴、贊助，它是不涉「拳頭」之「黨外運動」；其所涉者，唯「舌頭」耳！在語言上，李敖不啻「幸運兒」矣——一生只說一國語言，一手只寫一國文字，「母語」即「國語」，眞「母國」者也。從無「方言」、「國語」之隔，不負「方言」、「國語」之罪；也就沒有國學大儒錢穆「滿口無錫土音」[73]的困擾。李敖頗羨慕胡適公費留學考作文破格滿分之幸運，不知李敖自己覺不覺得可以「一口母語」縱橫天下也是一種罕見的幸運？君不見英國大文豪、以純正英語爲傲的約翰生博士，亦終身難脫其鄉音？[74]君不見多少中國男兒講一口漂亮的、道地的「媽媽的話」，卻終其一生也出不了鄉關？爲什麼呢？蓋語言自有其「權力」，語言自有其「宿命」耳！

李敖何其幸運，以一口「媽媽的話」笑傲江湖，議論古今、縱橫天下，基此天生幸運，畢生沉浸於古典之中，毋需浪費時間學習第二種語言——方言或國語。李敖省下這龐大的時間力量，累積個人豐厚的國學基礎，其結果是二元的：其一，李敖所要走的「大眾化路線」將因嘴上語言的隔

[72] 李敖：「李敖大哥大」電視節目，二〇〇〇年八月十五日。
[73] 同注[30]，頁九四。

閡，很難「越渡濁水溪」與民間打成一片，進而深入影響廣大的方言使用者；其二，古典中文對仗、排比、押韻之美學，將因李敖這支生力軍，延續其在中文辭章的關鍵性地位。在這滿街泡水車、滿紙泡水中文的年代，李文宛若一朵入夜荷花，奇葩似地開放，郁郁然，隱隱然，吐著古典的芬芳。

---

⑭ James Boswell. *The Life of Samuel Johnson.* London: Penguin Books, 1791. pp. 202-03. "He (Dr Johnson) expatiated in praise of Lichfield and its inhabitants, who, he said, were 'the most sober, decent people in England, the genteelest in proportion to their wealth, and spoke the purest English.' I doubted as to the last article of this eulogy: for they had several provincial sounds; as, *there,* pronounced like *fear*, instead of like *fair; once* pronounced *woonse*, instead of *wunse,* or *wonse*. Johnson himself never got entirely free of those provincial accents."

第五章　李敖的文字藝術（下）

五百年內第一流　俠骨柔情古無儔

一、文化等效翻譯

翻譯係一座溝通不同語言的橋梁，一種傳遞訊息的關鍵法門，在翻譯的過程中，如何把原文完全等效譯出，使譯文既遵原文語義，更無違原作之語音、語形、語階、語效等等，不啻一門高深的學問、一項不可能的任務。這種兼顧原作者行文之語義、語音、語形、語階、語效等等文字與文化意涵，使之「無所喪」於跨文化、跨文本的轉譯中，或能存其「最大文化相當值」於譯文中，成功演出奧維德《變形記》者，我們名之曰「文化等效翻譯」。

「等效原則中的關鍵因素之一是接受者。接受者是訊息傳遞的終點：訊息只有來源而沒有對象，傳遞就無法完成。然而，在翻譯尤其是筆譯過程中，甚至在關於翻譯質量的討論中，目光往往集中在作品本身，而在不同程度上忽視了接受者的效果，或是忽視這一效果與原文效果之間的對等。翻譯中許多毛病之所以不斷重現，翻譯質量討論中的一些問題（例如直譯和意譯之爭，神似與形似的關係）之所以長期不能解決，都與此有關。」①此論，可謂一針見血，指出了翻譯之弊常由於譯者忽略接受者（聽眾或讀者）之語言文化背景，或者無法譯出接受者之共鳴。此一課題，既是每位譯者所共同遭遇之困，譯家自應使出渾身解數以對，以巧克難；然而，為什麼不少譯者卻宿命般的逃避此一困境、不在譯文中追求「等效」呢？答案恐怕在於譯者本身的學識與判斷不周，無法成功跨越兩種文字的柏林圍牆、兩種文化的萬里長城，進而登陸文本差異的馬奇諾防線。易言之，我們認爲光講「等效」是不夠的，有時候甚至必須擴充到「整個文化層面」，而且是原文與譯文兩種語言的整個文化層面。如此，譯者方能突破文化海防，以洋灌土、以土掩洋，在自己母語文化的千年老店中搜出「既存的舶來品」。就量而言，時間焦慮者李敖，雖非翻譯大家，然其翻譯文字與原文間是極其「等效」的；甚且，其等效作用不止於文字層面，尚有其文化等效面向。根據筆者以上析論，我們將李敖量少質精的翻譯名之爲「文化等效翻譯」。

李敖早慧，在國小六年級的國語課，上到〈木蘭辭〉中的「唧唧復唧唧，木蘭當戶織」時，老師不可免俗的將此二句翻譯成白話文。老師熟練的遵照千百年來的翻譯，將「唧唧」二字，翻譯成「織布聲」。此時，李敖舉手問老師：「爲什麼〈琵琶行〉中的『我聞琵琶已嘆息，復聞此語重唧唧』的『唧唧』翻譯成『嘆息聲』，而〈木蘭辭〉的『唧唧』二字，卻翻譯成『織布聲』呢？而且，按照字面意義，如果將〈木蘭辭〉的『唧唧』二字，翻譯成『嘆息聲』豈不更符合木蘭的心境嗎？更何況，如此將避免一辭二解的窘境，不是嗎？」[2]老師雖對這位充滿批判意識的小學生刮目相看，卻無言以對。這是李敖在國學批判上的第一次大勝利，秉其「在不疑處有疑」的鑽研精神，李敖在小小年紀就擁有與眾不同的見解。

從中國特有的「象形」文字獲得靈感，李敖也曾對「且」[3]字提出新解。阮元對「且」字解釋道：「《說文》訓『且』爲薦，字屬象形」。[4]但是，到底「象」什麼「形」，阮元卻沒有把話講清楚、說明白；於是，李敖充當阮元的發言人，依「且」的甲骨文和金文字形，李敖指出：「『且』字明明就是象男人生殖器的形。」⑤秉此文字學觀點，李敖更進一步引經據典以中國文學作品證明自己的論點。

李敖從《詩經》〈褰裳〉著手。〈褰裳〉原文如下：

子惠思我，褰裳涉溱。子不我思，豈無他人？狂童之狂也且！

子惠思我，褰裳涉洧。子不我思，豈無他士？狂童之狂也且！⑥

現今的注，都將「且」當作語末助詞，也就是說「且」是無意義的。因此，翻譯的時候，往往將「且」字省略不譯。那麼，「狂童之狂也且」的意思就是說：「你這狂妄的人兒啊！你眞驕傲情薄。」但是，李敖並不這麼認爲。李敖說：「『且』的原始意就是祖宗的『祖』，『祖』字左邊的『示』表崇拜之意，右邊的『且』呢？其實是個象形字，也就是男人的性器官，所以，最後這句『狂

①金聖華、黃國彬主編：《因難見巧：名家翻譯經驗談》，書林出版社，頁四三。
②參考〈李敖前進校園〉演講。
③「且」字，已有多人考證過，李敖並非第一人，此處筆者只就李敖解釋探討其翻譯功力。
④李敖：《中國性研究》，桂冠圖書公司，頁一一八。
⑤同注④。
⑥同注④，頁二八。

童之狂也且！』它根本是女孩子小太妹打情罵俏的粗話，意思是你有什麼了不起，你不想本姑娘，本姑娘不愁沒別人想，『你神氣什麼，你這小子，雞巴啦！』」⑦

總而言之，都是標點符號惹的禍，如果古人懂得使用標點符號，就不至於使大家爭戰不休了，古人只消寫：「狂童之狂也，且！」不就令人茅塞頓開了嗎？

同理，李敖也以其「且」解剖〈山有扶蘇〉一詩。〈山有扶蘇〉原文如下：

山有扶蘇，隰有荷華。不見子都，乃見狂且！
山有喬松，隰有游龍。不見子充，乃見狡童！

依照中國文字的對仗特性，凡對仗者，詞類大抵相同。此首古詩，其對仗至爲工整顯眼：山上長的是扶蘇樹，山下的溼地生有荷華，「山」對「隰」，皆指處所位置；「扶蘇」對「荷華」，皆爲植物之名。沒看到子都，卻見到「狂且」，子都爲人名，所以，狂且理應是人名。再對照下一段的「不見子充，乃見狂童」，如果以隔段的對仗相互參照，子充是人名，所以，狡童也指人，再將「狡童」對照到「狂且」，如此，經過層層比對，可知「狂且」所指涉者人也，是以，「不見子都，乃見狂且」的李氏翻譯爲：「沒看見漂亮的小表哥，卻看到一個『傻屌』」——這樣翻譯才夠味，李敖如是說。⑧

以上例子，足證李敖堪當吾輩「一字師」的功力，這種能耐來自他的博學和強烈的批判意識。然而，李敖的成績不止於此。李敖是個歷史學家，對於千年公案——岳飛的「莫須有」罪名之考證，更是「文化等效翻譯」的最佳例證。

一般而言，史書皆將岳飛「莫須有」的罪名，按照字面上的意義直接翻譯為「不需要有」。批判性格強而又烈的李敖認為：岳飛當時的官階相當於今天的五星上將，如果，我們今天要殺一位五星級上將，可以「不需要有」罪名隨隨便便說殺就殺嗎？我們當然得給他羅織一項罪名，以對百姓有所交代，順便讓自己心安，不是嗎？人同此心，心同此理，秦檜再怎麼霸道，他也總得給天下人一個交代吧！李敖懷此法理邏輯於先，遍讀宋朝當時史料於後，終於讓他在秦檜的家鄉《地理志》中，找到一句方言——「莫須」。在秦檜的家鄉話裡，「莫須」意味著「走著瞧吧！」如此，李敖破解了這門懸疑的歷史「謀殺案」；也就是說，秦檜的意思是：「莫須，有。」翻譯成白話就成了：「走著瞧吧！一定有。」

由於國學基礎深厚，白話文造詣絕佳，李敖的翻譯往往獨樹一格，生動活潑，使人望文見義，讀之如聞其聲，譯得往往不僅貼切，還味道十足。筆者再舉一例以說明李敖的翻譯特色。

在《論語》中，孔子提出一個問題，他懷疑的問：觚不觚。觚哉？觚哉？

翻成山東白話，他是說：觚是有六個角的酒罈啊！現在觚沒有六個角了哇！俺倒要問問：這是啥子觚呀？

⑦同注④，頁二九。李敖：〈菩薩與狡童〉。《中國時報》第三十七版，一九九八年十一月二日。

⑧同注④，頁二九。

這個「俺」字正足以說明李敖的「文化等效翻譯」。孔子，山東人也，講起「我」來，不免「俺」來「俺」去，李敖把這個「俺」字加入翻譯中，佐以「啥」、「呀」、「啊」、「哇」，頓時使整個譯文「山東白話」起來，生動不少，也頓時讓孔子那高亢的山東腔，猶在耳際回響。

當然，李敖的「文化等效翻譯」不僅於古文今譯，也有許多佳例是西文的中譯。例如，李敖將《時代雜誌》之讚語：a popular writer 自譯爲「一位孚眾望的作家」，⑨而不按照字面意義翻譯爲「一位受歡迎的作家」，如果我們把這兩句譯文擺在一起，便很容易看出高下，因爲「受歡迎」尚不至於構成人們的仰望，唯有「孚眾望」才更能凸顯李敖的蛟龍氣質；另外，將 a popular writer 自譯爲「一位孚眾望的作家」，頗能道出李敖心中的自我定位。

又例如：李敖將一九一八年「美國理想主義者關在牢裡得到一百萬總統選票的戴布茲（Eugene Victor Debs）」的名言：

While there is a lower class I am in it.
While there is a criminal element I am of it.
While there is a soul in prison I am not free.

李敖將之譯成「白中有文」、「今而又古」的中文：

只要有下層階級，我就同儔；
只要有犯罪成分，我就同流；
只要獄底有遊魂，我就不自由。⑩

李敖的中譯，既照顧到原文各行前長後短的句型、三行之間重複的用字與句型、最後一句的轉折與強調效果，更是把句尾的押韻譯得妥貼工整。in it：同儔，of it：同流，not free：不自由；首二句句末連用兩個「it」，李敖的譯文以連用兩個「同」將之化掉，以「儔」、「流」穩住韻腳，堪稱高明，極爲「等效」，若非文言素養深厚，恐怕很難如意。錢鍾書學貫中西，一語道出「等效翻譯」的難處，他說：「文學翻譯的最高標準是『化』。把作品從一國文字轉變成另一國文字，既能不因語言習慣的差異而露出生硬牽強的痕跡，又能完全保存原有的風味，那就算得入於『化境』。」⑪翻譯者必須不露痕跡地（不依靠個別成分的對等）在譯文中達到同樣效果，這就是「化」：不必因爲原文連用 in it、of it 爲句尾押韻，就跟著堅持中文譯文必得也以相同的兩個字作爲墊底，如此不免畫地自限，拘泥不「化」了。「在語言的形式和內容這個有機整體中，任何看來微不足道的的成

⑨李敖：〈不要只摸李敖一條腿〉，收於《李敖大全集》廣告辭。
⑩李敖：《洗你的腦，掐他脖子：李敖總統挑戰書》，商周出版公司，頁二四八。
⑪同注①，頁五十。

分，例如漢語中的一個虛詞，一個兒化讀音，英語中的一個冠詞，一個大寫字母，都要在語言所傳遞的訊息中起作用。翻譯者必須不露痕跡地（就是不依靠個別成份的對等）在譯文中達到同樣效果，這就是『化』。好的翻譯家都能做到這一點，主要因爲他們在兩種語言中分別擁有靈敏而準確的感受與表達能力。只有這樣，才能在接受原文時與作者靈犀相通，分毫不差地獲得原文的全部訊息，又能在產生譯文時喚起譯文接受者的共鳴，使他心領神會，獲得同樣的訊息。」⑫

且再舉一例，以證李敖在「兩種語言（中、英）中分別擁有靈敏而準確的感受與表達能力。」英文俗諺 Curiosity killed the cat.，人人將之翻成「好奇心殺死一隻貓」，就連專業英漢字典都不例外，李敖則獨家譯之爲「好奇之心，使貓送命。」⑬到底何譯爲佳呢？此諺以「Curiosity 的 C（C 發/k/的音）」開頭領「聲」，串以「killed」（killed 的 k 也發/k/的音），最後以「cat」（c 也發/k/的音）結尾，四個英文字中，除了冠詞「the」，皆由同聲的/k/音領字，形成古英詩中常見的「押頭韻」（alliteration）現象。西方語系常以「同聲」於字首「押韻」，此一廣受使用的諺語 Curiosity kills the cat. 亦不例外。但是，爲了配合中國詩以「韻腳」墊底的語言習慣與文字傳統，李敖將英諺「頭韻」壓置句末，以「腳韻」出之，譯爲「好奇之心，使貓送命」。李譯上下二句皆爲四字，均衡相對，符合中文成語習慣，「心」、「命」則詞類、語義對仗，更具押韻之美，十足的中文味道，易於朗朗上口。細膩的讀者尙可窺覺「心」與「命」的微妙互動，可謂譯得寄哲思於詩意，充分顯示譯者對此西諺的獨到見解，與其不凡的中文底子。反觀，眾口一聲的「好奇心殺死一隻貓」，確有其「白」與「生動」的優點，然不免太散文了，不符中文諺語對聲音之美的高度要求；或譯「好奇惹禍」，雖極精練，卻有過簡之嫌。

「這就是文字藝術家的功力。他們在工作過程中的內心感覺往往像直覺一樣，但實際上就是通過長期、艱苦的寫作和翻譯實踐而培養起來的文字造詣和創作想像力。我們以等效爲目標，也必須刻苦努力，在自己內心建立起這樣靈敏而又準確的直覺，力求達到文字藝術家的水平。」⑭就譯文而言，要達到文字藝術家的水平是比譯詩簡單得多的，譯詩如同釣魚，我們只能盡其所能，準備最好的釣竿，鉤以最好的餌，再擇一魚兒最多的湖邊，一切就緒之後，我們就只能靜靜等待魚兒的上鉤，再也無計可施了。⑮限於中西文化的差異，一句「等效」的翻譯，有時是可遇不可求的，要將一首西方的詩歌翻譯成中文詩有時難免牽強附會。但是，李敖這個認爲翻譯會浪費太多時間的人，⑯卻

---

⑫同注①，頁六十。

⑬李敖：《李敖快意恩仇錄》，商周出版公司，頁二一一。

⑭同注⑬。

⑮余光中說：「譯詩一如釣魚，釣上一條算一條，要指定譯者非釣上海中那一條魚不可，是很難的。」參考李敖：〈評改余光中的一首譯詩〉。【李敖大全集】第十六冊《愛情的祕密》，頁二一一。

⑯「我想我不會是一個（這類小說）譯家，因爲我耐心不夠，我是蜜蜂，並不是花匠，我採擷最精采的一部分就高飛了，我並不要占有它，或做植物學那樣深入研究——枯燥的、費時的。」見李敖：【李敖大全集】第二十三冊《一個預備軍官的日記（下冊）》，榮泉文化事業公司，頁七三一。

每有佳作出現。試看李敖所譯桑塔耶那（George Santayana）[17]的〈To W. P.〉：

With you a part of me hath passed away;
For in the peopled forest of my mind
A tree made leafless by this wintry wind
Shall never don again its green array.
Chapel and fireside, country road and bay,
Have something of their friendliness resigned;
Another, if I would, I could not find,
And I am grown much older in a day.
But yet I treasure in my memory
Your gift of charity, and young heart's ease,
And the dear honour of your amity;
For these once mine, my life is rich with these.
And I scarce know which part may greater be, -
What I keep of you, or you rob from me.

譯爲：

冬風掃葉時節，一樹蕭條如洗，
綠裝已卸，卸在我心裡。
我生命的一部分，已消亡
隨著你。
教堂、爐邊、郊路和港灣，
情味都今非昔比。
雖有餘情，也難追尋，
一日之間，我不知老了幾許？

⑰「桑塔耶那（George Santayana）是西班牙籍的美國哲學家，一八三六年十二月十六日生於西班牙首都馬德里，九歲遷往美國。他畢業於哈佛大學，二十七歲起以迄五十歲止的二十三年間，一直在原校任哲學教授，艾略特（T. S. Eliot）、艾肯（Conrad Aiken）和佛蘭克浮特（Felix Frankfurter）等都是十分敬佩他的學生。但是桑塔耶那卻非常厭惡學院的傳統，果然在五十一歲的時候，繼承了一筆遺產，便立刻辭職，去歐洲漫遊，先後在倫敦和巴黎各住了一個時期，終於定居在羅馬。一九五二年九月二十六日，在該城患胃癌逝世，享年八十九歲。」見余光中：《英詩譯註》，文星出版社，頁七八。

你天性的善良、慈愛和輕快，
曾屬於我，跟我一起。
我不知道那一部分多，——
是你帶走的我，
還是我留下的你。⑱

這首抒情意味深濃的西詩，意境蒼涼蕭條，感嘆與友人分別的心情，正如一樹的綠裝已然被冬風掃盡，是多麼的淒涼、多麼的令人感嘆！具體說來，譯文兼有詩的韻味、詞的節奏，與原文在形式上有些不同，既不遵原詩共十四之行數，亦不守原詩每行之十音節數，更無視其「abbaacca dededd」之韻勢。然而，就譯文讀者的語言文化感知來說，我們所掌握到的訊息，實已和原文讀者無甚出入，這訊息中，包括了原詩的主要意義、意涵、意象與其蒼涼深邃的意境。短詩一首，點睛得很，點出〈別賦〉所刻「黯然銷魂」之別情。

反觀，如果我們不將這首詩當作譯詩來讀，只以純粹的創作面向來講，此譯亦不啻一首成功的作品。此詩韻腳有「洗、裡、你、比、許、起、你」，顯然，其韻平穩自然。而且，這首詩的意境和用詞，極具古典中文之美，避開了翻譯西詩最常犯的歐化毛病。李敖很成功的克服這些譯詩的罩門，其成功可說是來自於：「動筆的時候，心目中都有一群假想的接受者，他不一定想到具體接受者的個人特點，但是對這個群體的共同的歷史背景、文化特徵、思想認識、語言習慣是心中有數的，這個共性的『數』越清楚，作品的效果就越好。作者對自己作品的預期效果，就是以排除了個性的接受者群爲條件作爲估計的。顯然，翻譯者也只有以這樣的群體爲對象來考慮譯文的預期效果。」⑲

李敖寫定〈老年人和棒子〉後，私下寫道：「此文若得售，必可轟動。」這正顯露了作者李敖提筆爲文時，一貫懷有對其作品效果的高度預期。加上，李敖是「會看古書，會利用古書、活用古書」⑳的人，他很能在預期效果上掌握他的讀者——一群擁有「共同的歷史背景、文化特徵、思想認識、語言習慣」的讀者；也因爲李敖要走「大眾化路線」，㉑他更不能不對整個群眾的「共同的歷史背景、文化特徵、思想認識、語言習慣」心中有數。其結果則是，李敖式的「文化等效翻譯」。

在其〈論等效翻譯〉一文中，翻譯理論家金隄如是作結：「又要有文字藝術家的水平，又要有科學家的工作態度，這是一個嚴峻的挑戰，但是這個雙重要求，正是翻譯工作既要面對廣大讀者又要面對原著的雙重性質所決定的，我們既然有志從事這個工作，就應該接受這個挑戰。」㉒李敖「科學家的工作態度」，近可溯源自他小學時代所自設的「李敖化學實驗室」，遠可上追自五四時代「賽

⑱同注⑮，頁二三—二六。
⑲同注①，頁五九。
⑳李敖：【李敖大全集】第七冊《要把金針度與人》，榮泉文化事業公司，頁四。
㉑李敖：【李敖大全集】第五冊《大學後期日記乙集》，頁九九。
㉒同注①，頁六十。

先生」的啓蒙與胡適提倡的科學精神。至於「文字藝術家的水平」，雖然事實不盡如他自己所歌頌——「自己又是青，自己又是藍」，李敖卻是在胡適攻下文學革命的山頭後，第一個神氣活現、霸氣十足的白話文寨主！正如本文作者所擬：「前輩胡適勤播種，後生李敖開奇葩」，就連翻譯這門新興的文學課題，李敖之亦深受胡適之之影響。

二、推陳出新的詞類

「作家的責任，在勇往直前，盡量發揮一種語文之長，到其極限。」[23]李敖的「文字特技表演」正大有其功，他緊握漢語方向盤，把中文的列車硬是朝向「大有路」開去，既戡中文之天，更縮中文之地！李敖雖然踮了一輩子的腳尖，卻從來都不是一位洋洋的芭蕾舞者，他踩的是一條叫做「白話文」的鋼絲，在這條胡適所「發現」的中國鋼絲上，他出古入今、忽中忽西，大耍其白話文特技，黑袍一襲、衣袂飄然，露一手獨門的中國功夫——寂寞、孤高、張狂、李小龍般爆發力十足的中國功夫！他擴大中文的語彙、活化中文的詞類，「開拓語言的新機」。他揮動思想的手術刀，割除中國人的王八烏龜情結；他焚燒喪禮的道士袍，孝子不必兼差當哭鬼；他出版黑壓壓的裸照，是男是女一看便分曉；他「從古典中尋新義，從舊籍裡找時潮」……他所用心者豈不正如雪萊一般——「重建我們觀世的格局」。

皮考克（Thomas Love Peacock,1785-1866）認爲理性的領域日廣，詩的天地便日偪。雪萊否定此說，強調詩人功在不斷刷新語言，防其腐敗而導致文化衰朽；又說詩人開拓語言的新機，

等於爲它「立法」，爲它「預言」，而由於重建了我們觀世的格局，也等於協力重造了世界。對

> 雪萊而言，詩之爲用在於「清除我們心目上那層積習的翳膜，不讓它遮蔽生命的奇蹟」。㉔

李敖歌頌並實踐男歡女愛，愛情不再哭哭啼啼；繼菩提達摩東來、胡適西歸之後，他也渡海登台，盡其所能地教「少年朋友們一套防身的本領，努力做一個不受人惑的人」；㉕他身兼大作家與大坐牢家，既是坦白的思想家，又是挖黑的歷史家，教大家不被牽著鼻子走，能夠引領我們的唯有自由、民主、科學、眞相、個人、愛情、進步等等台灣島上嶄新的燈塔，抽象而言，這些努力爲的不正是要如英國浪漫派詩人雪萊所言：「清除我們心目上那層積習的翳膜，不讓它遮蔽生命的奇蹟」。

中國文學經過一次次的革命，成爲今天嶄新的面貌，在這求新求變的文學革命浪潮中，寫出人民的語言與心聲無疑是共同之訴求，民國初年的白話文運動，在胡適的搖旗吶喊下，也舉著相同的大纛，李敖是胡適白話文運動旗下的健將，他可謂設置了一間「白話文的理化實驗室」，李敖閉關於斯，終老於斯，宛若理化學家，試圖將白話文拉長，捶扁，昇華，凝固，解剖，變形，解構，手術，縫合等等，極盡試驗之能事。以下諸段，且讓我們來看看李敖在其「白話文實驗室」中，做了哪些實驗。

一個人的特質通常相當抽象，很難用三言兩語描述清楚，但是，若以我們所共識的人來當比喻的對象，便很容易將描述對象的特質立體突出。李敖爲了要突出陳水扁的台獨立場，將陳水扁說成比台獨立場強硬的李登輝更李登輝，如此一來，讀者便覺具體而明白了：

李敖表示，以一個老朋友的身分觀察陳水扁，他認爲陳水扁是「第二個李登輝」，甚至「比李登輝還李登輝」，基於台灣、中國、美國、日本與亞洲的共同利益，他不希望陳水扁當選。㉖

將人名破格拿來當形容詞是李敖常用的手法，李敖也曾說李登輝：「比蔣介石還蔣介石」，㉗李敖使用這種以人名當形容詞的語言技巧，讓我們更容易掌握李敖所要傳達的訊息。此比喻對象必有其獨特的人格特質與大眾印象，才能拿來作形容詞，他也一定是個眾所週知的人物，其名耳熟能詳，其人眾所共識。李敖常以這樣一個公眾人物，來形容他所要描述的人，使形象具體化。鄧維楨也曾對這種書寫方式提出類似看法：

> 如果不提名道姓討論問題，許多人會認爲是「理論」。一個句子這樣寫：「我們的國家不但需要科學家，也需要音樂家。」比不上這樣寫生動：「我們的國家不但需要愛因斯坦，也需要貝多

㉓余光中：《藍墨水的下游》，九歌出版社，頁四十。

㉔同注㉓，頁五三。

㉕見胡適《四十自述》一書之〈出版前言〉。

㉖陳嘉宏：〈李敖不希望陳水扁當選〉。《中國時報》第三版，二〇〇〇年三月十五日；李敖網站：李敖新聞，http://www.leeao.com.tw/speculation/elec2000/03033.html。

㉗李敖：「笑傲江湖」電視節目。

芬。」寫作的時候，提名道姓把專有名詞當作普通名詞用（李敖甚至把名詞當作動詞用）會使得一篇文章更親切、更生動！㉘

李敖提名道姓，「把專有名詞當作普通名詞用」的寫法，眞是不勝枚舉。例如，他在《北京法源寺》裡寫道：「一個人坐在孤島的水邊，也不等待夕陽。他（譚嗣同）年紀輕輕的，卻滿臉病容，有什麼夕陽可等待呢？他自己就是夕陽！」㉙末句「他自己就是夕陽！」無疑是一種隱喻，然就其將譚氏等同於夕陽而言，亦可謂間接地「把專有名詞當作普通名詞用」。譚嗣同是李敖心中的最佳男主角，但是這個男主角有別於偶像劇的男主角，他沒有俊俏的外表，也沒有意氣風發的神采，而是滿臉病容，如石像般的孤獨坐落於水邊，而坐落於水邊的他，並無心等待無限好的夕陽，而是自己幻化成夕陽，成爲被人觀賞的一景，最後，夕陽紅成一天晚霞，而譚嗣同卻成爲歷史的嘆息。無限好的夕陽，已近黃昏，很快就要隱沒在地平線下，而正當青春的生命，卻已成爲夕陽，那麼是否意味著譚嗣期待自己的生命，像那無限好卻已近黃昏的夕陽一樣，雖必定倏然消逝，卻綻放須臾之璀璨呢？

又如，李敖說：「南榕搞台獨，渾然忘掉自己是外省人，他變得比台灣人還台灣人，這種一意認同，蔣經國又算老幾？」㉚台灣人一向是本土化、「台獨」傾向的代表，如今鄭南榕這個外省人卻比「台灣人還台灣人」。並且，這種認同不只是口頭上的，更是身體力行的，鄭南榕後來爲了「台獨」自焚而死，試問這個自焚的舉動，有幾個台灣人做得到呢？而這種轟轟烈烈的行爲，卻是出自一個外省人的初衷，難怪李敖會認爲：只會口頭上說：「我是台灣人」的蔣經國算老幾？

還有一個例子，李敖在當兵的時候，曾「床上一仰，棉被一蓋，當兵以來，從來沒有這樣『老子』過。」㉛在威權的中國社會，父親是至高無上的一家之主，而當兵是現代男子最怕的一種職業，因爲當兵意味必須受不合理的磨鍊，而李敖竟然可以當兵當成「老子」，可見此時的李敖是多麼的逍遙自在。名詞「老子」化身爲形容詞「老子」，敏感的讀者，或許還沒忘掉胡適《四十自述》中，正有那麼一句遭胡媽媽「肉刑」的「老子都不老子了！」由此可見，就此詞類變化、「老子」變身術而言，胡適與李敖雖奏異曲，卻致同工。這不禁叫人聯想李敖師友梁實秋，在其詼諧博洽的《雅舍小品》中，曾大嘆現代父母難爲，誰還敢期望家中出「孝子」呢？蓋「孝子」者，今日父母之勞動服務也，「孝」字豈能不「動」起來？

除將「專有名詞當形容詞」用、「專有名詞當普通名詞」用、「普通名詞當形容詞」用，李敖甚至還把「國語注音符號」當成動詞用，超越文字藝術師，直逼文字魔法師，臻「詞類推陳出新」之極。例如，李敖說：「邋羅貓……因爲太沒骨頭與志氣：在沒骨頭方面，不論你怎麼擺牠，牠就怎麼成姿，你把牠橫披在脖子上，牠就像巴黎貴婦人脖子上的狐狸披肩一樣，完全成國音字母『ㄇ』字符號，動也不動，『ㄇ』在你脖子上。」[32]李敖以「ㄇ」的語音、符號、形狀、意象作爲動詞，叫這條邋羅貓的慵懶乏骨歷歷在目，加上「ㄇ」之發音，既似「貓」本人的發音，又似「貓」字之發

㉘李敖：【李敖大全集】第三十冊《李敖書札集》，榮泉文化事業公司，頁一一一。
㉙李敖：【李敖大全集】第一冊《北京法源寺》，頁二九四。
㉚李敖：【李敖大全集】第十三冊《鄭南榕研究》，榮泉文化事業公司，頁一四五。
㉛同注⑯，頁五九九。
㉜李敖：《李敖回憶錄》，商周出版公司，頁四二〇。

音，著實「妙——妙——妙——」！

類此，自大的李敖發其「獨孤求敗」之嘆。他形容他在福爾摩沙蕞爾小島上，孤獨、索寞，不是因為沒有朋友，反倒是因為沒有敵人——夠格的敵人。他描述自己就像拳王阿里在擂台上索然四望，舉目無敵、求敗無人般的落寞。他以英文版桌球比賽的漫畫為譬，說在台灣島上，從來只有他「乒」球過去，再也沒有人可以將之「乓」回，「乒乓」之聲，嘎然而止，「乒乓」之賽，李敖眼中，全島盡是「跛腳乒」矣！

另外，李敖在一九七五年十二月二十二日清早，被通知要移往「仁愛教育實驗所」（仁愛莊），「就這樣的，我從景美移到土城，開始被國民黨『仁愛』了」。㉝同樣地，他說：「事實上，鄭學稼的『以為』，和胡秋原的『以為』一樣，完全『以為』錯了，……這種人寧願在我與胡適有『微妙關係』去『以為』、去捕風捉影，也不願在書本多下工夫，這種疑神疑鬼，眞是害人害己。」㉞李敖將詞類以他要的方式表達出來，完全顚覆了詞類應有的位置與秩序，他眞可說是活化中文詞類、將之推陳出新的第一名。

李敖亦常就字面意義，賦予成語新的用法與涵義。例如：「李敖表示，他相信選民『理智』上會投他，但在『感情』上會投宋楚瑜，不過我希望他們感情用事。」「㉟感情用事」本指一個人不依理性判斷，而完全「跟著感覺走」，李敖在這裡用了一個妙喻，暗示他自己是理智的化身，唯因選民與宋楚瑜感情深厚，他還是希望選民能「感情用事」，將選票投給宋楚瑜。如此，「感情用事」此一貶義成語，反倒成了可褒可賀之舉。

這種例子不勝枚舉：「『告洋狀』是貴黨總理八十六年前就會的拿手好戲，黨外人士如果跟進，也不過是找洋人評評理而已，何況你們根本是靠洋人之力，才得對自己同胞耀武揚威的。」㊱這裡的「告洋狀」，更是眞的直接就字面意義去跟「洋人」告狀了。身爲一個「理性的愛國主義者」，李敖對待洋人的態度是匪夷所思的，「告洋狀」當然是李敖不屑做的事，猶有甚者，洋人因爲他維護人權，包專機來看李敖，卻還吃了李敖一記「閉門羹」：「兩年半前，我萬劫歸來，包德甫立刻乘機乘機，從海外來台，可是他敲不開我家的大門，我拒絕見他和任何朋友，只好敖兄來訪未晤悵甚而去。」㊲在這段話裡，李敖連用了兩個「乘機」，這兩個「乘機」寫法一樣，唯音不同，代表了兩個不一樣的意義，李敖把它們連用，造成一種視覺上的新奇感受，給人一種意外的驚喜，此乃李敖用字奇妙、活潑之例。

直接就字面意義更改語義，很能讓讀者擲筆三嘆，思索作者何以能出此巧奪天工之妙語。例如，李敖說：「我們不用戒指來『戒』我們向別的男女『染指』。」㊳這種渾然天成的語義更改，肇

㉝同注㉜，頁二九七。
㉞同注㉜，頁一八八—一八九。
㉟陳嘉宏：〈李敖自認選民「理智上」會投他〉。《中國時報》第三版，二〇〇〇年三月三日；李敖網站：李敖新聞，http://www.leeao.com.tw/speculation/elec2000/03033.html。
㊱李敖：【李敖大全集】第八冊《孫中山研究》，榮泉文化事業公司，頁七六。
㊲李敖：【李敖大全集】第六冊《李敖文存》，頁一四。
㊳同注⑯，頁六一六。

因於中國字義常因詞性與排列組合之不別而異，李敖恰好能掌握其中的奧妙，妙筆生花，令讀者一步三嘆，拍案叫絕。

李敖有深厚的國學底子這是不消說的，而擁有國學底子的人通常能寫一手好字，李敖說：「花兩天寫這篇文章〈寫出中華兒女的眞血淚〉，寫得手都痛了。原子筆、鋼筆、毛筆連番更換，以使手稍變化姿式，李某人眞有一手，此之謂也！」㊴李敖對自己能運用各種書寫工具寫出一手好字，常常不掩飾他的驕傲，在讚嘆自己的一手好字的同時，李敖也不忘吹噓自己還能以一手好字「寫出中華兒女的眞血淚」。句中，「眞有一手」此一形容詞，一語雙關，既抽象更具象，語帶詼諧。由這段敘述，我們可知李敖的成功是其來有自的，他對時間是那麼的敏感、那麼的珍惜，既然主題已定，便把握時間儘快把文章完成，因此「原子筆、鋼筆、毛筆連番更換，以使手稍變化姿式」，而不肯「稍息」其文。

身爲歷史學者，李敖對歷史事件的眞相還原，自有其深厚興趣與能力。李敖說：

歷史本是全牛，專家既無法看這麼全，只好視而不見，只看他們牛角裡的。所以，在他們的作品中，他們只會唯來唯去，「唯物史觀」也，「唯心史觀」也，「唯帝王將相史觀」也，……唯個不完。一不唯，他們就洩了氣。但一唯，就會過分擴大了他唯的，縮小或根本抹殺了他不唯的，結果牛是吹了，歷史眞相卻還坐牛車。㊵

將歷史事件的來龍去脈抽絲剝繭，還原歷史的眞實面貌，是每一位歷史學家心之所繫。李敖在此將舶來專有名詞「唯物史觀」、「唯心史觀」改寫成「唯帝王將相史觀」，表達他對歷史學家眞相還原能力貧乏的不滿，以及未能脫離以統治者眼光觀看歷史的侷限與懦弱。此不屑與不滿，李敖以「唯帝王將相史觀」來表述，可見其改寫專有名詞、創新專有名詞作爲形容詞的文字火候，已達收放自如之境。再者，由此一段落，我們亦可一窺李氏行文聯想法：從庖丁解牛的典故出發，繼以鑽牛角尖，再責以吹牛，終於歷史坐牛車，可謂吾道一「牛」以貫之。而「唯物史觀」、「唯心史觀」的「唯」，被李敖這麼「唯來唯去」，「唯」也就不「唯」形容詞之「唯」、亦不「唯」動詞之「唯」了。

李敖客觀地自認是全中國讀書最多的人，此「書」不範於古書，也指新知，他以新聞用語或流行辭彙增加文章之可讀性，佐以性暗示（或者明示），使李文生「色」不少，不僅讓人望而生義，還留下深刻印象。

李敖競選二〇〇〇年台灣總統的政見破天荒的只有十三字：「勃起台灣、挺進大陸，威而剛世界。」[41]當時，藍色小藥丸威而剛上市還不到一年，李敖便將威而剛拿來當作競選口號，把名詞威而剛動詞化，而且是及物動詞化，並以「世界」爲其所剛之受詞、客體。總統選舉政見者，經國緯國之大業也，李敖竟百無禁忌一至於斯！其吸收新知速度之快，其詞類運用之活，其包天色膽，好不

㊴同注㉘，頁八八。

㊵李敖：《獨白下的傳統》，桂冠圖書公司，頁一五二。

㊶二〇〇〇年總統選舉公報。

令人咋舌。同此，爲把意思講得更清楚明白、更具體動人，李敖罵人也常常以一種充滿性暗示的方式來呈現，例如，李敖說國民黨「意淫大陸，手淫台灣。」[42]這句李敖極爲得意的代表作，最能充分展現李敖獨特的書寫方式：「手淫」當動詞用的時候，應該是個不及物動詞，也就是說「手淫」的後面不可再加受詞，例如，我們說「他又手淫了」、「她手淫得很爽」，而不說「他手淫他的生殖器」，難不成我們還手淫牙齒、膝蓋嗎？但是，李敖卻不只將「不及物動詞」手淫轉化爲「及物動詞」手淫，猶有甚者，他還將「性幻想」的對象，從人身轉嫁成「台灣」。正常而言，「意淫」、「手淫」皆以人爲對象，然而，李敖眼中的國民黨，其「意淫」和「手淫」的對象，竟然分別是大陸和台灣，李敖以此描述國民黨「褻瀆」台灣卻又覬覦大陸牌天鵝肉，這種天馬行空的書寫方式，對定型的傳統中文詞類「解」而「構」之，實已顚覆一般讀者的中文閱讀經驗、超越一般讀者的閱讀慣性了。

李敖與國民黨在台灣島上偕小，只要提及國民黨，李敖總不忘逞口舌之快。「李敖強調，國民黨現在被李登輝給偷天換日、「李」代桃僵了……李敖批評陳履安最大的問題，就是沒有搞清楚，自己只有剩餘，而沒有價值。」[43]李敖沿用成語「李代桃僵」，卻靈活地賦予新意，暗示李登輝骨子裡其實是個「台獨主義者」，展現其對人名極高的敏感度。句末，李敖仍然不改其扭曲定型成語之慣性，改寫社會學專有名詞「剩餘價值」，其改寫極頗能凸顯陳履安當時的政治處境。再如，有人問李敖：

「除了電子報之外，沒有其他的媒體找你開節目嗎？」李敖回說：「有啊！我當然要開一個節目，和其他候選人大幹一場啊！很多媒體都沒有公義，什麼「公器私用」，我才不怕別人批評呢！什麼叫「公器私用」，就是一個公務人員的器官給周玉蔻私人用過了，那叫「公器私用」！

否則談公眾的議題，哪有什麼公器私用的問題。」[44]

再次，李敖解構成語，將當時鬧得滿城風雨的周、黃桃色糾紛，以最凜然，卻又最腥羶的「公器私用」——「一個公務人員的器官給周玉蔻私人用過」出之，李敖應景拆字，叫人捧腹，繼而噴飯，直拆到「公器私用」的境界——「一句中國傳統下定型的成語公器給李敖私人扭曲歪用」了。

李敖硬將成語改寫，創造出他要的效果，爲什麼要改寫成語呢？因爲，「中文是一字一格的方塊字，不但便於對仗，而且常省介詞，所以許多道理或情況，四個字就說清楚了。」[45]李敖，今文學家、古文博洽者也，當然深明此理，他不只賦成語予新義，有時更是直接將之改寫。羅傑斯（James Rogers）曾說：「成語是語言的潤滑劑，可以濃縮一個觀點或一種情況，可以輕鬆地轉移話題，或是把話說得更添諧趣。」[46]爲什麼成語可以作爲語言的潤滑劑呢？因爲，一句話或者一個觀點之所以

㊷同注㉜，頁四八八。

㊸李祖舜：〈李敖批陳履安有剩餘沒有價值〉。《中時晚報》第三版，二〇〇〇年二月二十九日；李敖網站：李敖新聞，http://www.leeao.com.tw/speculation/elec2000/02295.html。

㊹同注⑩，頁一四一。

㊺余光中：《井然有序：余光中序文集》，九歌出版社，頁四八三—四八四。

㊻同注㊺，頁四八四。

能變成成語，流傳日廣而老嫗能曉，必定是可以朗朗上口而且言簡意賅的。余光中認爲這易於朗朗上口的條件是成語最不可或缺的美學，「只要看中文的『千軍萬馬』、『千方百計』、『千山萬水』、『千秋萬歲』，音調的排列都是平平仄仄，便知說得悅耳，自能傳之久長；換了平仄不調的『千馬萬軍』或是『千計百方』，就不順口，也就不便流傳。」[47]

準此，如果我們可以將成語語義推陳出新，避免陳腔濫調，利用成語易於朗朗上口、好記好說的優點，讓成語成爲我們語言的潤滑劑，必能成就文章的新鮮度。例如，有一句成語叫做「愛屋及烏」，李敖把它改成：「國民黨對陳炯明個人沒辦法，但卻『恨屋及烏』，幹了一件鮮事，就是把陳炯明當年砲轟孫中山的砲，給查封起來了。」[48]這裡用的「恨屋及烏」就是一種翻案，倒用起來，不只原義完全更改，其義更是加深一層，讀完令人覺得國民黨簡直「比北方軍閥更北方軍閥」。同理，「誨人不倦」意味一個長者諄諄的教誨，李敖卻將其改寫爲「『毀』人不倦」，[49]以暗示鄭學稼和胡秋原對異己的打壓與其「毀人計畫」。而「在胡秋原政治風暴的陰影下，陶（希聖）已不得不做息事『去』人之計畫。」[50]因爲前輩的「息事『去』人」，和「『毀』人不倦」，結果，李敖不得不去賣牛肉麵。李敖對於自己下海賣牛肉麵，有如下的描述：「對『思想高階層』諸公而言，或是駭俗之舉，但對我這種縱觀古今興亡者而言，簡直普通又普通。自古以來，不爲醜惡現狀所容的文人知識人，抱關、擊柝、販牛、屠狗、賣漿、引車，乃至磨鏡片、擺書攤者，多如楊貴妃的體毛。今日李敖亦入楊貴妃褲中，豈足怪哉？豈足怪哉？我不入三角褲，誰入三角褲？」[51]在此，李敖改寫成語「多如牛毛」爲「多如楊貴妃的體毛」，令人絕倒，亦頗有楊貴妃「體型如牛」之暗示？唯一憾事：考證癖者李敖，忘了考證愛美的楊玉環，或許早已刮除全身體毛，所剩窄毛，又能有幾根？最後一句「我不入三角褲，誰入三角褲？」顯然改寫地藏王菩薩「我不入地獄？誰入地獄？」一語，頗慷慨激昂，大有烈士「黃興」之精神，只是，李敖較爲「黃腥」罷了。

就讀者感受觀之，余光中也認爲成語改寫確能收「千言萬語」之效：

> The sun also rises.語出《聖經》，有人世滄桑而天長地久之歎；海明威引爲書名，《時代週刊》卻改成 The son also rises.來嘲諷金日成培養兒子接班。又如中文的「天作之合」，英文叫 Marriages are made in heaven.王爾德在《不可兒戲》中取笑婚姻，卻反過來說成 Divorces are made in Heaven.（天作之分）。足見成語格言雖爲舊瓶，卻可裝新酒。今人文筆不濟，往往繞圈子說了半天，抵不過一句四字成語。常見學生不肯或是不會用「見仁見智」，卻冗贅其詞，說什麼「人們各有各的不同看法」。濫用成語固然失之滑利、籠統，但在一般文章之中全然不用成語，也失之冗贅、生硬。[52]

---

47 同注46。
48 同注36，頁一八三。
49 同注32，頁一八九。
50 同注32，頁一七八。
51 同注32，頁二二九。
52 同注45，頁四八五—四八六。

余光中認爲今人由於文筆不濟，才會繞了一大圈子，仍然兜不著重點，如果能善用成語將能收事半功倍之效。李敖擅長此道，李敖說：「我等著五組同台辯論，讓他們知道什麼是『老李飛刀』。」奸「小李飛刀」是古龍筆下的武林大俠，有著「例無虛發」的飛刀絕技，李敖自比爲「老李飛刀」，意指「薑是老的辣」，暗示他擁有比「小李飛刀」更厲害的獨門絕技。以「老李飛刀」自況，李敖誇其海口：與他競選兩千年總統大選的另外四組候選人，都將難逃他「老李飛刀」的千刀萬里追。一句「老李飛刀」，將李敖緊咬四組候選人不放的狠心霸氣展露無遺，可見，千言萬語也不如成語改寫來得有力。

李敖改寫成語，有時不免誇張，例如，李敖說：「如今我們總算熬過了十二年，這位『人神共糞』的人間耶和華終於下台了。」[54]李敖故意將李登輝醜化爲「人神共憤」還不夠的「人神共糞」者，將名詞「糞」以動詞「糞」拉出，味道十足；李敖更認爲，從未有一位諾貝爾獎得主願意常住台灣，以致李遠哲的歸來，被台灣人當成神來崇拜，「進而有『造神運動』的展開。」[55]「造神運動」改寫地質學專有名詞「造山運動」，李氏以其具體誇大的詞彙，解構神話。

李敖並非不知道自己常因口無遮攔而得罪人，他勸蘇秋鎮說：「參選可別打李敖牌，人人恨我，我恨人人，李敖的仇人滿天下，打李敖牌，反倒得不償失。」[56]李敖一改「人人爲我，我爲人人」，以「人人恨我，我恨人人」爲自己做注腳，以邁向「我的敵人李敖」、樹敵滿天下的境界而自豪，特立獨行的李敖，一次又一次地「橫眉冷對千夫指」，「連戰」之餘，確曾「屢安」。

余光中說：「我嘗試把中國文字壓縮，搥扁，拉長，磨利，把它拆開又拼攏，折來且疊去，爲了試驗它的速度、密度、和彈性。我的理想是要讓中國的文字，在變化各殊的句法中，交響成一個大樂隊，而作家的筆應該一揮百應，如交響樂的指揮杖。」[57]李敖從來不曾嘗試成爲交響樂的指揮家，但是，李敖卻是一位天生的文字魔術師，他閉關於其「白話文實驗室」，在不同文類（literary genre）上，與余氏進行共通羅馬的試驗，「嘗試把中國文字壓縮，搥扁，拉長，磨利，把它拆開又拼攏，折來且疊去」，以驗其「速度、密度、和彈性」。結果是，他把中國文字的詞類無限變化，將流傳千年的成語幻化爲飛滿一天的和平鴿，令人目眩神迷。開拓中文詞類的無限可能，教人不一定得「古文觀止」——「今文」亦可「觀止」啊！何必非古埃及金字塔莫拜呢？貝聿銘的玻璃金字塔，晶瑩剔透，「白」得很，不也閃耀著古文明的輝煌？無疑，此李敖對中國文字貢獻之最，這也將爲李敖在中國文章史上贏得一席之地。

[53] 黃逸華：〈李敖如玩家　輕鬆打　等著五組同台辯論　讓他們知道什麼叫「老李飛刀」〉。《中國時報》第三版，二〇〇〇年二月十九日；李敖網站：李敖新聞，http://www.leeao.com.tw/speculation/elec2000/02195.html。

[54] 李敖：《李遠哲的眞面目》，李敖出版社，頁一二。

[55] 李敖：〈《李遠哲的眞面目》引言〉。收於《李遠哲的眞面目》，頁十三。

[56] 李敖：【李敖大全集】第十九冊《李敖隨寫錄前集》，榮泉文化事業公司，頁一三七—一三八。

[57] 余光中：《逍遙遊》，九歌出版社，頁二六二。

三、打敗引號的李氏句法

林語堂在〈五四以來的中國文學〉中，大大地稱讚他當時在東吳大學任教的同事——徐志摩：「他是個天分極高的人。在我的朋友中衹有他能把白話寫成美麗的語言，他證明了這一點，就是作者若能吸收過去的精華，現代口語還是可以寫成美麗的……我還沒有見到過白話能寫得如此秀麗而有力。志摩的文筆，得力於宋詞和元曲。元曲有很多方言的成分。我最看不慣的，就是貧血而又歐化的白話文。」㊿

林語堂一方面讚賞徐志摩能吸收中國傳統詞章的精華，將宋詞元曲推陳出新，另一方面也不忘譴責五四以來中國文學中「貧血而又歐化的白話文」。林語堂雖然沒有指出徐志摩文章的歐化現象，只強調徐志摩的現代口語融會著傳統中文的精華；然而，曾在美國克拉克大學和英國劍橋大學讀過書的徐志摩，畢竟是中文歐化的先河人物。徐志摩文筆的歐化傾向顯見於其〈偶然〉一詩：

我是天空裡的一片雲，
偶爾投影在你的波心——

你不必訝異，
　更毋需歡喜——
轉瞬間消滅了蹤影。

你我相逢在黑夜的海上，
你有你的，我有我的方向；
你記得也好，
最好你忘掉，
在這交會時互放的光亮！[59]

「貧血而又歐化的白話文」固然不可取，「歐化的白話文」卻並非全然「貧血」。誠如余光中先生所言：「中文西化也不一定永遠是件壞事」。余光中說：

中文西化現象分成「善性西化」與「惡性西化」，惡性的西化就是違背了中文的特點，罔顧了中

[58] 林太乙：《林語堂傳》，聯經事業出版公司，頁七七。
[59] 徐志摩：《徐志摩詩選》，洪範書店，頁二〇六。

文的生態；善性的西化爲中文的表現能力增加彈性，增加一點多元的語文趣味。[60]

余氏眼中，徐志摩〈偶然〉一詩乃「善性西化」、「成功西化」的佳例，請看余詩人對徐詩人的深入分析：

我們且用英文的文法來看這首詩，你看第二段，「你我相逢在黑夜的海上」，當然是一個副詞片語，這是沒有問題的。「你有你的／我有我的方向」，卻是西化的，中文不能省掉一個「方向」，中文怎麼說呢？「公說公有理，婆說婆有理」，何必合用一個「理」字呢！不過這是一首情詩，男女之間，情話綿綿，不能說的像散文一樣，「你我相逢在黑夜的海上，你有你的方向，我有我的方向」，那是散文了。合用一個「方向」呢，卻是西化的說法，不過說得很妙，兩個「方向」就太直、太露、太無情了。然後，他說「你記得也好，最好你忘掉」。記得什麼？忘掉什麼？兩個動詞的受詞在哪裡？就是最後那一句話，「在這交會時互放的光亮」，如果說他又像前文所講的，用很直、很露、很散文的說法，就變成「你記得在這交會時互放的光亮也好，最好你忘掉在這交會時互放的光亮」，那又囉唆，又不是詩了。所以受詞只用一次，「你記得也好」，先不講受詞是什麼，「最好你忘掉」，然後受詞出來，「在這交會時互放的光亮」。這是西化，不過滿成功的。所以，我們學英文，怎麼樣轉化到中文裡來，這要靠一個人的聰明，乃功力所在：成者爲王，敗者爲寇，像徐志摩，就做對了。[61]

李敖將英文轉化爲中文的功力，筆者已在本章第一節：文化等效翻譯中述及，此處將不再贅言。

李敖對中國文字的貢獻，除將詞類變化無限延伸，更履創新奇之句法。此新奇句法之養分亦取經西天。李敖遵循胡適「我手寫我口」的白話文創作模式，除以極爲明白清楚的白話文創作外，李敖更常在白話行文中佐以中文之古典精華。其文之所以獨特、新穎，正在於他結合了古文精華與西方句法，既凝練，亦極放得開。例如，李敖在《要把金針度與人》一書中提到：「憤世嫉俗學貫中西的『老怪物』辜湯生（鴻銘）——胡適的『太老師』，曾經要跟胡適比賽英文，又要到法院控告胡適，爲了胡適毀謗他和他腦袋瓜子後面的小辮兒。」[62]顯然，此句乃「爲了胡適毀謗他和他腦袋瓜子後面的小辮兒，憤世嫉俗學冠中西的『老怪物』辜湯生（鴻銘）——胡適的『太老師』，曾經要跟胡適比賽英文，又要到法院控告胡適」的倒裝句。李敖以倒裝成句，除了較有變化之外，也可以給讀者一個期待、想像的空間——爲何「太老師」辜鴻銘要告溫和斯文的胡適呢？哦！原來是因爲：「胡適毀謗他和他腦袋瓜子後面的小辮子」。

在本章第一節中，筆者曾舉〈給 W. P.〉一詩，說明李敖譯詩之活，不只自然、神似，還充滿原創性。李敖此譯詩，也使用了兩處倒裝句：「冬風掃葉時節，一樹蕭條如洗，／綠裝已卸，卸在我

---

⑥⓪余光中：〈英文與中文西化〉。收於《十分精采》，財團法人趙麗蓮教授文教基金會，頁九三。

⑥①同注⑥⓪，頁九四。

⑥②同注②⓪，頁二二九。

心裡。／我生命的一部分，已消亡，／隨著你。」此句最後兩行，本是「我生命的一部分，已隨著你消亡。」另外，「一日之間，我不知老了幾許？／你天性的善良、慈愛和輕快，／曾屬於我，跟我一起。／我不知道那一部分多，——／是你帶走的我，還是我留下的你。」這句話的後幾句則倒裝自「不知道是你帶走的我那一部分多，還是我留下的你那一部分多」。可見，李敖亦擅用歐化句法，使其譯文生色不少，也令讀者增添新穎之感。

我們知道，一種語言如果處於完全封閉的狀態，將了無新意，很快就會被淘汰。今天的世界強權——美國，之所以成其大，亦在其不斷吸收各國精華，此精華包括人才與語言。英語可謂全球單字最多的語言，並且字彙每天都在增加中，例如，中國的「功夫」、「風水」、「苦力」、「叩頭」等字，傳入英語，英語就爲其譯造單字，印度的「咖哩」傳入英語，英語也要「咖哩」一下。世界各地人口聚集美利堅，美國既爲民族大熔爐，當然也成了語言的焊鋼廠。語言是與外界溝通的橋梁，當一種語言失去吸收其他語言養分的功能時，此語言將無法與日俱進，終淪爲弱勢語言。可見，吸收他種語言文化養分，以滋養、濟補中文，乃今日作家所面臨之課題，吸收過程中，則必須克服「貧血歐化」之病。徐志摩〈偶然〉成功地運用歐化句法，良非偶然也；李敖譯詩，以歐化句法配之偶之，注中文以盎然之生機，也是不遑多讓的。

除開歐化句法，李敖對中文句法的大貢獻，毋寧是「打敗引號」。李敖說：「五十年來和五百年內，中國人寫白話文的前三名是李敖，李敖，李敖，嘴巴上罵我吹牛的人，心裡都爲我供了牌位。」李敖以一種史無前例的信心和誇大之辭，讚嘆自己的文章，但是，這種自我吹噓之辭從李敖口中講出，卻又顯得率然逼眞，毫無矯揉造作之需，究竟李敖有什麼魅力，或者說能耐，使其每講一句話，就讓人耳朵一震，甚或眼睛爲之一亮呢？這無疑牽涉到他獨家的練句、修辭功力，由於他的修辭、練句蹊徑別出，使他的名言常如仙人放屁——不同凡響，大異於一般作家的語言邏輯。所以，在被引用時，往往遭到「誤引誤用」——不是不完整，就是不夠精確；大抵諸家引言在「語意」上並無太大出入，卻在「形式」上難以追隨李敖原文。

以美國哈佛大學歷史學博士候選人、著名評論家楊照爲例，他將這句話引爲「五百年來白話文的第一名」。[63]試問從胡適文學革命、推行白話文以來，民國也不過短短的九十一年，何來「五百年來」呢？李敖的原文明白寫著「五十年來」，顯然地，他這「五十年」是以胡適白話文學運動爲起跑點而概算出來的。縱然，「白話文學」早已存在中國歷代各朝，李敖的「五十年」眼望的卻是胡適這座現代文學地標，畢竟，「白話文學革命」之大纛是高懸、飄飛在這座地標之上的。是以，李敖對「白話文學」的「過去」，只蓋然採計這狂飆的五十年。至於白話文學的「未來」，李敖望眼的是「五百年內」。當然，這「五百年」聖然攸關、意義非凡，源出孟子名言：「五百年必有王者興，其間必有名士者」。[64]如此，李敖以「來」對「內」，以「來」指過去，以「內」示未來；再以「五十年」對「五百年」，五五均然，頗符古典中文的平均律與平衡美。

然而，緊接著，李敖便大翻中文的觔斗。他說：「中國人寫白話文的前三名——是李敖，李

[63] 楊照：〈李敖與文學〉。《中國時報》第三十七版，二〇〇〇年二月十七—十八日。
[64] 謝冰瑩等編譯：《四書譯本》，三民書局，頁四〇七。

敖，李敖。」就語意而言，李敖自詡是五百年內世無雙出的白話文名士；顯露一種「江山代有才人出，各領風騷五百年」的李式驕傲。白話文運動至今不到一百年，李敖卻早已預言五百年內，也就是往後的四百年，獨領風騷的將是他一人。簡言之，往後四百年內的中國，將無一人能超越他的白話文成就，如此而已。然而，李敖卻在語言形式上句法獨出、機鋒刺人地自我頒獎：「中國人寫白話文的前三名是李敖，李敖，李敖。」別人無法超越也就罷了，李敖卻還堅持往後四百年的作家將無一人可以擠進白話文寫作的前三名，連最優秀的白話文作家也必得從第四名排起，換言之，即「佳作」矣。這種「中國人寫白話文的前三名是李敖，李敖，李敖」的李敖式句法，其效果並不只是如李敖於民國八十五年在國立台灣師範大學演說「文化醫生」時所說的：「好像把你連推三下」而已。尤有甚者，此李敖式句法具有其獨特的節奏、氣勢、邏輯、挑釁、誇張、印象與魅力，它教你忘不了，卻又不能完全記住——它太滑溜了，既溜手，更溜腦，因為李敖式句法並不遵守一般的語言邏輯；相反的，它是超邏輯的、穎穎然的、硬幹的、連環砲的。於是，唯有拷貝式的引用其名言，方能雙存其「質」與其「文」，方能保有其「意義」與「形式」，方能「德」、「色」兼具地再現李敖原貌。否則，只有徒引其「骨」而失其「皮」，或空引其「皮」而喪其「骨」了。

準此分析，楊照將李敖原文「五十年來，和五百年內，中國人寫白話文的前三名是李敖，李敖，李敖。」簡引為「五百年來白話文的第一名」，確實引出了差距：一、白話文起算點不同，二、總競賽年數不同，三、句法和語言效應不同。如此淺顯的數字差池，出自一位傑出的歷史學者、文學評論家口中，就更能顯示李敖之為李敖的「特異功能」——其語言效力令人欲忘不能，其文字邏輯卻叫人每引必錯。另外，就其語言效應而言，驕傲的李敖明明驕傲地說自己得了白話文的前三名

——第一名、第二名和第三名；但是，楊文卻只說李敖得了一個第一名，邏輯上，楊照等於間接「沒收」了李敖的第二名與第三名，少頒了兩次大獎給李敖，這種充公待遇豈是李敖所能接受的？——除非他自己拒領，跩，如沙特一般。

無獨有偶地，《PLAYBOY》國際中文版雜誌亦出現類似的問題。在一篇名爲〈專訪李敖·PLAYBOY 頭號校友〉的文章中，該編輯部將李敖復出時的豪語引爲：「五百年來寫白話文的前三名是李敖、李敖、李敖。」[65]很明顯地，這跟楊照的簡引有著同樣的閃失，因爲李敖的數字，或爲「五十年來」，或爲「五百年內」，但絕非「五百年來」。

其實，這句李敖名言還有另一奧妙之處，其奧妙正與李敖所不茍同的金庸武俠小說中的「獨孤求敗」之命名如出一轍。何謂「獨孤求敗」？獨孤求敗一生都在追求劍法的突破，除了師承之外，獨孤求敗也屢創新招。終於，在武林中他再也找不到一個對手可以比試劍法了，在人人求勝的武林中，獨孤求敗卻「求敗不得」，最後，獨孤求敗求敗無人，孤獨的死去，臨死前獨孤求敗將自己的武功絕學刻於岩壁中，以待有緣人。「獨孤求敗」意味著他不只是武林中的第一人，更意味著第二名早已遠遠的被他拋在腦後。一生好勝、絕不求敗的李敖說：「五十年來和五百年內，中國人寫白話文的前三名是李敖，李敖，李敖」。如果李敖所言屬實，絕無說謊成分，絕無騙人之意圖，那麼，李敖正是中國文壇的「獨孤求敗」，不只將第二名遠遠的甩在腦後，而且是在他得第一名的情況下，中

[65]《PLAYBOY》國際中文版一九九九年六月號，頁五二。

國白話文的第二名與第三名將永遠從缺，直到民國五百八十四年元旦升旗典禮那一天，他才肯慷慨解囊——囊括前三名的囊。

由於李敖的句法新奇、獨特、出人意料、具震撼性，所以，大家都愛引用他的話，然因其「一跤絆到邏輯外」的文字駕馭，卻又教人每引必錯。除了不忠於李敖原文句法外，無論是耀眼的哈佛大學歷史學博士候選人楊照，抑或廣受成人青睞的雜誌《PLAYBOY》國際中文版，雙雙犯了一個粗淺的數字錯誤，誇張而言，可謂被李敖這句名言所打敗，是以，我們將此李敖式句法，稱爲「打敗引號的李敖句法」。

四、以具體寫抽象

白居易在〈琵琶行〉這首大家耳熟能詳的詩作中，有名句如下：「大弦『嘈嘈』如急雨、小弦『切切』如私語、『間關』鶯語花底滑、又聞此語重『唧唧』。」以「嘈嘈」、「切切」、「間關」、「唧唧」直接模擬聲音，很 HiFi 地再現原音，使讀者不必身歷其境，也享「逼眞」的聽覺效果。由此可知，形容一種事物甚至聲音時，如果「以具體寫抽象」，將可讓抽象的事物具體突出、立竿見影，此具體寫抽象之妙用與宏效，李敖文稿中俯拾皆是。李敖說：「所有總統候選人裡只有阿扁出了本『難看的寫眞集』，『我李敖是很水仙的』。」[66]李敖借希臘神話中納希瑟斯（Narcissus）[67]愛上自己水中倒影，溺死後化成水仙的故事以自況，雖未言其俊美，然其優質形象卻與自戀性格般不言而喻。

李敖在二〇〇〇年總統大選時，代表新黨角逐總統寶座，然而，就在李敖已答應要代表新黨問鼎中原時，「新黨可能在明天的臨時全委會決定棄選總統。李敖強調：『現在不是這匹狼要落跑，而是新黨的『兔子』們落跑，李敖這匹仁慈的狼，將笑嘻嘻地奔向原野』。」[68]李敖以狡黠之「狼」，鮮明對比於溫馴之「兔」，李敖對其聰明刁鑽性格，流露出不可言喻的自信，同時也表達了他對新黨之弱的不以爲然，儘管如此，李敖對這樣的結局，仍然是以「笑嘻嘻」的態度來面對，這亦呼應了筆者在本書第三章第一節：笑=效的語言哲學中之論點。

李敖行文，性事一籮筐，可謂「性事蛋蛋」：

> 周才蔚來電拜年，問我好不好。我笑謂我們這個年紀，大頭半黑半白了、小頭半軟半硬了，今天不比昨天壞，就很好了，他媽的，還要怎麼好！他大笑。說只有跟老哥們你李敖笑，才是眞的笑，每天生意場上的笑都是假笑。他又笑謂，討個小的以後，雞巴不硬也不行了。我大笑。[69]

以具體寫抽象，帶給讀者刺激的感官「享受」，不遜於限制級電影，觀閱此一段落，其辛辣養眼比限制級還限制級，因爲，這個句子已三點全都露，而且，並未打上馬賽克，讀完令人眼紅心跳。其實，李敖說了這麼多，要說的無非是自己已經老去的事實，只是，李敖不願以呆板無聊的句子來描述罷了！

李敖之所以提倡「以具體寫抽象」，主要是因爲看到大家的中文程度普遍不佳，他希望透過這樣的書寫，讓讀者更容易進入書中世界。李敖說：

> 今天你們的國語很爛、國文很菜，不能怪你們，因爲你們在中學國文念的第一課就是蔣介石寫的文章，後來是蔣經國寫的文章，怎麼會有好的國文？你們老是用抽象文字，哪能寫好文章呢？所以，要聽我的建議，學會用具體來代表抽象，能學會這種表達方法，就是好的文字表達

者，舉例來說，「老頭子」和「女孩子」都太抽象了，如果說用「白髮」代表老頭子、「紅顏」代表女孩子就接近了，能用較多的具體代替抽象，就能表達得越好，學到越好的語言。[70]

李敖在師大和淡大「前進校園」演講時，舉了兩個例子來說明如何「以具體寫抽象」。譬如，要說一個人是老人，不要直接說他是老人，而改以「白髮」來形容；要說她是一個年輕女孩，則以「紅顏」表之。如果要表達的是「青年」與「老年」之別，李敖會說：「我青年的時候，拉鍊已拉下來好

---

66 凌珮君：〈李敖寫眞集收錄裸照〉。《聯合報》第四版，二〇〇〇年二月二十二日；李敖網站：李敖新聞，http://www.leeao.com.tw/speculation/elec2000/02222.html。

67 「納希瑟斯（Narcissus）爲希臘神話中的美男子，爲賽非瑟斯（Cephisus）之子。一次在泉水中看見自己的倒影，就深深墜入愛情中，但可望而不可及，終於死在水邊。另一說法是納希瑟斯投身泉水中，後來山中女神要來埋葬納希瑟斯，卻發現屍體失蹤，只在原處留下一朵花，即是水仙。納希瑟斯愛上自己的悲慘命運是因報應女神耐米西斯（Nemesis）懲罰他置愛苦（Echo）之癡情於不顧。」引自顏元叔：《西洋文學辭典》，正中書局，頁五〇二。

68 邵冰如：〈李敖：仁慈的狼授權給兔子來拒絕狼〉。《聯合報》第三版，二〇〇〇年一月十九日；李敖網站：李敖新聞，http://www.leeao.com.tw/speculation/elec2000/01198.html。

69 李敖：【李敖大全集】第十九冊《李敖隨寫錄後集》，榮泉文化事業公司，頁一一四。

70 同注⑩，頁一六七。

久，卻尿不出來；但是，有一天，我拉鍊還沒有拉下，卻已經尿出來了。」李敖以這種充滿意象、對比的表達法，呈現「老年」與「青年」之異，其實，此描述方式不只是「以具體寫抽象」，更跨對比的範疇。

李敖說話，總是大剌剌的：「午啓慶說我的文章是脫褲子式的坦白，我說我還脫別人的褲子。」[71]李敖友人以「脫褲子式的坦白」來說明李敖的文章風格，一向妙語如珠的李敖竟回敬：「我還脫別人的褲子。」意思豈不是又更深了一層嗎？一個人何時能夠比脫褲子時更赤裸裸、更坦白呢？尤有甚者，自己脫褲子不算，更要強別人如法炮製。李敖的一生，志在消滅人間的不公不義，他堅持絕對的純度，把日記整本整本的出版，情書一封封的公開，此外，還拍了黑壓壓的正面裸照，李敖把自己完全透明的攤在陽光下，這正是朋友口中「脫褲子式的坦白」，因爲對自己的要求如此之嚴，李敖理所當然無法忍受他人的欺騙與虛僞，他不只自己脫，也強敵人大白以對。

以具體寫抽象的手法，說穿了是比喻的變型。王鼎鈞說：「比喻的最高技巧是，被喻之物完全不見了，只有『喻』在發揮。」[72]何爲被喻之物完全不見了？「沉魚落雁」，說的不只是魚雁的沉落，「金玉其外，敗絮其中」，說的也不只是金玉和敗絮這兩種對比的東西。李白在〈感遇〉一詩中說：「草木有本心，何求美人折？」[73]如果旨在說明「草木毋需美人折」，那麼李白的「詩仙」之名，豈非浪得？這些比喻都另有所指，都是比喻的變型，因爲被喻的部分隱藏不見，因此姑且稱爲隱喻。王鼎鈞還說：

> 比喻的基本句型是「像……一樣」，爲免呆板可以變化。「語言的價值像銀子一樣，沉默的價

值像金子一樣」，可以簡化爲「語言是銀，沉默是金」，不用「像……一樣」，用「是」。「山是眉黛聚，水是眼波橫」，這是一個變型。……還有一個變型可以叫「想」型，「雲想衣裳花想容。」……還有一種變型可以叫做「成」型，例如「雨水加上霓虹燈的倒影，柏油路面紅成晚霞。」這個句型的特點是，「成」字前面一定有一個詞把「喻」和「被喻」的共同關係說出來，在「像」型的句子裡，這個詞通常在一句之末。例如：

「她唱成一隻百靈鳥。」也就是「她像百靈鳥一樣愛唱。」

「他把自己練成鋼鐵。」也就是「他像鋼鐵一樣經過鍛鍊。」[74]

比喻功能的發揮來自人類的聯想力；而比喻之所以發揮功效來自比喻對象的具體化。不管以何種面貌出現的比喻句型，我們只消把抽象性的思維改爲具體性的實物，就大致可以抓到比喻的竅門了。如上述，我們說一個人愛唱歌，以「她唱成一隻百靈鳥」；說一個人受過艱苦的鍛鍊，以「他把自

---

[71] 李敖：【李敖大全集】第二十三冊《早年日記》，榮泉文化事業公司，頁六九。

[72] 王鼎鈞：《作文七巧》，吳氏圖書公司，頁九一。

[73] 蘅塘退士選輯：《唐詩三百首》，世一書局，頁二二。

[74] 同注[72]。

己練成鋼鐵」來形容，這種充滿具體化的語言，讓我們對作者所描述者了然於心、印象深刻。李敖辦《求是報》時，有一段告詞：

李敖創辦求是報
男人喊爽女人叫
別的報紙是手槍
我的報紙是大砲⑮

後來李敖創報電子報，把這句廣告詞改成：

李敖創辦電子報
男人喊爽女人叫
別的報紙是手槍
我的報紙是大砲⑯

由手槍和大砲的不同威力，我們可以清楚的知道，李敖怎樣期許自己的《求是報》和《電子報》，又怎樣自鳴得意自己的強大火力。當然，「手槍」和「大砲」，依然未脫李敖文風，充滿著性暗示。

李敖從不忘標榜自己：「我就像冰山一樣，大家怎樣去看冰山，都只能看到浮在海面上的八分之一，但在海面下的八分之七則是看不到的。這就好比是台灣民眾都知道李敖很偉大，但是卻不知道我李敖究竟有多偉大！」[77]李敖把自己形容成莫測高深的冰山，這個「冰山理論」，實是「偉大」的「具體化」。相對於自己的「偉大」，別組總統候選人就只能當「爛蘋果」了。李敖要：「民眾踴躍站出來投票，選擇一個『比較不爛的蘋果』。」[78]偉大之於蘋果，本成天壤之別，再加上這個蘋果不只是蘋果，還是一個「爛蘋果」，那麼，李敖如何看待自己與別人，就躍然紙上了。

「爛蘋果」尚不至於危害社會，頂多吃完之後作嘔，如果是「危險物品」，麻煩可就大了。李敖到台視政見會場時，現場規定不可帶危險物品進場，李敖笑說：「陳水扁就不該進場，『因爲他本人就是危險物品』，會引起台海緊張。李敖說，爲台灣的百年大計著想，高級知識分子支持阿扁是很危險的。」[79]可見，李敖罵人，任何東西都可拿來比喻，「台灣之子」陳水扁總統候選人，竟然「本

---

[75] 李敖網站：李敖電子報發刊詞 http://www.leeao.com.tw。

[76] 同注[75]。

[77] 劉建宏：〈獲諾貝爾文學獎提名　李敖：比選總統容易多了〉。《勁報》N三版，二〇〇〇年二月二日；李敖網站：李敖新聞，http://www.leeao.com.tw/speculation/elec2000/02021.html。

[78] 費國禎：〈李敖：丁肇中將回台挺宋〉。《中時晚報》第三版，二〇〇〇年三月十三日；李敖網站：李敖新聞，http://www.leeao.com.tw/speculation/elec2000/03138.html。

[79] 凌珮君：〈敖：不是輪替是要國民黨下台〉。《聯合報》第三版，二〇〇〇年三月五日；李敖網站：李敖新聞，http://www.leeao.com.tw/speculation/elec2000/03056.html。

人就是危險物品」，李敖眞把台獨之險具體化了。因爲不喜歡陳水扁，李敖把陳水扁今天的成就比喻爲「無功卻輕鬆登堂入室的小老婆」，[80]而許信良等美麗島系人士是幫男主人打拚、白手成家的「大老婆」，二者所付出的心力與受到的待遇判若天壤。李敖比喻之妙，在於洞徹「大老婆」、「小老婆」在中國文化傳統中的相悖角色，因而，頗能喚起共鳴。

自知當選無望，李敖跟新黨一樣傾向於支持宋楚瑜，雖然如此，李敖仍然對宋楚瑜不假詞色。李敖說：

> 宋楚瑜不必怕選民說他和李登輝是「一丘之貉」，因爲宋楚瑜七年前是國民黨祕書長、與李登輝「情同父子」，李登輝要他做，他不能不做，宋楚瑜也必須承認自己曾犯錯，但現在已經改正，如同「妓女從良」。[81]

李敖先用「情同父子」來爲宋楚瑜興票案脫罪，正因爲「情同父子」，所以，宋楚瑜的過錯可以推給李登輝，正所謂「父命不可違」。但是，李敖對於宋楚瑜曾經犯過的錯，豈肯輕易放過？他呼籲宋楚瑜公開認錯，因爲「妓女從良」勝過「紅杏出牆」。

妓女，是李敖常用的比喻。有人問李敖說：「現在法官開庭時，完全不尊重訴訟法，不曉得你對這方面有什麼意見？」李敖回答說：「現在的法官開庭都是五分鐘開一庭、十分鐘開一庭的，說難聽一點，當年寶斗里的妓女接客時間也沒這麼趕，現在的法官連寶斗里的妓女都不如！」[82]他還說：「國民黨開除黨員就像妓院開除妓女；李登輝開除宋楚瑜就像老鴇開除名妓。」[83]對於李敖這種跳躍式的思考和寫作模式，李寧覺得很好奇，李寧曾經問李敖說：「你靠靈感寫作嗎？」李敖答以：「妓女不能靠有性欲才能接客，我不能靠有靈感才能寫作，要靠習慣，只靠靈感絕不能成爲好作家。」[84]李敖反應機智、幽默，實得力於比喻具體化之妙，他甚至把自己比喻爲「妓女」呢！夠「具體」了吧？

李敖在「李敖大哥大」[85]節目中，舉陳水扁說的「一國兩制等於消滅了中華民國」這句話爲例子，佐以「柏林圍牆」爲具體例證，牆的一邊是西德的小孩，好奇爬上牆想一窺東德究竟，牆的另一邊則是森森然的東德。李敖問道：「陳水扁的談話就像一道柏林圍牆，它擋住了什麼？它擋住了『一國兩制』不只消滅了中華民國，它更消滅了啥？它還消滅了中華人民共和國啊！」李敖要說的只是：「一國兩制是兩岸和平的契機」一句話而已，但是這麼說太平板了，太清淡了，李敖爲了要

---

(80) 林美玲：〈許信良看李敖「夢幻搭檔」〉。《聯合報》第四版，一九九九年五月十一日。

(81) 凌珮君：〈李敖：宋早該抖內幕〉。《聯合報》第八版，二〇〇〇年三月七日；李敖網站：李敖新聞，http://www.leeao.com.tw/speculation/elec2000/03077.html。

(82) 同注⑩，頁一三五。

(83) 李敖網站：李敖語錄，http://www.leeao.com.tw/speaker/f199911.html。

(84) 李敖：【李敖大全集】第十六冊《李敖對話錄》，榮泉文化事業公司，頁一八七。

(85) 「李敖大哥大」有線電視節目，自二〇〇一年八月十三日開始，每週一至週五九點在中天電視台開播。

「立體化」他的論點，「具體化」他的議題，他搬了一道柏林圍牆，一道切割「東德」與「西德」、橫跨共產主義與資本主義的「人性實驗」之牆。結果，李敖變成了國際知名的魔術師大衛，魔杖一揮，位於歐洲大陸上的歷史巨牆，忽然黑龍似的飛到台灣來，堵住了陳水扁的嘴。李敖這種「以具體寫抽象」的李氏表達法，收效之宏，很難言喻，很能滿足各階層的讀者。其一，聽眾看到了柏林圍牆的照片，覺得具體。其二，李敖以此牆喻阿扁的話只讓你看到了牆的一面，擋住了另外光明的一面，已覺生動無比。再則，這「比喻本身」極為符合大陸與台灣的歷史情境，一道柏林圍牆，猶如一溝台灣海峽，這個「比喻」把東西德問題與台灣大陸困境化為姊妹篇，造成無限想像的可能，你越想越覺驚奇，你的聯想像漣漪跌宕幅擴開來，眼看海風起處，想像就要著陸！比喻洋溢著一種難以言喻的「漣漪美學」，在你我心中微漾著：是的，人性的力量既然可以摧枯拉朽，摧朽一道柏林圍牆，難道就不能精衛填海，填滿一溝台灣海峽？

古今中外，大文豪之所以成其大，文章所要傳播的思想固然是最重要的面向，然而，言之有味，讀得起勁，才是叫人愛不釋手的因子。由以上析論，我們看到了李敖如何善用比喻，「以具體寫抽象」，帶領讀者進入一個充滿意象、印象、想像的空間。

第六章 《北京法源寺》的文學性

閉關落筆著春秋　此生定向江湖老

「『歷史情懷』這個命題十分誘人，它不僅讓人享受學問，而且享受遼闊的時間和空間，享受博大無邊的關愛之心。文學，不管是不是歷史題材，都可與歷史情懷相聯繫。即便是現代題材，如果有了歷史情懷，都會有一種幽遠深邃的內涵。例如魯迅、沈從文、張愛玲、白先勇的小說便是。他們寫紹興，寫湘西，寫上海，寫台北，寫的都是現代，爲什麼與其他大量的現代作家如此不一樣？主要不在於故事編織、人物刻畫和語言功力，而在於不露痕跡地隱藏著一種歷史情懷。對悠久遺產的長期浸潤中所產生的有關生命方式和命運滄桑的感悟，使他們的筆端有一種超常的力度和高貴。」①

李敖的《北京法源寺》寫北京，體現的不正是這種「對悠久遺產的長期浸潤中所產生的有關生命方式和命運滄桑的感悟」嗎？《北京法源寺》最濃得化不開的稠狀物便是這種「歷史情懷」，而身爲一座古蹟，「北京法源寺」所象徵的便是中國歷史滄桑、命運乖舛的集中與串聯。除了魯迅紹興的銳利、沈從文湘西的幽微、張愛玲上海的風華、白先勇台北的沉鬱，李敖的北京更飛濺著中國近代史大人物的唾沫與淚痕。

李敖在〈我寫北京法源寺〉中說：「《北京法源寺》以具象的、至今屹立的古廟爲縱線，以抽象的、煙消雲散的歷朝各代的史事人物爲橫剖，舉凡重要的主題：生死、鬼神、僧俗、出入、仕隱、朝野、家國、君臣、忠奸、夷夏、中外、強弱、群己、人我、公私、情理、常變、去留、因果、經濟（經世濟民）等等，都在論述之列。這種強烈表達思想的小說，內容豐富自是罕見的。」②《北京法源寺》是一部直逼「歷史的眞」的史詩式小說，小說的第一章到第三章考證「北京法源寺」的來歷，以及透過康有爲和寺中的老和尙的對話，探討善惡、忠奸等等哲理性問題。

第四章到第八章介紹主要人物登場，「小說以犀利、流暢的筆墨，眞切地敘述了康有爲、梁啓超、譚嗣同等維新時代知識分子，從國恥貧弱中覺醒，逐步走上改良不歸之路。」③李敖雖以小說的方式來寫《北京法源寺》，但是，書中的角色幾乎是以一種完全符合史實的描述，來呈現他們的生平重要事蹟，所以，周天柱說：「小說以作風嚴謹、考證嚴密、布局嚴整令人嘆服。」④

第九章以後的論述則環繞著「戊戌政變」此一歷史事件，並且介紹書中的男主角譚嗣同在「戊戌政變」失敗之後，「可以不必死，但他卻要死」⑤的義無反顧，李敖行文中充滿對譚氏其人其事高度的心儀與崇敬。小說中，李敖更透露出革命者的悲哀，因為中國的革命家不只要「得君行道」，更要跨過「扶同為惡而不自知」的守舊分子，有了這批「攔路虎」，中國的改革之路，將危機四伏，荊棘滿布。

就純文學的角度來看，《北京法源寺》與傳統純文學小說寫作技巧並不符合，「眾所周知，在傳統敘事文本中，作者往往通過人物的言行及情節衝突的具體描繪，通過典型性格的創造間接地表述自己的人生見解。然而，《北京法源寺》的作者顯然打破了這種傳統的敘事範式，詳人所略，略人所詳，避開歷史文本的常識部分，把筆墨重心放在人物文化思想的縱深挖掘上，放在對人物思想基礎和思想因素的剖析上，通過人物對話、內心獨白以及敘述人的思想情感介入，為我們展示出在中國最幽暗的歷史時期一批思想巨人動人心魄的心靈歷程。」⑥化約而言，《北京法源寺》可謂把小說寫成戲劇，把對話寫成辯論，把描寫變成演說，並且把通俗考證成學術……這在在與一般小說寫作技巧大不相同。

但是，撇開形式層面，這部小說卻凸顯了李敖最為嚴肅、最為人所略的一面。在這部李敖自己沾沾自喜並且引以為傲的作品中，讀者再也讀不到「叫床之聲聲聲入耳」的李敖，你讀到的唯有東林書院的「風聲雨聲讀書聲」；讀者再也讀不到「床笫之事事事關心」的李敖，你讀到的唯有東林書院的「家事國事天下事」。亦即，在《北京法源寺》中，我們再也看不到讀者印象中的李氏諧謔文風，這部小說有的只是〈正氣歌〉「人生自古誰無死，留取丹心照汗青」的從容就義；有的只是汪精衛「引刀成一快，不負少年頭」的豪氣干雲；有的更只是譚嗣同「我自橫刀向天笑，去留肝膽兩崑崙」的視死如歸。

《北京法源寺》所呈現者，李敖對大中國之嚮往；《北京法源寺》所流露者，李敖對大中國之鄉愁。它是對革命殉道者的禮贊，它是對理性愛國主義者的謳歌。一生在野，卻心繫大中國廟堂的李敖，以「台獨叛亂犯」被國民黨關了整整六年兩個月，這些當年定讞的法官們在多年之後，看到李敖《北京法源寺》中所流露的大中國情懷，讀到李敖這一部「難忘我是大陸人耳」的歷史小說，難

①余秋雨：《余秋雨台灣演講》，爾雅出版社，頁一三三。

②李敖：【李敖大全集】第一冊《北京法源寺》，榮泉文化事業公司，頁三六三。

③周天柱：〈難忘我是大陸人——荐李敖力作《北京法源寺》〉。《台聲雜誌》，二〇〇〇年十一月，頁三十。

④同注③，頁三十一。

⑤同注②，頁二二三。

⑥陳才生：〈《北京法源寺》的文本意義〉。《上饒師範學院學報》第二十卷第五期，頁四三。陳才生（一九六二—）爲河南林州人，安陽師院中文系副教授。從事寫作學、現當代文學研究。

道不會汗顏嗎？難道不覺諷刺嗎？如果，我們把《北京法源寺》以另一種文體來呈現的話，豈不正是余光中的〈鄉愁四韻〉嗎？固然，江南與江北各有其鄉愁再現模式，南有南的婉約，北有北的雄渾，然其隔海懷鄉之愁，卻無二致。無論作為一部小說，《北京法源寺》的文學性如何，這部小說留待讀者捧閱的，將是李敖最爲嚴肅、最爲深沉、最爲森然的面孔。

一、李敖的文學觀

李敖在一千五百萬字的著作中，鮮少論及他人文章的優點；李敖一貫的注目焦點是自己，只有他自己才值得佩服，⑦只有他自己才是永遠的第一名。⑧李敖以睥睨鄙夷之姿看待他人文章，別人文章既然不值一讀，當然就更不值一評；然而，在一篇名為〈我們應該打倒的濫套辭彙〉評論中，李敖卻對瓊瑤的作品提出嚴厲批判。李敖批評的方式很特別，他把《窗外》⑨裡所有成語用橫式羅列出來，以批判瓊瑤：

> 爲什麼活人不說話？爲什麼現代人要說古話（並且有的還不是古人話）？這種所謂「綺詞麗語」式的「白話文」呀！它們是徐志摩、朱自清、易家鉞（君左）、謝冰瑩和「蘇雪林老婆婆」等等等等攪出來的，他們是禍首。
>
> 瓊瑤並不是禍首。
>
> 但是瓊瑤應該把下列我隨手所舉的濫套辭彙收回去。瓊瑤是有天才的人，她應該用她的天才，不要偷懶依靠古人，而爲我們多造一點新辭彙！

「渾然不覺」、「不疾不徐」、「徬徨無助」、「薄負微名」、「驀的紅了」、「稚氣的淚水」、「肝腸寸斷」、「凝眸注視」……⑩

這是政論大師李敖難得的一次純文學評論，指出的是瓊瑤文章中語言與文字面向的缺憾。從這一點，我們很清楚的看出，李敖的文學觀，有很大一部分是著重在語言與文字面向的，而此面向，正是我要探討的重點。

一直以來，李敖都深信：「小說到了福樓拜（Gustave Flaubert）⑪和詹姆士（Henry James）⑫之後已無可爲」。⑬由此，我們很清楚看出小說在李敖的眼裡是處於何種劣勢的地位。也由於這樣的認知，李敖更以爲：「除非小說加強僅能由小說來表達的思想，它將殊少前途。」⑭基此，李敖談到文學時，並不曾提及現代文學主義所談論的「意識流」⑮、或者是佛洛伊德的「夢境的解析」，因爲，不管是「意識流」或者是「夢境的解析」，在李敖的眼裡都是一條死胡同，都不能爲小說尋找出路，楊照認爲在李敖眼中，文章最好的表現方式是：「省掉模稜曖昧、省掉文字上的雕琢……因爲他不能理解模稜曖昧在文學上的價值，因爲他的人生太透明，透明到拒絕任何深層的挖掘。」⑯

其實，文學就如同長江大河，一種文類既已東去，便很難再回頭了，李敖又何必獨鍾寫實主義？每個時代都會出現代表性的文類，就如同我們不能說楚辭優於漢賦，漢賦優於唐詩，唐詩優於宋詞，而宋詞又優於元曲一般，這些文類不過是騷人墨客表達思、情的不同方法罷了！同樣地，西方現代主義的文學觀，早已脫離十九世紀詹姆士和福樓拜之寫實觀，而向「潛意識」、「夢境的解析」邁進了。何謂「寫實主義」⑰呢？舉例而言：年輕的莫泊桑奉福樓拜爲創作之師，福樓拜則要求莫泊

⑦李敖說：「要找我佩服的人，我就照鏡子。」（李敖：《李敖快意恩仇錄》扉頁中第四張照片的說明）。林語堂則說：「我從不泰然自滿；我在鏡子裡照自己的臉時，不能不有一種逐漸而來的慚愧。」見林太乙：《林語堂傳》，聯經出版事業公司，頁一四四。

⑧「當我覺得我是第一的時候，爲什麼我要說我是第二？我要打破這種虛僞。」見李敖：【李敖大全集】第十六冊《李敖對話錄》，榮泉文化事業公司，頁五。

⑨《窗外》一書爲瓊瑤的成名作，內容描寫一位高三女學生江雁容，和她的高中國文老師康南的一段師生戀。他們的戀情，受到各界的阻撓，尤其是女方的媽媽，結果，男未婚而女別嫁，故事以悲劇收場。

⑩李敖：【李敖大全集】第四十冊《爲文學開窗》，榮泉文化事業公司，頁八九—九十。

⑪「福樓拜（一八二一—一八八〇）爲法國小說家，生於盧昂，父兄都是醫生，本人也習醫，卻轉就文學。……一八五七年發表第一部小說《包法利夫人》，被指爲極端不道德而遭起訴受審。……福樓拜雖不能代表法國的自然主義運動（naturalism movement），卻屬於十九世紀法國自然主義寫作風格，……筆下常表現出觀察之精確，極端無我（impersonality）與客觀式的處理、精湛而具表達性的風格，以及用字之恰當，實爲當時最卓越而有影響力的作家之一。」顏元叔：《西洋文學辭典》，正中書局，頁三一二。

⑫「詹姆士（一八四三—一九一六）爲美國小說家，……風格頗受法國與俄國寫實主義（realism）與自然主義（naturalism）影響，同意自然主義所說小說家爲人生之診斷探討者，雖接受決定論（determinism），卻不同意純由機遇支配的極端悲觀主義者。」同注⑪，頁四〇四。

「堪稱最偉大的寫實作家的詹姆士（Henry James），喜愛描寫人物面對道德抉擇時的內在自我，得了『心理小說之父』（father of the psychological novel）與『爲優美良心作傳者』（biographer of fine conscience）的雙料美名。」同注⑪，頁六二一。

⑬蔡漢勳編著：《文化頑童・李敖：李敖被忽視的另一面》，大村文化出版公司，頁二二四。

桑到街上去觀察一百個人的行爲舉止，再把這一百人的種種特徵如實描繪出來：從衣服的紋路、頭髮的色澤，甚至，皮膚是否滲出一滴汗珠？汗珠有多大？以及汗珠在陽光下的晶瑩度爲何？皆要巨細靡遺的描繪出。這就是十九世紀奉行寫實主義者寫作文章的重要法門。

然而，到了二十世紀，佛洛伊德等心理分析家，大開夢之棺，大驗夢之屍，展開斷層已久的夢境考掘，揭開潛意識的序幕之後，文學巨輪已然滾到了現代主義之碑。何謂「現代主義」呢？「現代主義在許多方面都是一種對寫實主義（realism）與自然主義（naturalism）的反動，同時也反對作爲兩者根據的種種科學原理。」[18]簡單的說，如某人坐在某地，作家所要描寫的已經不是其照相機般的週遭，或「一比一的相似」了，而是筆下人物腦海裡的意識之流，他到底是在幻想未來？還是回溯遙遠的童年時代？被強暴的夢魘？魂牽夢繫的瑪德連（madeleine proustienne）？……這些才是現代主義作家們想要探索的世界，然而，這種意識的停頓，或是思想的跳躍，都不是李敖所認同的，或者說：李敖故意漠視這種文學思潮。[19]李敖根本不認爲小說到了二十世紀之後還有生存空間，更遑論時序已邁入二十一世紀了。[20]誠然，現代影音效果是如此震撼人心，後現代科技甚至已臻虛擬實境，那麼，小說在與影像媒體的競爭中節節敗退，只是「想當然耳」罷了，余光中不也說：

> 其實我們都很清楚，時至今日，不要說詩了，就連小說吧，文學的新貴，也喚不回早被電視拐走了的孩子了。而一夥來拐走讀者的，還有錄音帶、錄影帶、電玩、伴唱機等等；雪萊引以爲憂的科學壓倒文學，早已變本加厲，成爲方便而迷人的科技，魔杖一揮，把讀者變成了聽眾、觀眾。今日的電視就像《天方夜譚》裡的喜哈娜莎德（Scheherazade），用連續劇的懸宕手法每晚爲蘇丹王說一個故事。電視機前的千萬觀眾，正是愛聽故事的蘇丹王。[21]

⑭同注⑬。

⑮「意識流（stream of consciousness）：低至語言表達的水平以下，高至理性思想完全發揮的水平之上的個人知覺與感情心智的反應範圍。依假說，在一特定時刻內一個人心智的意識流（爲William James所創之說）是各種水平知覺的混合，是感知、思想、記憶、聯想、內省的無休止的流動；若要把內心（意識）每一時刻的內容做精確的描寫，必須以與內心毫無組織的流動之中各個變幻斷續而不合理的成分相似的字、意象（images）與觀念的流動來表達。」同注⑪，頁七二二。

「意識流小說專事描寫描述言語之前無法表達的事，必須用意象（image）表現言語表達不清的反應，文法的規則就全然置之度外了。意識流小說的作家使用的技巧儘管不同，卻持有共同的假說：一、人類存在的意義表現於其感情心智的過程，在外在世界中無法找到，二、而這種感情心智的生命是雜亂無章的，三、思想與感情順序的改換是由心理自由聯想的格式決定，並非沒有理由的關係。」同注⑪，頁七二三。

⑯楊照：〈正點一百：以「狂」、「叛」來決戰舊傳統——李敖的《傳統下的獨白》〉。《中國時報》第三十七版，二〇〇〇年三月十七、十八日。

⑰寫實主義指「表現出忠於事實的文學，……爲了更精確的定義，必須限於指十九世紀興起的運動……，寫實主義者相信民主，選用的題材都是普通平凡而日常可見的。……寫實主義的注意力集中在自身四周、此時此地特定的行爲，以及可證實的結果。寫實主義根本上擁護模擬藝術論（mimetic theory of art），集中注意力於描述的事物上，要求所作的描述與描述對象之間有近乎一比一的相似……避免用悲劇性或激變的內容常採喜劇性語氣，多爲諷刺性，很少冷酷陰沉的。一般態度以樂觀的爲多，不過詹姆士例外。詹姆士喜愛描寫人物面對道德抉擇時的內在自我的描摹……。」同注⑪，頁六二〇—六二一。

李敖認爲，既然小說在競爭中節節敗退，那麼，小說就該對現代傳播媒體俯首稱臣，從競爭的舞台上引咎辭退；除非，小說能承載影視媒體所無能負荷的「思想」。誠如上述，我們已經知道李敖是如何的受到寫實主義的影響，此何以李敖寫《北京法源寺》時，小說陳述完全以歷史敘述出之，並且儘量求眞；其實，就寫實觀而言，這跟李敖求眞的個性與其考據癖是大有關連的。李敖以小說傳播思想，「在他看來，『表達思想』才是現代小說戰勝影視藝術挑戰的法寶。」[22]加上，他是福樓拜寫實主義信奉者，整本《北京法源寺》可說是一部「考據史」，滿紙考證與議論，既乏人物刻畫，也少有戲劇起伏，難怪楊照要說：讀了《北京法源寺》，「只覺頭痛和失望」。[23]李敖的整個文學面向是屬於「前現代主義」[24]的，前現代主義的特色，就是它並未受到現代主義的洗禮和現代理論的沖刷。職是之故，李敖的文學觀，仍然停留在十九世紀那種設法讓筆下人物的外型栩栩如生的境界。而此境界，換言之，即擁有「照相機複製」的能力，「前現代主義」和「現代主義」之界線，要而言之，在於對此複製能力之態度。現代主義揚棄複製外形、表相的文字照相機，而欲鞭辟入裡，深穿人類皮層，像佛洛伊德一般，在文學上從事「心理分析」，或者，「潛意識夢境之探索」。亦即，二十世紀的人物刻畫，已經刻畫到人物的內心、潛意識、意識流裡面，而不只是在刻畫人物的服裝、舉止、動作，更不在於肖像似的模擬。李敖不採此技，讀者在閱讀《北京法源寺》時，對其中人物的語言對話，難免有一種似曾相似之感，蓋書中人物之對辯，其實就是李敖自己在講話，李敖把他想傳達的思想強餵給筆下的人物，等於是李敖自己當導演，再自己「一人分飾多角」。這就是李敖所謂的：「該大力發揮的，也不避蕭伯納（G. B. Shaw）劇本『一人演說』之譏」。[25]蕭伯納係愛爾蘭出生之英國劇作家，其角色無不雄辯滔滔，彷佛蕭大髯再世，或如蕭翁親自登台。爲傳達其思想、觀點，他筆下人物過於雄辯，過分雷同，是以，蕭伯納劇本被評論爲「一人演說」。

就人物刻畫、人性呈現、角色創造而言，英國文壇巨擘約翰生博士（Samuel Johnson）對莎士比亞讚賞有加，約翰生極力稱頌莎翁角色刻畫之不留鑿痕，人性再現之自然流露；然而，顏元叔教

---

⑱同注⑪，頁四八八。

⑲李敖說：「《北京法源寺》在小說理論上，有些地方是有意『破格』的。有些地方，它不重視過去小說的理論，也不重視現代的，因爲它根本就不要成爲『清宮祕史』式的無聊小說、也不願成爲新潮派的技巧小說，所以詳人所略、略人所詳，該趕快『過橋』的，也就不多費筆墨；該大力發揮的，也不避蕭伯納（G.B. Shaw）劇本『一人演說』之譏。」同注②，頁三六五。

⑳參考李敖：〈我寫《北京法源寺》〉。收於李敖：【李敖大全集】第一冊《北京法源寺》。李敖說：「正宗的小說興起於十八世紀，紅於十九世紀，對二十世紀的小說家說來，本已太遲。」

㉑余光中：《藍墨水的下游》，九歌出版社，頁五四—五五。

㉒同注⑥，頁四三。

㉓楊照：〈李敖與文學〉。《中國時報》第三十七版，二〇〇〇年二月十七、十八日。

㉔「李敖能夠以內在的自信自大，對待外在世界給他的折磨。軟禁、坐牢、封殺，對他來說都是他人愚蠢的證明，完全無法觸及、更不要說打擊到他內裡存在的感受。所以他始終元氣淋漓；然而一顆無法體會折磨、不曾眞正經歷過自我掙扎分裂的靈魂，畢竟無法進入現代文學的殿堂。」同注⑯。

㉕同注⑬，頁二二三。

授卻還指其瑕，曰莎士比亞雖在三十六劇本中，成功塑造出許多人物，其角色有篡位的、有嫁給嫖夫的、有挖墳的、有國王、有王子……，可謂三教九流，一應俱全，但是，莎氏卻未曾寫成功過一個「小孩」。[26]莎士比亞受尊爲英國有史以來最偉大的劇作家，[27]卻因未曾成功刻畫出一個小孩，即招來顏元叔之微詞。相對地，嚴格觀之，李敖在《北京法源寺》中，亦未能滿意地塑造出任何獨特的人物，李敖刻畫的結果是所有人物都成了他的分身，整部《北京法源寺》幾乎成了李敖的喃喃自語或大聲疾呼，可謂李敖的另一本《獨白》、《對話錄》，甚至《對辯集》。之所以會出現這樣的窘境，一來是因爲李敖本身的口才太好了，二來或是因受胡適「我手寫我口」的影響。然而，「我手寫我口」，可以用在評論或一般性質的文章，而在文學創作中，可以創造出一個代表性的角色，不啻一項極重要的挑戰與要求。令人失望的是，李敖的每一個角色都是雄辯滔滔，都在台上不止息地背誦李敖所擬的講稿，其筆下每一個人物，都跟眞實生活中的李敖一樣口才便給、舌粲蓮花，都堪當「懸河社」社長，而無愧色。結果，李敖就怎麼也無法塑造出一個口吃的人物了。

除開人物創造與角色之刻畫，值得注意的一點，恐怕是李敖最爲人所忽視的一面，亦即，不管任何形式的創作，到了李敖手中，李敖一貫的，脫離不開他所關心的課題——爲廣大群眾找尋歷史的出口與生命意義之所在，換言之，即一位「理性愛國主義者」一身浸淫之主題。李敖是這樣評論文學的：

做爲一個作品有「市場價格」的「作家」，瓊瑤應該走出她的小世界，洗心革面，重新努力去做一個小世界的寫作者。她應該知道，這個世界，除了花草月亮和膽怯的愛情之外，還有煤礦中的苦工、有冤獄中的死因、有整年沒床睡的三輪車夫，和整年睡在床上的要動手術才能接客的小雛妓。……她該知道，這些大眾的生活與題材，是今日從事文學寫作者所應發展的新方向。從事這種題材的寫作，它的意義，比一部個人的愛情小故事要大得多。一部斯多威的《黑奴籲天錄》可以引起一個南北戰爭；一部屠格涅夫的《獵人日記》，可以誘發一次農奴解放。眞正偉大的文學作品，一定在動脈深處，流動著群眾的血液。在思想上，它不代表改革，也會代表反叛。但在瓊瑤的作品裡，我們完全看不到這些。……時代已經苦夠了我們，我們需要的，是陽剛、笑臉與活力。㉘

這就是李敖，最不爲人所知的李敖——看似離經叛道、傲慢自大，但是，他包藏的其實不是「禍心」，而是知識分子悲天憫人的「良心」，他處處關懷的是那些社會最低階層的弱勢族群，就連行文

㉖顏元叔於民國八十六年台大外文所上課所言。

㉗「莎士比亞是英國最偉大的戲劇家，三十七部戲劇是他對世界文壇的重大貢獻。至於《維納斯與阿當尼斯》和《露克莉絲之被辱》，加上一百五十四首十四行，只能視爲他副產。可是戲劇和敘事詩都是客觀無我（impersonal）的文體，所以只剩下主觀有我（personal）的十四行或可提供莎翁生平的線索了。」見余光中：《井然有序：余光中序文集》，九歌出版社，頁三三七。

㉘李敖：【李敖大全集】第四十冊《沒有窗哪裡有窗外？》，榮泉文化事業公司，頁四五—四六；《中國性研究》，桂冠圖書公司，頁三二〇。

也不例外。

當然，文學觀點，仁智互見，莫衷一是。例如，李敖這種創作不忘關懷民生疾苦的論點，便頗不能合龍應台的意，龍女士認爲，如果文學的主要目的，只是要關懷弱勢，那麼社會上只需要有新聞記者、和社會學家即可，何需再有任何形式的文學創作呢？龍應台如是說：

> 天哪！文學與藝術怎麼能夠以意識型態爲主宰?!從最簡單的邏輯說起：大喊「民生疾苦」的不見得就是好作品，談「痛苦、憂傷」的也不見得壞。好或者壞，要看作者表達的功力高低，與他憂不憂國毫無關係。功力不夠的，就是把肝腦攪糊了，塗在稿紙上，作品還是壞的。功力不夠的，就是再寫礦工、妓女、慘死的老兵，壞作品還是壞作品。……農民也好，妓女也好，只要「個人生活的狹小圈子」照顧得好，誰願意他媽的「先天下之憂而憂」？把一個人感性的、個人的、自我的一面抹殺了，等於是把他強行關在「社會國家」的象牙塔裡，這不可怕嗎？[29]

美國派「新批評」（New Criticism）曾在西洋文學史上捲起千堆雪，在新批評的浪頭上打滾，台灣多的是新批評的「潮浪王子」，龍氏所論，不亦「潮浪公主」乎？只是，由此二文學觀的並列對照，我們可以更清楚的看出，李敖所持文學觀點，其實頗似中國傳統「文以載道」的儒家精神，在字裡行間，隱含著經世濟民的理想；在「動脈深處，流動著群眾的血液」；在思想精神上，揭起改革反叛的大纛。若以非處男李敖轟動文壇的處女作《傳統下的獨白》來取譬，李敖的文學觀，可謂以「黎民蒼生的古典」爲「後台」，以「反叛改革的時潮」爲「前衛」。易言之，李敖的文學觀，兼俱

「古典」與「前衛」；既「傳統」，也「獨白」——在「經世濟民」的路上「傳統」；在「反叛改革」的呼聲中「獨白」！相對的，龍應台之論，堅守作品內緣，自是極專業的文學主張。然而，對龍氏之提問：「只要『個人生活的狹小圈子』照顧得好，誰願意他媽的『先天下之憂而憂』？」古人范希文曾答以：「先天下之憂而憂，後天下之樂而樂。」古人王半山也答以：「環顧一身無可憂，憂必在於天下。」今人又何必得「一蟹不如一蟹」呢？再說，強登「社會國家」的瞭望台，也不見得非「把一個人感性的、個人的、自我的一面抹殺了」，不是嗎？

㉙龍應台：《龍應台評小說》，爾雅出版社，頁一八九—一九〇。

二、李敖對中國文學批評的批評

中國文學從《詩經》算起，已有三千多年的歷史，中國傳統文學走過了三千多年的輝煌歷史，其中千古風流人物，多如恆河沙數，豈是浪花可以盡淘？古往今來，多少文人智士為千古文章蓋棺論定，然各家「論定」的標準互異，於是，「論定」的結果，也產生了雲泥之別。李敖對中國文學批評也有他劃時代的看法：

所謂文章，基本問題只是兩個：一、你要表達什麼？二、你表達得好不好？兩個問題是二合一的，絕不能分開，古往今來，文章特多，可是好文章不多的原因，就在沒能將這二合一問題擺平。中國人一談寫文章排名，韓愈就是老大，他是「唐宋八大家」的頭牌，又是「文起八代之衰」的大將，承前啓後，代表性特強，可是你去讀讀他的全集看，你會發現讀不下去。你用上面兩個問題一套：一、他要表達什麼？答案是：他思路不清，頭腦很混，他主張「非聖人之志，不敢存」，但什麼是聖人之志？他自己也不知道。二、他表達得好不好？答案是：他好用古文奇字，做氣勢奔放狀，文言文在他手下，變成了抽象名詞排列組合，用一大堆廢話，來說三句話就可說清楚的小意思，表達得實在不好。糟糕的還不在文章不好，而在不好卻不知道不好，還以爲那是好。這就表示了，中國人評判文章，缺乏一種像樣的標準，以唐宋八大家而論，所謂行家，說韓愈文章「如崇山大海」、柳宗元文章「如幽巖怪壑」、歐陽修文章「如秋山平遠」、蘇軾文章「如長江大河」、王安石文章「如斷岸千尺」、曾鞏文章「如波澤春漲」，……說得玄之又玄，除了使我們知道水到處流，山一大堆以外，實在摸不清文章好在那裡？好的標準是什麼？㉚

李敖提出兩個評論文章的新標準：「一、你要表達什麼？二、你表達得好不好？」來抒發他對中國文學評論籠統游移的不滿。中國文學評論之所以無法將此二合一的問題擺平在於：中國文學批評，從曹丕《典論‧論文》開始，即肇啓了「玄之又玄」的先河，叫人讀完之後只能抓到一把體氣神祕、典麗精工的形容詞，至於，文學評論家所要表達的評論內容，則近於自由心證，猶如盲人摸象，常落得「各是其是」的局面，沒有統一標準。例如，曹丕在論文體時，指出：「夫文本同而末異，蓋奏議宜雅，書論宜理，銘誄尙實，詩賦欲麗。此四科不同，故能之者偏也。唯通才能備其體。」㉛這看似判然若分的文體差異，其實難禁科學方法之驗證，我們不禁要問：何謂雅？何謂理？

㉚同注⑬，頁一五七—一五八。

㉛游國恩主編：《中國文學史》，五南圖書出版社，頁三五八。

何謂實?又何謂麗?即使，我們可以勉強對「雅」、「理」、「實」、「麗」作一明確之定義，然而，各種文體所「同」之「本」又是什麼呢?雖然，曹丕在中國文學批評史上，有開創之功，但是，這種頗有「丈二金剛」之嫌的文學評論，在李敖眼中就不算成功之作。

再則，東漢時期，朝野一片「清議」之聲，論人品行有清濁之分，是以，論人文章也就清濁有別了。所謂「孔融體氣高妙」，「公幹時有逸氣」，[32]由於，《論文》是中國第一本文學評論，既開中國往後品評人物與文章之先河，從此，中國文學評論也就朝著這條「體氣」之路，神祕前進，而難於回頭了。

誠如上述，我們不難發現：「中國的古典文學批評，像其他深受儒家心智活動影響的學問一樣，往往欠缺某種程度的邏輯思考和科學精神，籠統而游移的評語多於精確而深入的分析，令人讀過之後，只能抓到一把對仗工整聲韻鏗鏘的形容詞。」[33]然而，弔詭的是，中國文學評論的另一面，有時「又趨向另一極端，變成刑警偵案式的考據，歷史的（historical）興趣取代了美學的（aesthetic）興趣，側重了政治背景的影射，忽略了藝術表現的成敗。」[34]這兩種評論文章的方式，一下子把文學講得高超神祕，讓人如墜形容詞的「八陣圖」中，難以殺出重重包圍；一下子卻又抽絲剝繭的影射各個歷史事件，讓眞實人物從小說虛構的影霧中對號入座，這樣的文學評論，依循的是評論者心中的一把尺。當然，這並不意味著，我們可以忽視創作的時空氛圍，畢竟，一件感動人心的文學作品，其成功因素，除了與作者特殊的人生體驗和時空背景有關之外，宦海浮沉、情感糾葛或是政治現實的影射，也是不可忽視的重點。總之，一件文學作品的成功因素必是複雜而多樣性的。所以，余光中說：「詩是靈魂的歷史，不是政治史或經濟史。現實的陽光，透過了藝術的三稜鏡後，不再還原爲陽光，卻被變形爲美麗的色彩。中國文學的批評，便是在這兩個極端——懸空與落

實——之間徘徊。」㉟

正因爲文學三稜鏡，能將單調的「青史」，幻化成瑰麗的色彩，所以文學是一種專業，而文學評論不啻專業中的專業。無可否認的，「文學論評本來就是既乾又硬（hard and dry）的東西」，㊱然而，就因爲文學評論比文學創作更艱深難懂，所以，除非是學術著作，否則，我們就應剔除這種艱澀的文體，而改以兼具可讀性和愉悅性的方式呈現給讀者。這也意味著文學評論，除了需要具有啓發性、教育性，進而可以跟閱讀者溝通之外，愉悅性更是重點之所在。

對於怎樣增進愉悅性這一問題，蔡源煌說：

「情節摘述」非常重要。「情節」與「故事」顯然不同。「國王死了，後來皇后也死了」只是故事；「國王死了，後來皇后哀痛至死」便是情節。兩者都包括了兩件事：國王之死與皇后之

㉜同注㉛。

㉝余光中：《逍遙遊》，九歌出版社，頁一一二。

㉞同注㉝。胡適說：《紅樓夢》其實就是曹雪芹個人家族興衰的寫照，並無任何政治隱射與義涵，但是，一缸紅學大家卻硬將一票清室皇家成員對號入座，胡適因此斥其恩人北大校長蔡元培爲「大笨伯」。

㉟同注㉝。

㊱蔡源煌：《寂寞的結》，聯經出版事業公司，頁四七。

死，不同的是所謂「情節」當爲一件事說明理由。「後來皇后也死了」也許祇是說皇后壽終正寢，與「哀痛至死」截然不同。在增補次要論點的時候，就是要讓一段文字構成情節，其妙處能引人入勝，一口氣讀下去。職是之故，文學論評本身也是一種藝術，不但要有啓發性，提供知識，而且要有娛悅性，方期可讀。㊲

至於要如何讓讀者親近文學評論，甚而感到愉悅可讀，這就牽涉到評論者的專業訓練和技巧了。評論性文章若「有學者的淵博，更具作家的經驗與眞知」，便可以「讀來不覺其『隔』。」㊳李敖政論性文章之所以遍得青睞，另一原因在於他以具體寫抽象，常見生動比喻，富於意象。余光中自評其論爲「探險的船長在寫航海日誌，而非海洋學家的研究報告」㊴，這句話，最能將評論性文章「是否可讀？是否具有愉悅性？」充分表達。

蔡源煌舉了一個例子來說明，文學評論的專業性和技巧性：

最近有一名學生說他喜歡文學，特別喜歡葉珊的詩。我問他：你喜歡哪些詩？他答曰：早期的詩（如「水之湄」）。再問曰：爲什麼？則答道：不爲什麼，文學鑑賞祇需感性，不必說爲什麼！我說，既稱「鑑賞」，就必須能指出何者可鑑，能判別何者可賞。感性並不是萬能的擋箭牌。如果每個人都認爲自己有感性，（有幾個人會坦白說出自己沒有感性？）而無專業技巧的認識，那麼他能說的，充其量也不過是一些「印象」派的美言或惡語，就難免叫人懷疑他的主觀是否可靠了！㊵

這個例子充分告訴我們：一個未受過專業訓練的人，面對文學評論這種需要高度邏輯與鑑賞力的文體時，將陷於怎樣的困境。當我們講不出一篇文章何者可鑑？何者可賞？而只以「文學鑑賞只需感性」來當擋箭牌，這種評論方式，是站不住腳的。如果不能提出一種具有說服力的評論標準，便很容易淪爲一種粗糙之論，在李敖眼中是不及格的。所以，李敖說：

又如林琴南說他的文章是「史（記）漢（書）之遺」；古文大師章太炎卻大罵林琴南吹牛，說林琴南的文章，乃從唐人傳奇剽竊衍演而來。章太炎又說「當世之文，唯王闓運爲能盡雅，馬通伯爲能盡俗」。其實一切攤開，有何史漢傳奇雅俗之分？文章只有好壞問題，並無史漢傳奇雅俗問題，文章的好壞標準，根本不在這裡。

作爲新時代的中國人，我們評判文章，實在該用一種新的標準，我們必須放棄什麼山水標準、什麼雅俗標準、什麼骨氣標準、什麼文白標準。我們看文章，要問的只是：一、要表達什

㊲同注㊱，頁五一
㊳同注㉑，封底上的文字。
㊴同注㊳。
㊵同注㊱，頁四八。

麼？二、表達得好不好？有了這種新的標準，一切錯打的筆墨官司，都可以去他的蛋；一切不敢說他不好的所謂名家之作，都可以叫他狗屁。

這種新的標準，可以使我們立刻變得氣象一新，開拓萬古心胸，推倒千載豪傑。任何文章，如果它不能使我們讀得起勁、看得痛快，就算是史漢的作者寫的，又怎樣呢？我們絕不可以看不下去一篇文章，卻人云亦云的跟著說它好，或歌頌作者是什麼八大家幾大家，我們該有這種氣魄：好就是好，不好就是不好，不好就是狗屁！我們該敢說我們心裡的話，當你被一篇爛文章煩得要死，你除了大罵狗屁，還能罵什麼呢？㊶

文化頑童、一代善霸李敖，此番文學批評論調，並非當今台灣文壇的喁喁獨白，時下詩壇祭酒余光中，也表達了對古代文章「山水標準」、「雅俗標準」、「骨氣標準」、「文白標準」……等等的類似感冒。余光中以李賀的文章舉例說明：

無論說李賀「辭尚奇詭」（《新唐書》），「怪得些子」（《朱子》），說「其文思體勢，如崇巖峭壁，萬仞崛起」（《舊唐書》），或是說「元和之朝，內憂外患，賀懷才兀處，慮世道而憂人心，孤忠沉鬱，命詞命題，刺世弊而中時隱，倘不深自弢晦，則必至焚身，斯愈推愈遠，愈入愈曲，愈微愈減。」（昌谷詩註凡例）等等，都不能眞正透視李賀的藝術。㊷

綜觀上述，可知李敖的文學評論標準其實很簡單：「一、你要表達什麼？二、你表達得好不好？」

一篇好的文章，必須兼具內容思想與表達方法。「任何文章，如果它不能使我們讀得起勁、看得痛快，就算是史漢的作者寫的，又怎樣呢？我們絕不可以看不下去一篇文章，卻人云亦云的跟著說它好。」顯然，李敖既重視見解與技巧，更不時或忘的是讀者的閱讀感受。

㊶同注⑬，頁一五八——一五九。
㊷同注㉝。

三、《北京法源寺》的文學評論

自諾貝爾文學獎設立以來，中國作家始終被拒於門外，無法躋身其列，[43]雖然在各方引頸企望、殷殷關愛的眼神下，即使文名鼎盛如魯迅、沈從文等一代文豪，仍然只能在門檻徘徊，而終究與得獎無緣。李敖竟然可以繼這些優異的文學家之後，以《北京法源寺》一書，再次爲中國人爭得一次提名的機會，《北京法源寺》自然格外惹人注目。楊照在一篇名爲〈李敖與文學〉的作品中說：

> 我們可以看出來，愈是西方熟悉、通用語言文字的作品，愈能合乎對於文學複雜性的要求標準；然而反過來，愈是用西方所不熟悉的語言文字寫作的，會被看中會被挑選的，常常就是在形式、行動上，最明顯挑戰挑釁強權，挑戰挑釁固定舊結構的作家。
>
> 這是諾貝爾文學獎多年來的兩面性，這也是爲什麼諾貝爾文學獎多年來不只獎勵文學上的成就貢獻，還三不五時就頒獎去凸顯那些具有普遍人權意義的作家與作品，最重要的理由。
>
> 李敖能不能得諾貝爾獎，那是另外一回事。他幾十年來用文字與監視、迫害、恐嚇他的威權

奮鬥周旋，這種精神也符合於諾貝爾文學獎的一種價值，卻是事實，不容因爲他的作品在一般文學技術上的簡略，便予一筆抹殺。㊹

由這段引文，我們可以很清楚地看出，楊照認爲李敖之所以獲得諾貝爾文學獎提名，並非因爲李敖作品擁有深刻的文學內涵，相反的，李敖作品存在著「文學技術上的簡略」。既然存在著「文學技術上的簡略」，那麼，李敖之所以獲得諾貝爾文學獎提名的主要原因便不言而喻了：乃是因爲諾貝爾文學獎常將獎項頒給「在形式、行動上，最明顯挑戰挑釁強權，挑戰挑釁固定舊結構的作家。」㊺

㊸「李敖與高行健在西元二〇〇〇年一起獲得諾貝爾文學獎的提名，當年度的諾貝爾文學獎由高行健獲得，其得獎的作品爲《靈山》，這是諾貝爾文學獎設立以來，第一個獲獎的中國人。出版過高行健《靈山》《一個人的聖經》的聯經出版事業公司總編輯林載爵表示高行健的作品，因爲太嚴肅，所以讀者不多，但是，『他的作品，以中國文化爲基礎，西方文學爲後盾，融合了文學、美學、哲學，充滿著世界性的眼光』，這樣具有不同文學價值的作品，獲得諾貝爾文學獎的確是實至名歸。」見劉佳玲報導：〈高行健獲諾貝爾文學獎，台灣文學評論家感震驚〉。博客來網站二〇〇〇年十月十二日 http://www.books..com.tw/onlinepublish/2001011902.html。

㊹同注㉓。

㊺「李敖私下接受記者的訪問時也說，這次入圍，是由一群東吳大學的教授爲他申請，並有專人翻譯他的小說《北京法源寺》，他是在一月底才被告知眞正受理入圍了。他也認爲，諾貝爾獎對作家的審核資格，除

究竟，楊照這裡所謂的「不容因為他的作品在一般文學技術上的簡略，便予一筆抹殺。」到底何指呢？答案在於：李敖在《北京法源寺》中，無論就外在描寫、內心再現、語言表達……等小說面向而言，均未能極成功地刻畫出一位人物、創造出一位性格鮮明的角色。怎麼說呢？試看《北京法源寺》故事開始時，最先出現的一組對話：

青年人向和尚回報了笑容，和尚雙手合十，青年人也合十為禮，但兩人都沒說話。

過了一會兒，青年人把右臂舉起，把手撫上石碑，開口了：

「法師認為，是法源寺的名字好呢，還是憫忠寺好？」

和尚對突如其來的問話，沒有任何驚異。順口就答了：

「從對人的意義說，是法源寺好；從對鬼的意義說，是憫忠寺好；從對出家人的意義說，兩個都好。」

青年人會心的一笑，法師也笑著。

「我覺得還是憫忠寺好，因為人早晚都要變成鬼。」

「寺廟的用意並不完全為了超度死者，也是為了覺悟生者。」

「但是憫忠寺蓋的時候，卻是為了超度死者。」

「超度死者的目的，除了為了死者以外，也為了生者。唐太宗當年把陣亡的兩千人，都埋在一起，又蓋這座憫忠寺以慰亡魂，也未嘗不是給生者看。」

「對唐太宗說來，唐太宗殺了他弟弟元吉，又霸占了弟媳婦楊氏。後來，他把弟弟追封為巢剌王，把楊氏封爲巢刺王妃。最妙的是，他把他跟弟媳婦姦生的兒子出繼給死去的弟弟，而弟弟的五個兒子，卻統統被他殺掉。照法師說來，這也是以慰亡魂，給生者看？」

「也不能說不是。」和尚不以爲奇。「在中國帝王中，像有唐太宗那麼多優點的人很少，唐太宗許多優點都考第一，當然他也有考第一的缺點，他在父子兄弟之間，慚德太多。有些是逼得不做不行；有些卻不該做他做了。做過以後，他的優點又來收場，我認爲他在事情過後，收場收得意味很深。蓋這憫忠寺，就是證明。他肯蓋這憫忠寺，在我們出家人看來，是種善因。」

「會不會是一種僞善？」

「判定善的眞僞，要從他的做出來的看。做出來的是善，我們就與人爲善，認爲那是善；如果他沒做，只是他想去行善、說去行善，就都不算。我認爲唐太宗做了，不管是後悔後做了、還是懺悔後做了、還是爲了女人寡婦做了、還是爲了收攬民心做了，不管是什麼理由，他做了。你就很難說他是僞善，只能說他動機複雜、純度不夠而已。」

「我所了解的善，跟法師不一樣。談到一個人的善，要追問到他本來的心跡，要看他心跡是不

了文學能力之外，更著重作家的精神和人格，要求作家必須是理想主義者，特立獨行、堅持公理與正義」，「『在中文寫作的領域中，我完全符合這項精神。』李敖說」。邵冰如：〈獲諾貝爾獎提名　李敖新書今發表〉。《聯合晚報》第三版，二〇〇〇年二月十五日；李敖網站：李敖新聞，http://www.leeao.com.tw/speculation/elec2000/02156.html。

是爲善。存心善，才算善，那怕是轉出惡果，仍舊無損於他的善行；相反的，存心惡，便算惡，儘管轉出善果，仍舊不能不說是僞善；進一步說，不但存心惡如此，就便是存心不惡，但並沒存心爲善，轉出善果，也不能說是善行；更進一步說，存心不善不惡，但若有心爲善，轉出的善果，也是不値得稱道的，這就是俗話所說的『有心爲善，雖善不賞；無心爲惡，雖惡不罰』。上面所說，重點是根本這個人要存心善，善是自然而然自內發出，而不是有心爲善，有心爲善是有目的的，跟善的本質有衝突，善的本質是沒有別的目的的，善本身就是目的。至於無心爲善，更不足道，只是碰巧有了善果而已，但比起存心爲惡卻反轉出善果來的，當然也高明很多。天下最荒謬的事莫過於存心爲惡，反而轉出善果，這個作惡的人，反倒因此受人崇拜歌頌，這太不公道了！所以，唐太宗所作所爲，是一種僞善。」

「剛才我說過，判定善的眞僞，要從一個人做出來的看，而不是想出來的說出來的看。這個標準，也許不理想，可是它很客觀。你口口聲聲要問一個人本來的心跡，你懸格太高了，人是多麼複雜的動物，他的心跡又多麼複雜，人的心跡，不是那麼單純的，也不是非善即惡的，事實上，它是善惡混合的、善惡共處的，有好的、有壞的、有明的、有暗的、有高的、有低的、有爲人的、有爲我的。而這些好壞明暗高低人我的對立，在一個人心跡裡，也不一定是對立狀態，而是混成一團狀態，連他自己也弄不太清楚。心跡既是這麼不可捉摸的抽象標準，你怎麼能用這種標準來評定他存心善、還是存心不善不惡、還是存心惡、還是有心爲善呢？心跡狀態是一團亂麻，是他本人和別人都難分得一清二楚的啊。所以，我的辦法是回過頭來，以做出來的做標準，來知人論世、來以實踐檢驗眞理。我的標準也許比較寬，寬得把你所指的存心善以外的三類——就是存心不善不惡、有心爲善、甚至是存心惡的三類都包括進去了，只要這四類都有善行表現出來，不管是有意的無意的好意的惡意的，只要有善行，一律加以肯定。所以我才說，唐太宗肯蓋這個憫忠寺，是種善因。」（頁十八—二二）……

「用這種標準，謝枋得死得不是沒有意義了？」和尚問。

「謝枋得死的意義有他更高的價值標準，這種標準，是人爲他信仰而死，這就是意義。至於他信仰的對不對，或值不值得爲之一死，那是另一個問題。那種問題，往往時過境遷以後，可能不重要，甚至可能錯。例如謝枋得忠於宋朝，但宋朝怎麼得天下的，宋朝的天下，得之於欺負孤兒寡婦之手，謝枋得豈有不知道？所以，宋朝的開國之君，十足是篡位得不忠於先朝後周的大臣，不能不說是奸臣。這麼說來，忠臣謝枋得，竟是爲奸臣所篡奪的政權而死，這樣深究起來，不是死得太沒有意義了嗎？」

「謝枋得自己知道嗎？」

「我認爲他知道，可是他不再深究下去。」

「爲什麼？」

「因爲宋朝已經經過了十八代皇帝，經過了三百二十年的歲月，謝枋得本人在宋朝亡國十年以後才去死，他對三百三十年的舊帳，要算也沒法算。」

「沒法算就算了？」

「也不是算了，眞相是他根本就沒想算。」

「為什麼？」

「因為他已經成了習慣。宋朝的三百二十年的天下、三百二十年的忠君教育，已經足以使任何人把這個政權視為當然，時間可以化非法為合法，忠臣是時間造出來的。時間不夠，就不行。宋朝以前的五代，五十三年之間，五易國、八易姓、十三易君，短短五十三年中，走馬換將如此，國家屬於誰家的都不確定，又何來忠臣可言？事實上也沒有忠君的必要。原因是那些君的統治朝代，都很短促，時間不夠，誰要來忠你？但宋朝就不然了，宋朝時間夠。時間夠了，就行。」

「你可以把狗關在屋裡，但要牠對你搖尾巴，時間不夠，就不行。」小和尚忽然插上一句。（頁四七—四九）

筆者之所以會列出這麼長的引文，不為別的，主要是為了讓讀者明白整部《北京法源寺》的行文方式，從十九頁到四十九頁，中間只有一段時間，對話是終止的，那就是吃飯時間，而且，飯才剛吃，馬上又開始討論謝枋得到底忠得值不值得？在此，我們可以清楚看出，《北京法源寺》的行文方式：幾乎全都在議論，絕少人物角色之性格刻畫，只要角色開口講話，便是一場考據的開始。一般而言，凡要考據一項歷史事件，除了要有豐富的歷史知識外，獨立思考能力更是不可或缺。很幸運地，李敖筆下的角色，恰巧都具備以上的知識，這是多麼難能可貴！更難能可貴的是，李敖筆下的每個角色，除了以上兩項優點外，還都口才辯給，雄辯滔滔，只要他們一開口，一場歷史懸案便得以解決，一個歷史人物的功過，便可以蓋棺論定。甚至連小和尚的一言兩語，也是深富哲理，不是一般人可以隨便講出來的。

從這段話中，我們也發現到了：兩位素昧平生的人，偶然相遇，便討論起唐太宗的善僞？謝枋得到底忠得值不值得？除非他們一見如故，而且同樣都深富歷史知識與獨立思考能力，否則，便不太合乎邏輯。試問，一個人要讀多少書才能擁有這樣的能力？但是，《北京法源寺》中的每個角色卻都幸運地擁有這種超能力。

另外，你一定也發現，筆者引了那麼長的一段引文，除了康有爲用手撫摸石碑、雙手合十的動作、兩人相對的會心一笑等等這些小動作外，全是對話與議論。一本小說少了背景呈現、角色刻畫、情節鋪排、衝突高潮、人物的內心描繪……，便失去了小說引人入勝的地方。這便是爲什麼楊照會說李敖有「一般文學技術上的簡略」的原因了。再者，你是否也發現到了，不管是康有爲、老和尚或是小和尚的背後，都有一個人如幽靈般忽隱忽現在字裡行間？那不是別人，正是作者李敖。

李敖在〈我寫《北京法源寺》〉中曾說：

總之，寫歷史小說，自然發生「寫實的眞」和「藝術的眞」的問題，兩種眞的表達，小說理論頭頭是道。《北京法源寺》在小說理論上，有些地方是有意「破格」的。有些地方，它不重視過去小說的理論，也不重視現代的，因爲它根本就不要成爲「清宮祕史」式的無聊小說、也不願成爲新潮派的技巧小說，所以詳人所略、略人所詳，該趕快「過橋」的，也就不多費筆墨；該大力發揮的，也不避蕭伯納（G.B.Shaw）劇本「一人演說」之譏。㊻

李敖這裡所謂「一人演說」之譏的一人，其實指的正是他自己。正如王爲政所論，《北京法源寺》中的人物「一個比一個能說，說起來就是長篇大論，其實都不過借法源寺這塊地方說李敖的話。」[47]這就是爲什麼楊照讀完《北京法源寺》之後評論道：

> 李敖的英文程度不差，然而他顯然殊少受到西方現代文學影響。他對現代哲學、現代文學，慣常抱持一份不信任的態度，他知道「艾略特（T.S. Eliot）已咬定小說到了福樓拜（Flaubert）和詹姆士（Henry James）之後已無可爲」，不過他對福樓拜和詹姆士之後的現代小說到底長什麼樣子、玩什麼花樣，顯然不甚了了。所以他自己能資以選擇來鍛鍊作品的文學資養，也就只能停留在中國傳統舊觀念，以及「五四」到三○年代的「白話文革命」實驗性簡單試驗階段了。……李敖自己大言夸夸，自欣自懌說《北京法源寺》是什麼樣了不起的曠世巨著，結果反而使得文學界的人心生反感，望而卻步；非文學界的人慕名而來，卻只見滿紙議論，既無情節也少有戲劇起伏，讀完只覺頭痛和失望。……李敖自我主張眞的太強了，強到會把他的現代觀念硬餵給筆下的古人。[48]

楊照認爲：李敖「顯然殊少受到西方現代文學影響。他對現代哲學、現代文學，慣常抱持一份不信任的態度」；相反的，他所深信者，乃艾略特（T.S.Eliot）之論，即「小說到了福樓拜（Flaubert）和詹姆士（Henry James）之後已無可爲」。福樓拜和詹姆士生長於十九世紀，寫實主義發展方炙的氛圍裡，其寫實主義所強調者在於客觀描摹、人物肖像化、鉅細靡遺的現實描繪，所謂「顯影細節」

（les details revelateurs）等「寫實」元素。福樓拜去浪漫的堅持、《包法利夫人》的攝影機筆觸，如今都還活生生地存留在諾曼地的小酒館裡呢！

楊照觀點，以爲李敖因不認同、不甚涉西方現代主義小說，故李敖「能資以選擇來鍛鍊作品的文學資養，也就只能停留在中國傳統舊觀念，以及『五四』到三〇年代的『白話文革命』實驗性簡單試驗階段了。」[49]歐陽潔觀點，則南轅北轍：「《北京法源寺》主要人物的語言大氣磅礡又極富詩意，是一種哲理與激情的結合，不少段落讓人過目難忘。……由於談話和對辯大都有法源寺的特殊背景和李敖式激情，很多段落便顯得既有歷史深度，又感人肺腑。其中對某些歷史人物的評價引人深思，在道義上，甚至在學理上都可成一家之言。」[50]文學見解，人云云殊，是之謂也？

當然，李敖很清楚自己的小說引出了兩道極光，齊射北京名剎——法源寺。對此，他自有其辯：

㊻同注②，頁三六五。
㊼王爲政：〈《北京法源寺》的紕漏〉。《文學自由談》，頁五六。
㊽同注㉓。
㊾同注㉓。
㊿歐陽潔：〈低沉的獅吼——評《北京法源寺》〉。《中國圖書評論》第二十期，頁二十。

正宗小說起於十八世紀，紅於十九世紀，對二十世紀的小說家說來，本已太遲。艾略特（T.S.Eliot）已咬定小說到了福樓拜（Flaubert）和詹姆士（Henry James）之後已無可爲，但那還是七十年前說的。艾略特若看到七十年後現代影視的挑戰，將更驚訝於小說在視覺影像上的落伍、和在傳播媒體上的敗績。正因爲如此，我相信除非小說加強僅能由小說來表達的思想，它將殊少前途。那些妄想靠小說筆觸來說故事的也好、糾纏形式的也罷，其實都難挽回小說的頹局。[51]

李敖的小說思想論，一如大風觀點：「任何文藝作品，主題是靈魂，構思詞藻是肉體。有華麗的詞藻而無正確的主題，是畫皮的殭屍、失魂的野鬼、是沒有生命的塑膠花。」[52]既然李敖深信「除非小說加強僅能由小說來表達的思想，它將殊少前途。那些妄想靠小說筆觸來說故事的也好、糾纏形式的也罷，其實都難挽回小說的頹局。」那麼，這些小說外在形式技巧，在他眼中，也就不值一試了。

結果，《北京法源寺》理所當然地成爲思想傳播工具，不管論者如何批評它構成一部小說的成分是如何不足，李敖反正一概不在乎，他李敖是不甩時人評論的，時人在他眼中算得了什麼？連其恩師姚從吾，都被他形容成一隻狗熊，[53]李敖又如何會將他人評論當作一回事呢？依照他的邏輯，凡事只有他說了才算，只要他自己認爲是這麼回事就好了，一如他說：「五十年來和五百年內，中國人寫白話文的前三名是李敖，李敖，李敖。」[54]他自己當評審，再把前三名的獎項都頒給了自己，而且，這還是他自創的獎項——白話文，古今中外文學獎（詩、小說、散文、評論、戲劇、報導文學、旅行文學……）所獨缺。如此舉措，他絕不問你意見，你反對也好，最好你贊成，否則，將有一場硬戰要打。

身為李敖學弟，楊照似乎嘗切下李敖性格的薄片，擺在載玻台上，調焦之後，從目視鏡中，楊照看到了：「李敖其實完全不適合寫小說。毛病就出在他無法處理人與人之間，既內於是非又超越是非的曖昧互動。」[55]誠然，若一本小說在處理人間關係、人際互動、人性曖昧時，完全出以斷然二分、非黑即白，而忽視人性之灰色地帶，無疑於幽微渺然的人性版圖上，硬鑿一道楚河漢界！

---

[51] 同注②，頁三六五—三六六。

[52] 大風：〈《北京法源寺》讀後〉。《李敖求是評論》第二期，一九九一年十二月，頁九六。

[53] 李敖在【李敖千秋評論叢書】第四十三期《五十·五十·易》（上冊）裡，收有李敖應《臺灣時報》之邀，與一些青年朋友的談話，其中有這樣一段：「讀書當然很重要，但讀書的方法更重要，這方法就是要不死讀書。很多人書念多了，就從呆子變成了書呆子，像我從前有位老師叫姚從吾，是遼金元史專家，非常用功，最後死在書桌上。但是他太笨了，他是遼金元史專家，而元史卻沒有看過一遍，多令人驚訝！就好像一隻狗熊進到玉米園裡，折一根玉米挾在腋窩下，左摘右丟，弄了一夜，出園來時腋下還是只剩那一根。他們看過的東西隨時扔掉了！我看過太多這一類的人，我只能說他們選錯了職業！」

[54] 李敖：《獨白下的傳統》扉頁上的文字。

[55] 楊照：〈讀《李敖快意恩仇錄》強烈的意見、絕對的堅持〉。《聯合文學》第十五卷第六期，頁一四四。

四、《北京法源寺》與小說文類

承上節，李敖在〈我寫《北京法源寺》〉一文中，提及「不避蕭伯納（G. B. Shaw）劇本『一人演說』之譏。」[56]李敖所欲者，藉小說以闡其思也，李敖宣稱：「這種強烈表達思想的小說，內容豐富自是罕見的。」[57]此外，李敖也坦承他對小說的形式與技巧有所「破格」。

其實，不避諱一人之言，就某方面來講，是很能表達作者思想的，因爲如此，便可毫無保留、暢所欲言；加上李敖又深信「小說到了福樓拜（Flaubert）和詹姆士（Henry James）之後已無可爲。」[58]是以，他只願花心思在小說的「思想傳播」上，並且，他認爲「那些妄想靠小說筆觸來說故事的也好、糾纏形式的也罷，其實都難挽回小說的頹局。」[59]既然無力挽回小說的頹局，那麼放棄小說技巧也就沒什麼關係了。況且，蕭伯納的劇本，雖有「『一人演說』之譏」，[60]這也無礙蕭伯納的「文學內涵」，蕭伯納不也獲得了諾貝爾文學獎了嗎？基此，李敖將「思想傳播」以「小說形式」行之。但是，李敖可能沒有注意到：以小說文類之「書寫方式」而與蕭伯納相提並論，其實是有所偏頗的。偏頗在哪裡呢？偏頗在蕭伯納所寫非小說，是劇本，而且是舞台劇。

舞台劇的一個重要特色就是讓角色講出適合他身分的話，「下里巴人」講話也可以「之乎者也」

的嗎？答案是否定的。所謂劇本，就是活著的人，用自己的嘴吧講出適合自己身分的話來。誠如胡品清教授所論，以「對話」爲主體之文類，係舞台劇，而非小說。[61]《北京法源寺》乃小說非劇本也，怎麼適合把全部重心都用在「對話」、「議論」而且還「從一而終」呢？蓋描寫乃小說之肌理。描寫之於小說，一如顏料之於油畫；顏料不足的油畫是蒼白的，描寫不詳的小說是貧血的。[62]李敖名作《北京法源寺》通篇累頁的對話，乃至辯論——哲學的、政治的、歷史的、學術的、考據的等等，不一而足，想要進一步在小說的實驗室裡很科學的萃取其「描寫的葉綠素」著實不啻一項教人卻步之工程。蓋抽掉所有對話之後，《北京法源寺》整本長篇小說只剩不到幾頁的描寫與刻畫。是

[56] 同注[13]，頁二二三。

[57] 同注[13]，頁二二一。

[58] 同注[13]，頁二二四。

[59] 同注[58]。

[60] 同注[58]。

[61] "De toutes les oeuvres littéraires, celle qui s'approche le plus de la conversation, c'est la pièce de théâtre. En d'autres termes, la pièce de théâtre, sauf celle écrite en vers, est une oeuvre dialoguée, donc conversationnelle. Cependant, par rapport à la conversation quotidienne, le dialogue théâtral est une conversation plus élaborée, plus variée, plus subtile." Hu, Pin-ching Patricia. *Dissertation Littéraire en Français Facile.* Taipei: Chi-i Société de la Publication. p. 80.

故，閱畢《北京法源寺》，我們的感覺是：我們並未「看」完一本長篇小說，我們只是「聽」完一齣歷史舞台劇——而且是一齣比蕭伯納還蕭伯納的歷史舞台劇，簡直是一場中國現代史大人物的辯論大賽！平心而論，《北京法源寺》，一如柏拉圖的經典名著《對話錄》，小說的哲學性擅竟全場之下，小說的文學性就顯得相當「怯場」了。

基本而言，舞台劇和小說有其本質上的差異，小說有很大的一部分是作者的描摹和敘述，究竟是要第一人稱？第二人稱？第三人稱？是要前置觀點？後置觀點？這些觀點一旦不同，便可讓內容、情節相同的作品呈現出不同的風貌，帶給讀者不同的解讀。譬如，時下有一本兒童文學作品《小元的夢想》㊸，什麼叫做「小元」？小元就是十元和五元的弟弟——一塊錢，全書就是以這一塊錢的觀點，來描寫、敘述故事，這不失爲「敘述觀點」極富創意與趣味之運用。㊹再如，文學評論家公認極難解讀的小說《咆哮山莊》，則以兩位外緣角色（Mr. Lockwood, Nelly Dean），敘述男女主角（Heathcliff, Catherine Earnshaw）之核心故事，使讀者在將信將疑之中，感受維多利亞時代的俗奇兩極，懸宕之餘，整部小說更顯得不可思議。

換言之，小說作者可以某人觀點，甚或某物觀點來敘述小說；「敘述觀點」在小說創作上，可謂舉足輕重、成敗攸關。文學評論家歐陽子，在白先勇《寂寞的十七歲》序文中提到：

> 一般的作家，或因經驗不足，或因文才有限，即使在文壇上成功成名，他們畢生所能寫出的好作品，常常只是同一類、同一色調的。……白先勇才氣縱橫，不甘受拘；……白先勇講述故事的方式很多，他的小說情節，有從人物對話中引出的〈我們看菊花去〉，有以傳統直敘法講述

⑥② "La description est la pierre de touche de l'art du romancier et fait aisément distinguer le roman de toute histoire racontée sous forme de fait divers dépourvu de littérarité. En effet, ce qui distingue le roman d'un fait divers, d'une chronique, d'un reportage journalistique, c'est la description. La couleur locale, le milieu oú se meuvent les personnages, le pays oú se passe l'action avec ses paysages variés, tout cela concourt a la vie du roman" Hu, Pin-ching Patricia. *Dissertation Littéraire en Français Facile*. Taipei : Chi-i Société de la Publication. p. 21.

⑥③《小元的夢想》以一塊錢的觀點爲敍述觀點，內容描寫小元一心要以自己的力量爲小主人買一個遊樂場，這當然是不可能的，小元因而頻頻受到打擊；後來小元跟其他硬幣一起送給孤苦的老爺爺買東西吃，小元終於體會到幫助別人，做個有用的人，比幫主人買遊樂場更有意義。

⑥④「敍事觀點（point of view）：分析與批評小說（fiction）時，形容將故事（story）的材料呈現給讀者的方法，或指作者描述故事進展所取的有利角度。著作者採取無所不知的地位，不受時間、地點、人物的限制，可任意自由行動做批判，即通常所說的全知觀點（omniscient point of view）。若取另一極端，則由故事中的一個人物（character），不論地位重要與否，或僅是目擊之人，任其依自己所經歷，所見所聞，所了解的來敍述。這個人物通稱爲第一人稱敍述者（first-person narrator）；若是連自己所述之事的含意都看不出，則稱爲天眞的敍述者（naive narrator）或不誠懇的（disingenuous）敍述者。作者可以用第三人稱敍述卻只描述一個人物所知所見所想所感的一切；這種是限於一人物的觀點，作者可以採此有限觀點，而把描述的題材限於觀點人物的內心反應中，形成了內在獨白（interior monologue）。作者亦可以敍事說明（narrative exposition）的過程描述題材，只將故事中的動作與談話作一概述；這種方法叫做廣角方式（panoramic method）。相反的，也可把動作談話就其發生情形作客觀而無評論的詳細描述；這樣稱爲戲景方式（scenic method）。若戲景方法使用到作者完全不現身不借人物涉足故事中的程

的〈玉卿嫂〉，有以簡單的倒敘法（flashback）敘說的〈寂寞的十七歲〉，有的用複雜的「意識流」（stream of consciousness）表白的〈香港——一九六〇〉，更有用「直敘」與「意識流」兩法交叉並用以顯示給讀者的〈遊園驚夢〉。

白先勇小說裡的文字，很顯露出他的才華。他的白話，恐怕中國作家沒有兩三個能和他比的。他的人物對話，一如日常講話，非常自然。除此之外，他也能用色調濃厚、一如油畫的文字，〈香港——一九六〇〉便是個好例子。而在〈玉卿嫂〉裡，他採用廣西桂林地區的口語，使該篇小說染上很濃的地方色彩……讀者看白先勇的小說，必定立刻被他的人物吸引住。他的人物，無論男女老幼，無論教育程度之高低，個個眞切，個個栩栩如生。我們覺得能夠聽見他們，看見他們。白先勇的小說，幾乎全以人物爲中心，故事總是跟著人物跑的（只有〈香港——一九六〇〉是例外。）……他較早的作品像〈玉卿嫂〉和〈寂寞的十七歲〉，雖然人物如生，故事動人，但結構方面，似較鬆散；有些細節，雖能使故事更顯豐潤，卻未見得與小說的主題有切要的關係。就好像作者有太多的話要說，有點控制不了自己似的。[15]

這篇評論白先勇的文章，將白先勇的寫作技巧，歸納爲下列幾個特點：

一、白先勇講述故事有許多敘述觀點。

二、人物對話一如日常講話，非常自然。

三、使用口語，增加地方色彩。

四、人物栩栩如生、故事動人。

五、早期的作品，有些細節，並未能與小說的主題切合，就像作者　有太多的話要說，有點控制不了自己似的。

如果我們將這五點拿來比對李敖的《北京法源寺》，便可以看出楊照所謂李敖「文學技術上的簡略」[66]何在了。

第一，白先勇講述故事頗能充分利用諸種敘述觀點；《北京法源寺》除了開場幾段，頗少發揮敘述觀點，講述故事的方式幾乎以「對話」爲核心。《北京法源寺》之小說情節，甚少起伏，不管任何角色，只要碰在一起，就拚命「哲學對辯」，決不肯把嘴巴停下來，稍作休息。其實，這種情形是其來有自的，試看李敖成名作：《傳統下的獨白》[67]又《獨白下的傳統》，[68]兩書書名充分展露李

度，作者即是消除自我的作者（self- effacing author）。長篇小說的作者時常混合採用幾種不同觀點。現代批評對觀點的重視與作者在觀點方面的種種實驗，均非等閒。自從詹姆士（Henry James）發表批評文章與序言之後，觀點成爲批評家探索小說的問題與意義最先著手之點。」同注⑪，頁五九一。

[65] 歐陽子：〈歐陽子序：白先勇的文學技巧〉。收於白先勇：《寂寞的十七歲》，允晨文化，頁三—四。

[66] 同注㉓。

[67] 「《傳統下的獨白》這本書共包括二十篇文字，篇篇都是名副其實的「雜」文，有的談男人的愛情，有的談女人的衣裳，有的談媽媽的夢幻，有的談法律的荒謬，有的談不討老婆的『不亦快哉』。……各文的性質雖是雜拌兒，但是貫串這雜拌兒的卻是一點反抗傳統、藐視傳統的態度。」李敖：〈自序〉。收於《傳統下的獨白》，桂冠圖書公司，頁三。

敖的說話本色與獨白性格。⑲既然是「獨白」，那自然是李敖一個人在說話，李敖天生擅長此道，可以如王導般使「群胡同笑，四座並歡」。只是，《北京法源寺》陳義極高，過分哲學，太多議論，令楊照讀後昏昏欲睡；不過，筆者讀時並不覺睏，因爲李敖講話是很精采的，唯對小說書寫形式與技巧有所漠視罷了。個人以爲，李敖如果不寫小說《北京法源寺》，而改出李敖個人演說集，那絕對是精采可期的。筆者此論，絕非空穴來風，從李敖《一個預備軍官的日記》即可看出，李敖閱讀小說的習慣，主要是記故事梗概，並輯錄其名言佳句，因此，李敖可以一下午讀完一本《咆哮山莊》，⑳可是，這樣的讀法很難兼顧小說的敘述觀點，可惜的是，敘述觀點卻正是《咆哮山莊》及其作者艾密莉．勃朗蒂最爲論者所稱道、所研究之處。

夏志清曾研究《儒林外史》的小說敘述方式，發現吳敬梓對人物刻畫，有著革命性的成績。因爲，在《儒林外史》之前的作者，在介紹主角出場之時，作者常喜歡現身說法、夾敘夾議，將自己的主觀意見藉由小說人物呈現，把筆下的人物完全當作自己的分身，以茲主導讀者的判斷。但是：

《儒林外史》的作者卻是隱身的，讓小說人物自己登上舞台，由他們的舉止言行，逐漸展現他們的性格，由讀者自行推斷小說發展情節。這種「戲劇法」的使用，使得中國小說又提升到另一層境界，可以說是開始進入「現代」了。《紅樓夢》的作者在小說中自始至終「神龍見首不見尾」……夏先生舉了《儒林》第二回〈王孝廉村學識同科 周蒙師暮年登上第〉爲例：幾個村人聚集在觀音庵裡，商議正月鬧龍燈之事，人物先後登場，作者僅寥寥數筆介紹了他們的外貌，然後便把他們推向舞台，完全由他們彼此之間的舉止言語，讀者漸漸領悟這些人物個別的身分、個性、互相關係等等，而且同時又十分微妙的透露出作者對這些人物勢力眼的諷刺。[71]

夏氏認爲：吳敬梓已經掌握了小說藝術的一大課題，即「新批評」[72]學派所重視的敘述觀點問題。遺憾的是，李敖在其首部長篇小說中卻對此少有發揮。余秋雨在一九九七年一月四日於台灣歷史博物

---

[68] 李敖說：「寫這本書的目的，是幫助中國人了解中國，幫助非中國人——洋鬼子、東洋鬼子、假洋鬼子——別再誤解中國。」李敖：〈快看《獨白下的傳統》〉。收於《獨白下的傳統》，桂冠圖書公司，頁一。

[69] 「各文的性質雖是雜拌兒，但是貫串這雜拌兒的卻是一點反抗傳統、藐視傳統的態度。這種反抗和藐視，對我說來，頗有孤獨之感，所以千言萬語，總覺得是個人的『獨白』。」同注[67]。

[70] 參考李敖：【李敖大全集】第二十三冊《一個預備軍官的日記下冊》，頁六九〇。

[71] 白先勇：〈經典之作：推介夏志清教授的《中國古典小說》〉。《聯合報》第三十七版，二〇〇一年八月十日。

[72] 「新批評（New Criticism）學派，一般而論，是指一種當代批評態度；視藝術品本身爲其目的，藝術語言與科學哲學語言相反亦或不同，並以詳盡分析的過程來檢視作品。新批評學家（New Critics）構成的當代批評學派最普遍使用的是客觀藝術論（objective theory of art）。……新批評學家是在抗議現代世界的機械化與實證性（positivistic nature）；這種抗議的據點背景是文化傳統、宗教秩序，間或是一種貴族化的社會系統。所抗議的是一種依據事實以事實爲參證的人生觀與知識觀；所用的抗議方式就是堅持文學爲有效的知識形態，並堅稱文學不僅能表達其他語言的眞理，而且能表達其他語言方式不能表達的眞理。……新批評學家專門分析文學作品本身，把讀者與作者分別用『感觸謬誤』（affective fallacy）

館演講〈寫作感受〉時，特別提到他個人的寫作文章的標準：「用最精練的筆墨，把讀者的感覺點化一下，而自己想說的一切則悄悄地引潛在這種感覺中，才算到味；在舉重若輕之中，讓讀者不是在理念上而是在感覺上接受你，才是高手。」[73]反觀，李敖《北京法源寺》則以「理念」辯駁取勝，較少訴諸讀者的「感覺」。

第二，白先勇小說中的人物對話，一如日常講話，非常自然；《北京法源寺》之人物對話，卻都深富歷史知識和哲理，每個角色一出口，一件歷史公案，便被還原，一位歷史人物，便被蓋棺論定。試問，這種辨證思考的講話方式，怎會是一般人能隨隨便便就講出口的呢？即使，康有爲、梁啓超、譚嗣同者，一代哲人也，其互動也不必然以對話爲主體，其對話也不必然以學術爲氛圍，其學術也不必然以考據爲鵠的，而且還「考」得比歷史教授還高分[74]！雖然如此，《北京法源寺》亦不無謬誤，如「法源寺」建成於武則天時代，並非「唐太宗死前四年蓋起的」。[75]或許，眞如李敖所言，「一般歷史小說只是『替楊貴妃洗澡』、『替西太后洗腳』等無聊故事，《北京法源寺》卻全不如此。它寫的重點是大丈夫型的人物。」[76]既然是大丈夫型的人物，理應有不凡的知識和見解，李敖這麼理解，於是，其筆下每一個人物只要一出場，似乎都像上電視競選一般雄辯滔滔，逮到機會就拚命講個不停，這恐非眞正歷史人物可能的、「自然的」對談。亦或許，李敖，如董大中所論，一別於歐陽子觀點，並不在乎藉「小說語言」賦予角色獨特之「個性」：「小說的主要描寫手法，是對話。這也正是李敖的所長。當然是運用知識分子語言，作者沒有、讀者也不會要求對話個性化。」董文甚讚《北京法源寺》對話之哲學性：「語言高度凝煉而具有思辨性，可供人——特別是知識分子讀者——咀嚼。」[77]

弔詭的是，按照李敖懸河辯論式的小說寫法，他便很難刻畫出一個學問極好，卻像韓非子一樣有口難言的角色。有這種人嗎？韓非之例，大家耳熟能詳。筆者再舉一洋人爲例：英國大文豪約翰生（Samuel Johnson），學貫古今，辯才無礙，舌粲喇叭花，隻手編了英國第一本英語字典，貴爲當時全英文壇泰斗。他生平有一次到法國旅行，面對法國友人，他自然不能再用英語侃侃而談，奇

及『意圖謬誤』（intentional fallacy）說加以排斥，特別重視作品中的文字多義性、結構的反諷（irony）、矛盾（paradox）及其統一性（unity）、反對改寫（heresy of paraphrase），非常注重意象（image）、象徵（symbol）、意義（meaning），只偶爾顧慮到文學類型（genre）、情節（plot）、人物刻繪（character）。注重類型與形式（form）的批評家攻擊新批評學派此一看法，認爲新批評學家把文學降格成爲語言或記號的一元論（monism）而抹殺類型的意義。」同注⑪，頁五一四—五一五。

⑦3 同注①，頁四三。

⑦4 例如張灝寫〈烈士精神與批判意識〉，作者儼然譚嗣同專家，但書中一開頭就說譚嗣同活了三十六年，事實上，譚嗣同生在一八六五，死在一八九八，何來三十六年。同注②，頁三六四。

⑦5 參考勞允興：〈北京宣南名剎——法源寺——兼評（台灣）李敖著《北京法源寺》的諸多錯誤〉。《北京聯合大學學報》第十五卷第一期，總四十三期，二〇〇一年三月，頁七二。另外王爲政的〈《北京法源寺》的紕漏〉，收於《文學自由談》，頁五二—五六，亦指出《北京法源寺》多項錯誤，讀者可參考。

⑦6 同注②，頁三六三。

⑦7 董大中：《李敖評傳》，北京致公出版社，頁四二七。

怪的是，懂法文的他，卻拒絕以法語交談，改以拉丁文行之。其因在於，約翰生自認法文不夠好，講起來頗失尊嚴。誠然，一個人如果不是用母語，不是用他所擅長的語言來講話，說起話來便難免狀若幼稚低能，是如此的手足無措，是如此的需要別人的幫助，像一個溺水之人，需要別人拋下救援的纜繩。可是，過沒多久，在一個宴會的場合，約翰生卻和一位高雅的法國人用法語講起話來了。其友不解，紛紛相問，原來他覺得那位法國人的英語講得也不怎麼樣，剛好跟他的法語差不多，所以他就敢用法語跟他對話了。[78]包斯威爾（James Boswell）《約翰生傳》，成功刻畫了大文豪約翰生的另一面，他不再永遠以英語雄辯滔滔！

第三，白先勇在小說中使用地區性口語，增加地方色彩；《北京法源寺》沒有方言口語或地方色彩。蓋李敖直取「北京」爲「地方」，只聞「京片」，何來「方言」？「北京色彩」即「地方色彩」矣。李敖係「大中國主義者」，李敖腦中所想，手中所寫，都是大大的大，他不屑也不願寫小人物，更甭提模仿那些小人物講話了。是以，李敖筆下，也就沒有一個小人物了。《北京法源寺》「全是男性的思想與活動。它寫男性的豪俠、男性的忠義、男性的決絕、男性的悲壯。」[79]

第四，白先勇小說中的人物栩栩如生、故事動人；《北京法源寺》中的人物，不管是康有爲、梁啓超、譚嗣同，還是大小和尚，顯然全是李敖分身，我們看不到一個生動鮮活的角色，有的只是李敖自己的翻版。因爲李敖著重在思想的傳播，所以他筆下的人物，總是張著一張大嘴，講個不停；也因此，李敖筆下的角色罕有「動作」。我們感覺不到李敖筆下人物的喜怒哀樂，我們只看到了，李敖筆下的人物，一逕的替李敖憂心「中國的前途」，一逕的替李敖尋找「中國的出路」。所以，楊照說：

小說裡的每個人物，從康有爲、譚嗣同到梁啓超，其實都有李敖自我投射的部分。藉由角色的掩護，李敖終於暴露了他其他作品中少見的感傷與挫抑。感傷革命熱火裡無從逃避的孤寂、挫折不管以血以淚以生命爲價，群體的啓蒙始終遙遙無期。

我們在小說虛構的影霧裡，終於看到即使號稱最坦白最眞實的《回憶錄》、《恩仇錄》都看不到的另一個李敖，內在的李敖。⑧⓪

余秋雨說：「寫作人要做的，是引發讀者的感覺。他們眞正的本事，是把許多互不相識的讀者的感覺系統一一調動起來，使人人都感同身受。那麼，讀者的感覺怎麼才能引發出來呢？無數事實證明，首先通過耳目直覺。先要讓讀者彷彿聽到，彷彿看到，他們原來漠然的感知系統才能漸漸蠕

---

⑦⑧ James Boswell. *The Life of Samuel Johnson*. London: Penguin Books, 1791. P 190. "While Johnson was in France, he was generally very resolute in speaking Latin. It was a maxim with him that a man should not let himself down, by speaking a language which he speaks imperfectly. Indeed, we must have often observed how inferiour, how much like a child a man appears, who speaks a broken tongue. 'because I think my French is as good as his English.' Though Johnson understood French perfectly, he could not speak it readily..."

⑦⑨李敖：〈我寫《北京法源寺》〉。同注⑬，頁二二一。

⑧⓪同注㉓。

動起來。就像在生活中，你要向你的朋友講一件事，如果事情比較複雜，你又想在複雜中說服對方，那麼，最好不要急於把你的判斷和情緒早早地端出來，而是應該平靜地敘述事情的具體過程，描述當時的情景，連重要細節也不要放過。這些描述，正是要朋友產生彷彿聽到、彷彿看到的效果。可以想像，過不了多久，朋友就會跟著你的思路走了，而且他們是那樣自願，並不認爲受了你的判斷和情緒的左右。」[81]此番論調，不啻小說、尤其是寫實主義小說之創作原則。調動讀者的感覺系統，使產生彷彿聽到、彷彿看到之效果，豈非小說動人之主因？

反觀，李敖在《北京法源寺》中，則偏重於訴諸讀者的「知性系統」，滔滔議論，假歷史人物之金口，急瀉而下，讀者很難不感到淹然欲窒，彷彿面對「哲學土石流」，四百個思想子題，夾泥帶沙，雪崩而來，讀者往往只有大喊吃不消了。換言之，作爲一本小說，《北京法源寺》頗有忽略「細節描述」、「情節鋪排」之病，很少讓讀者「產生彷彿聽到、彷彿看到的效果」，因而難以訴諸讀者之「感性系統」，引起切身之共鳴。《北京法源寺》充篇議題辯論，絕少細節描述；《北京法源寺》剝除小說厚實的肌理，裸裎在閱讀餐桌上的是——「一碗濃稠的腦漿」！在李敖筆下，小說不再跳上桑樹之巔鳴唱，它，被合成、濃縮爲一罐白蘭氏雞精。是以，讀者不免覺得《北京法源寺》似乎少了一種「耳目感覺」、多了一道「臨場膈膜」，很難體驗「具體描寫」所賦予的「強烈的耳目衝擊力」。[82]

第五，白先勇早期的作品，有些細節，並未能與小說的主題切合，就像作者有太多的話要說，有點控制不了自己似的；《北京法源寺》竟然存在著和白先勇早期作品相似的毛病。[83]爲什麼會有這麼多的話講不完呢？因爲「它涵蓋的，只在四百個子題以內」。[84]一本小說涵蓋了四百個子題，我們除了讚賞它的大氣魄之外，還能要求什麼呢？子題之外，雄辯滔滔、知識廣博、多見少怪、反應機敏，而且出語不凡，此乃李敖之所以欣賞蕭伯納的重要因素，因爲，蕭伯納的這些特點，恰巧也都是李敖自己的優點。然而，這些小說以外的長才，是否須強灌給《北京法源寺》的各個角色，或許是值得李敖深思的問題！

朱炎曾在《聯合報》六十六年小說獎的評審中說：「小野的〈封殺〉，主題簡單有力，卻沒有掩隱之美；氣氛緊張懸宕，卻沒有引人入勝，沒有讓讀者低徊冥思的的境界。」⑧⑤爲什麼沒有讓讀者低徊冥思的境界呢？蔡源煌發現問題的關鍵在於小野

缺乏「消極能力」（negative capability）；⑧⑥缺乏消極能力，則非獨無法臻至掩隱之美，而且會像〈封殺〉的轉播記者一連串用了許多主觀的評語，說打擊者不該心存僥倖，失去控制、喪失了理智，沒有判斷能力了！弄得聽眾（讀者）撲朔迷離。⑧⑦

⑧①同注①，頁四十。
⑧②同注①，頁四一—四二。
⑧③同注⑥⑤。
⑧④同注⑦⑨。
⑧⑤同注③⑥，頁一五四。

這裡提到的「消極能力」，用大家都聽得懂的話來說，就是「無我」——泯除作者自我，隱藏作者之我。消極能力的主要功能，在於讓創作者「寫啥，像啥」；「無我」而「無所不能」。然而，李敖無法「無我」、「忘我」地創造不同的角色，反而每個角色都處處體現其「我」、「我」、「我」，晃動著李敖自己的身影。誠如余光中所言：「『有我』偏於抒情性（lyric），而『無我』偏於戲劇性（dramatic）。抒情型的作者處理的是自己，而戲劇型的作者處理這世界，戲劇型的作者，也並非絕對無我，只是他的『我』已經間接地泯入客觀描述的細節與過程之中而已，以戲劇家為例，蕭伯納和易卜生偏於『有我』，而莎士比亞偏於『無我』。」⑱

蕭伯納偏於「有我」，李敖更是不例外。《北京法源寺》承載李敖的史政哲思，更是「有我」之尤。李敖一生閉關著書、以家為牢，手不停揮、馬不停蹄，刻畫自己、創造自己，永不止息地追求進步、突破，積極再積極，眞可謂「唧唧復唧唧，李敖當戶織」了！所織者，家國圖像；所織者，李氏圖騰。或許因此，李敖缺乏「消極能力」。他總是在小說創作中「有我」，而不能在其中「忘我」、「去我」、「無我」。這是李敖的遺憾，也是李敖的驕傲，或許唯其如此「極端有我」，方足以自成其大；然而，就小說創作觀之，如此「我執」，很可能是一頭攔路羊，或一隻攔路虎，冬眠似地，埋伏在李敖的文藝大路歷程，偷偷在李敖書房外掛上一副對聯。聯曰：

中國手法下筆飛龍李敖之
歐洲眼光中箭落馬諾貝爾

(86)「negative capability（負面能耐）：濟慈（Keats）用來形容莎士比亞的客觀而不設個人的觀點之詞。濟慈認爲：「莎士比亞固有通性（innate universality）。詩人沒有自我本身（identity）……只是不斷地把自己注入其他形體（body）。」他認爲所謂的「負面能耐」是能「停駐於懷疑、不定、神祕之中，而不訴諸理性之解說或事實之探究」的能耐。此後被普遍沿用表示作家所具有在其作品中避免表達其個性之能力。」參照 aesthetic distance,objectibe correlatibe.同注⑪，頁五一〇。

(87)同注㊱，頁一五五。

(88)同注㉝，頁一三六。

第七章 結論

世界無窮願無盡　海天遼廓立多時

李敖是一位與當代威權政治頑強頡頏的不合作主義者，他更是一位遭人誤解的理性愛國主義者。其人格養成，家學淵源自是不在話下，然其獨特之人生際遇，更是李敖自我冶鍊成鋼之關鍵。十三歲的他，親眼目睹東北人心中的民族英雄馬占山將軍之風範；往後成長過程中，他更見識了多位世界級人物之丰采並領受其人格。尤其，胡適對李敖之影響更是無遠弗屆，李敖一生行吟在胡適跫音響處：沒有胡適「有心栽花」於前，哪有李敖「歸來開放」於後？雖則如此，來自胡適的強烈影響焦慮，又常使李敖急欲擺脫「中國的良心」，而企思有所超越。筆者認為，就思想層面而言，或許胡適依然是橫亙在李敖面前的五指山；就文字藝術的開創層面而言，李敖卻比他胡適之還胡適之。李敖能不能包辦五百年內白話文創作的前三名，其「願景」尚在未定之天，而那也不是你我能眼見的「遠景」；然而，他的白話文寫作，的確已為中文書寫開創了新視野。

本書以科學家的顯微法，加以李敖式的比對法，深入探索李敖獨特的文字藝術，所結之果有七：

一、百無禁忌的語言觀：此觀點源自李敖獨特的語言哲學、解放思想與行文風格，而其閱讀效應則是「他抓得住我」。

二、文字遊戲：李敖為走「大眾化路線」，寓教於樂，故以文字遊戲人間、以文字營造收視率並提昇文章可讀性。

三、古典押韻對句之美學：李敖活潑奔放的文風背後，蘊藏簡約凝練之古典中文美學，他媾合「文」「白」，「今文觀止」出矣。

四、文化等效翻譯：李敖翻譯，量少質精，可謂畫龍點睛、純然無瑕，他以極度語言與學術堅持，臻至文化等效之境。

五、推陳出新的詞類：李敖提筆揮就中文詞類金箍棒，差遣中文詞類觔斗雲，以企文章之新意，以窮中國文字之特性。

六、打敗引號的李氏句法：李敖行文有其獨特之文字邏輯，如醉拳一般、王爾德式的句法，既溜手又溜腦，叫人一跤跌出邏輯外。

七、以具體寫抽象：李敖遨遊國文天地，蓋以此爲其行文指南車，爲其揮毫落筆之無上律令，他以青矗文字衝決讀者視網膜。

本書析論一路走來始終特立獨行的「文壇怪傑」、「文化頑童」、「文化醫生」——李敖——終其一生在中國文字烽火爐裡大煉其丹的青藍火候與成績，李敖在中國文章史上確有其超邁前人的開創面，他融貫前衛與古典、傳統與獨白的白話文字，在今日文壇確實「固一世之雄」也。反觀，李敖在小說創作上難臻「無我」之境界，「消極能力」之缺乏，無疑將是李敖文藝天路歷程中一顆不小的絆腳石。

「當時間之塵落定，時尚之霧散開，主義的落紅滿地，只有幾位大師會屹立不倒。愈偉大的畫家愈難歸類，狹窄的畫家恰恰相反。畢卡索、客利、馬蒂斯，能輕易地歸入任何一個畫派嗎？主義、派別都是不幸的名稱，戴在小畫家的頭上，儼然也是一頂光榮的高帽子，戴在大畫家的頭上，就嫌小而不合身了。」①李敖也很難被歸類，他的領域橫跨文、史、哲、法、政、媒體傳播等等，他的藏書包羅古、今、中、外，他的文類兼有政論、散文、文學批評、古詩、新詩、書信、情話、語錄、對話、演說、訟狀、翻譯、歷史小說、情色小說等等。

林語堂先生嘗言：「兩腳跨中西文化，一心評宇宙文章」。李敖的腳雖力有未逮，不能橫行中外，其手卻加倍地不停揮動，勇往直前，絕不手軟，其碩果逼於等身的一七三CM。除了高明、老辣、獨步、繁複的文字修辭之奇技淫巧外，李敖更以「上下古今聯想法」寫作爲文，以胡適所謂的「借題發揮法」信筆寫就，「把互不相干的元素結合起來，使之產生關連，形成新的模式」，一如達文西，其結果是文章新穎滿篇、趣味盎然。李文因其獨特的聯想、鮮明的對比、古今的對照、中外的並列、奇俗的並陳、高下的互見等等，造成一種撼人的落差、空前的誇大、絕妙的旨趣、拍案的滋味。其旨趣之令人絕倒，可以〈與子協小〉爲例；其知識之宏中肆外，可由〈老年人和棒子〉管窺。其資料之出古入今、橫掃中外，不禁教人思想起英國文學評論大家約翰生博士對莎士比亞的「博大」之譽。②蓋學問實有大小之別，作品眞有「森林」、「花園」之異，李敖著作——皇皇等身四十巨冊的【李敖大全集】，以「森林」喻之，豈言過分？李敖以「大象」自況、以「發電機」自比，實在不足以自曝其大矣！坐擁三屋的藏書、十萬的冊數、千夾的簡報與作戰指揮中心式的十四張大桌子，李敖書寫成章的過程就好比「聯想的陣雨」淋灌「淵博的茂林」，我們實在不難想像雨後春筍的出塵新綠、奇花異草的粲然奔放、千古神木的參天聳立！

夏志清教授曾經感嘆：「實在無時間，也無這份閒適的心情，去細細品嘗二書（《懷特散文集》〔*Essays of E. B. White,* 1977〕和《懷特書信集》〔*Letters of E. B. White,*1976〕等作品）。英美散

①余光中：《逍遙遊》，九歌出版社，頁一五二。

文家，我平日專挑書讀得比我多而人也特別聰明的讀：巴頓（Jacques Barzun）這樣的鴻儒，維達爾（Gore Vidal）這樣的才子才對我的胃口。懷特不愛讀書，寫些身邊鎖事，美國景物，文筆再好也引不起我的興趣。要讀小品文，多的是我朋友寫的：魯芹自己、琦君、思果、光中、楊牧就夠我閱賞，實在分不出時間再看洋人小品了。」③夏教授的困境，也正是現代讀者乃至後現代讀者的困境——「實在無時間」，也「實在分不出時間」。況且，「選書之難倍於作」，要在茫茫書海中找一本對味的好書，猶如碧海尋鯨，良非等閒。然而，若當眞以夏氏的「淵博」與「聰明」爲選書之標準，根據本書《長袍春秋：李敖的文字世界》之剖析，筆者深信李敖當堪現代中文讀者的「一時之選」而無愧也。

②原文如下："The work of a correct and regular writer is a garden accurately formed and diligently planted, varied with shades and scented with flowers; the composition of Shakespeare is a forest in which oaks extend their branches and pines tower in the air, interspersed sometimes with weeds and brambles and sometimes giving shelter to myrtles and to roses, filling the eye with awful pomp and gratifying the mind with endless diversity. Other poets display cabinets of precious rarities, minutely finished, wrought into shape and polished into brightness. Shakespeare opens a mine which contains gold and diamonds in inexhaustible plenty, though clouded by incrustations, debased by impurities, and mingled with a mass of meaner materials. (Preface to Shakespeare) (Quoted from Danckert The Quotable Johnson, 112)

③夏志清：《雞窗集》，九歌出版社，頁三一一。

參考書目

一、李敖作品

《李敖的情詩》，台北，遠景出版社，一九八二年六月

《李敖的情書》，台北，遠景出版社，一九八二年六月

《李敖的情話》，台北，遠景出版社，一九八二年六月

《李敖自傳與回憶》，台北，文星書店，一九八七年十月

《李敖自傳與回憶續集》，台北，文星書店，一九八七年十月

《李敖札記‧語錄》，台北，李敖出版社，一九九四年十二月

《自由的滋味》，台北，桂冠圖書公司，一九九五年七月

【李敖大全集】第一冊：《北京法源寺》、《傳統下的獨白》，台北，榮泉文化事業公司，一九九五年十二月

【李敖大全集】第二冊：《歷史與人像》、《教育與臉譜》、《爲中國思想趨向求答案》，台北，榮泉文化事業公司，一九九五年十二月

【李敖大全集】第三冊：《文化論戰丹火錄》、《上下古今談》，台北，榮泉文化事業公司，一九九九

五年十二月
【李敖大全集】第四冊：《胡適研究》、《胡適評傳》，台北，榮泉文化事業公司，一九九五年十二月
【李敖大全集】第五冊：《孫逸仙和中國西化醫學》、《大學後期日記甲集》、《大學後期日記乙集》，台北，榮泉文化事業公司，一九九五年十二月
【李敖大全集】第六冊：《獨白下的傳統》、《李敖文存》、《李敖文存二集》，台北，榮泉文化事業公司，一九九五年十二月
【李敖大全集】第七冊：《讀史指南》、《要把金針度與人》，台北，榮泉文化事業公司，一九九五年十二月
【李敖大全集】第八冊：《孫中山研究》、《蔣介石研究》，台北，榮泉文化事業公司，一九九五年十二月
【李敖大全集】第九冊：《蔣介石研究續集》、《蔣介石研究三集》，台北，榮泉文化事業公司，一九九五年十二月
【李敖大全集】第十冊：《蔣介石研究四集》、《蔣介石研究五集》，台北，榮泉文化事業公司，一九九五年十二月
【李敖大全集】第十一冊：《蔣介石研究六集》《蔣經國研究》、《論定蔣經國》、《國民黨研究》，台北，榮泉文化事業公司，一九九五年十二月
【李敖大全集】第十二冊：《國民黨研究續集》、《民進黨研究》，台北，榮泉文化事業公司，一九九五年十二月

【李敖大全集】第十三冊：《冷眼看台灣》、《鄭南榕研究》，台北，榮泉文化事業公司，一九九五年十二月
【李敖大全集】第十四冊：《中國性研究》、《中國命研究》，台北，榮泉文化事業公司，一九九五年十二月
【李敖大全集】第十五冊：《李敖情書集》、《李敖書信集》，台北，榮泉文化事業公司，一九九五年十二月
【李敖大全集】第十六冊：《李敖對話錄》、《愛情的祕密》，台北，榮泉文化事業公司，一九九五年十二月
【李敖大全集】第十七冊：《波波頌》、《大學札記》、《李敖札記》、《李語錄》，台北，榮泉文化事業公司，一九九五年十二月
【李敖大全集】第十八冊：《胡適與我》、《世論新語》，台北，榮泉文化事業公司，一九九五年十二月
【李敖大全集】第十九冊：《求是新語》、《李敖隨寫錄前集》、《李敖隨寫錄後集》，台北，榮泉文化事業公司，一九九五年十二月
【李敖大全集】第二十冊：《李敖自傳》、《我最難忘的事和人》、《你不知道的彭明敏》，台北，榮泉泉文化事業公司，一九九五年十二月
《你不知道的司法黑暗》，台北，商周出版公司，一九九六年九月
【李敖大全集】第二十一冊：《給國民黨難看》、《給外省人難看》、《給台灣人難看》，台北，榮

泉文化事業公司，一九九九年五月
【李敖大全集】第二十二冊：《一個預備軍官的日記（上冊）》台北，榮泉文化事業公司，一九九九年五月
【李敖大全集】第二十三冊：《一個預備軍官的日記（下冊）》、《早年日記》，台北，榮泉文化事業公司，一九九九年五月
【李敖大全集】第二十四冊：《蔣介石評傳（上冊）》①，台北，榮泉文化事業公司，一九九九年五月
【李敖大全集】第二十五冊：《蔣介石評傳（下冊）》、《蔣介石的眞面目》，台北，榮泉文化事業公司，一九九九年五月
【李敖大全集】第二十六冊：《李登輝的眞面目》、《李登輝的假面具》、《爲自由招魂》，台北，榮泉文化事業公司，一九九九年五月
【李敖大全集】第二十七冊：《你不知道的二二八》、《另一面的二二八》，台北，榮泉文化事業公司，一九九九年五月
【李敖大全集】第二十八冊：《李敖書序集》、《李敖回憶錄》，台北，榮泉文化事業公司，一九九九年五月
【李敖大全集】第二十九冊：《李敖快意恩仇錄》、《李敖報刊集》，台北，榮泉文化事業公司，一九九九年五月
【李敖大全集】第三十冊：《李敖書翰集》、《李敖書簡集》、《李敖書札集》，台北，榮泉文化事業公司，一九九九年五月

【李敖大全集】第三十一冊：《李敖書箋集》、《李敖書牘集》、《李敖書函集》，台北，榮泉文化事業公司，一九九九年五月

【李敖大全集】第三十二冊：《李敖書啓集》、《李敖好訟集》、《李敖放刁集》，台北，榮泉文化事業公司，一九九九年五月

【李敖大全集】第三十三冊：《李敖鬧衙集》、《李敖弄法集》、《李敖刀筆集》，台北，榮泉文化事業公司，一九九九年五月

【李敖大全集】第三十四冊：《醜陋的中國人研究》、《白眼看台灣》、《法眼看台灣》，台北，榮泉文化事業公司，一九九九年五月

【李敖大全集】第三十五冊：《國民黨臭史》、《蔣家臭史》、《老賊臭史》，台北，榮泉文化事業公司，一九九九年五月

【李敖大全集】第三十六冊：《中國近代史新論》、《中國近代史正論》、《中國近代史定論》，台北，榮泉文化事業公司，一九九九年五月

【李敖大全集】第三十七冊：《李敖密藏日記》、《李敖五五日記》、《爲歷史撥雲》，台北，榮泉文化事業公司，一九九九年五月

【李敖大全集】第三十八冊：《白色恐怖述奇》、《坐牢爸爸給女兒的八十封信》，台北，榮泉文化事業公司，一九九九年五月

【李敖大全集】第三十九冊：《李敖論人物》、《李敖藝術新研》、《李敖迷信新研》，台北，榮泉文化事業公司，一九九九年五月

【李敖大全集】第四十冊：《我是景福門》、《你是天安門》、《爲文學開窗》，台北，榮泉文化事業公司，一九九九年五月
《李敖諾貝爾提名文選》，台北，李敖出版社，二〇〇〇年二月
《陳水扁的眞面目》，台北，李敖出版社，二〇〇〇年二月
《李遠哲的眞面目》，台北，李敖出版社，二〇〇〇年九月
《洗你的腦，掐他的脖子：李敖總統挑戰書》，台北，商周出版公司，二〇〇〇年二月
《要把金針度與人》，台北，商周出版公司，二〇〇〇年九月
《上山・上山・愛》，台北，李敖出版社，二〇〇一年四月
《李敖回憶錄》，台北，商周出版公司，二〇〇一年十一月

二、其他作品

英文書目

Hu, Pin-ching Patricia. *Dissertation Litteraire en Francais Facile.* Taipei: Chi-i Societe de la Publication. 1996.
James Boswell. *The Life of Samuel Johnson.* London: Penguin Books, 1791.
Coulling, Sidney. *Matthew Arnold and His Critics: A Study of Arnold's Controversies.* Athens: Ohio UP, 1974.
Arnold, Matthew. *On Translating Homer.* London: John Murray, 1905.

法文書目

Chesterton, Gilbert K. *George Bernard Shaw*. London: John Lane, 1910. Sainte-Beuve, Charles Augustin. *La vie des lettres : Les Lumières et les salons*. Paris : Hermann, 1992.

Kristeva, Julia. *Le langage, cet inconnu*. Paris : S.G.P.P., 1970.

Kristeva, Julia. *Le temps sensible : Proust et l'expérience littéraire*. Paris : Gallimard, 1994.

傳記類

《海明威傳：廿世紀文壇靈魂人物海明威的一生》，貝克著，楊耐冬譯，台北，志文出版社，一九八一年十二月

《說李敖長，道李敖短》，梁實秋、林清玄、鄭南榕等著，天元圖書公司，一九八六年九月

《四十自述》，胡適，台北，遠流出版事業公司，一九八八年三月

《林語堂傳》，林太乙，台北，聯經出版事業公司，一九九〇年二月

《都是李敖惹的禍》，四季編輯部編，台北，四季出版公司，一九九一年四月

《文化頑童．李敖：李敖被忽視的另一面》，蔡漢勳編著，台北，大村文化出版公司，一九九五年六月

《史家陳寅恪傳》，汪榮祖，台北，聯經出版事業公司，一九九七年十月

《阿Q正傳》，魯迅，台北，國際少年村公司，二〇〇〇年十月

《李敖評傳》，董大中，北京，致公出版社，二〇〇一年一月

《李登輝執政告白實錄》，鄒景雯，台北，印刻出版公司，二〇〇一年一月

文學類

《英詩譯註》，余光中，台北，文星書店，一九六〇年十二月
《新譯四書讀本》，謝冰瑩等編譯，台北，三民書局，一九六六年十二月
《寂寞的結》，蔡源煌，台北，聯經出版事業公司，一九七八年八月
《唐詩三百首》，蘅塘退士選輯，台北，世一書局，一九八一年六月
《龍應台評小說》，龍應台，台北，爾雅出版社，一九八五年六月
《西洋文學辭典》，顏元叔主編，台北，正中書局，一九九一年九月
《跑道・積極進取的人生》，李振昌主編，台北，中國生產力中心，一九九六年三月
《因難見巧：名家翻譯經驗談》，金聖華、黃國彬主編，台北，書林出版社，一九九六年四月
《井然有序：余光中序文集》，余光中，台北，九歌出版社，一九九六年十月
《余秋雨台灣演講》，余秋雨，台北，爾雅出版社，一九九八年一月
《徐志摩詩選》，徐志摩著，楊牧編校，台北，洪範書店，一九九八年四月
《雞窗集》，夏志清，台北，九歌出版社，一九九八年十二月
《藍墨水的下游》，余光中，台北，九歌出版社，一九九八年十月
《作文七巧》，王鼎鈞，台北，吳氏圖書公司，一九九九年三月
《逍遙遊》，余光中，台北，九歌出版社，二〇〇〇年六月

《死亡與童女之舞》，胡因夢，台北，圓神出版社，一九九九年七月

《高手過招：郁慕明笑談九大政治明星》，蕭衡倩、羊曉東，天下遠見出版公司，二〇〇一年五月

《小元的夢想》，台北市立師範學院語文教育學系編，同編者，二〇〇〇年十月

《英文與中文西化》，余光中，台北，財團法人趙麗蓮教授文教基金會，二〇〇〇年十月

《十分精采》，錢復等著，台北，財團法人趙麗蓮教授文教基金會，二〇〇〇年十月

《觀音小百科・第一本親近觀音的書》，顏素慧編著，台北，城邦文化事業公司二〇〇一年六月

其他

【景印文淵閣四庫全書】：集部二八別集類，范文正集，（宋）范仲淹，台北，商務印書館

《顏氏家訓》，顏之推，（明）翰博顏嗣慎覆刊成化建寧本，（微卷）明萬曆三年（一五七五）

《元史》，（明）宋濂等撰，北京，中華書局，一九七六年四月

《中國文學史》，游國恩主編，台北，五南圖書出版社，一九九〇年十一月

《老子註》，王弼，台北，藝文印書館，一九九六年三月

三、論文

〈陳三立的勤王運動及其與唐才常自立會的關係——跋陳三立與梁鼎芬密札〉，周康燮，《明報月刊》第九卷十期，一九七四年十月

〈一跤絆到邏輯外——談王爾德的《不可兒戲》〉，余光中；收於《不可兒戲——王爾德三幕喜劇》，王爾德著，余光中譯，台北，大地出版社，一九八二年九月
〈《北京法源寺》讀後〉，大風，《李敖求是評論》第二期，一九九一年十二月
〈稟賦・毅力・學問——讀夏志清清新作《雞窗集》有感〉，林以亮；收於《雞窗集》，夏志清，台北，九歌出版社，一九九八年十二月
〈菩薩與狡童〉李敖，《中國時報》，一九九八年十一月二日，第三十七版
〈讀《李敖快意恩仇錄》：強烈的意見、絕對的堅持〉，楊照，《聯合文學》第十五卷第六期，一九九九年四月號
〈重讀《胡適文存》：強烈的意見、包容的胸襟〉，楊照，《聯合文學》第十五卷第六期，一九九九年四月號
〈專訪李敖・PLAYBOY 頭號校友〉，《PLAYBOY》編輯部，《PLAYBOY》國際中文版第三十六期，一九九九年六月號
〈政途上的「三秋樹」與「二月花」——龍應台出山與李敖競選〉，王丹，《明報月刊》第四〇六期，一九九九年十月號
〈歐陽子序：白先勇的文學技巧〉，歐陽子；收於《寂寞的十七歲》，白先勇，台北，允晨文化公司，二〇〇〇年二月十日
〈李敖與文學〉，楊照，《中國時報》，二〇〇〇年二月十七、十八日，第三十七版
〈低沉的獅吼——評《北京法源寺》〉，歐陽潔，《中國圖書評論》第二十期，二〇〇三年三月

〈北京宣南名剎——法源寺——兼評（台灣）李敖著《北京法源寺》諸多錯誤〉，勞允興，《北京聯合大學學報》第十五卷第一期（總四十三期），二〇〇一年三月

〈正點一百：以「狂」、「叛」來決戰舊傳統——李敖的《傳統下的獨白》〉，楊照，中國時報人間副刊，二〇〇〇年三月十七日，第三十七版

〈諾貝爾獎是這樣提名的嗎？〉，傅浩，中華讀書報，二〇〇〇年三月二十日

〈《北京法源寺》的文本意義〉，陳才生，《上饒師範學院學報》第二十卷第五期，二〇〇〇年十月

〈難忘我是大陸人——荐李敖力作《北京法源寺》〉，周天柱，《台聲雜誌》，二〇〇〇年十一月

〈《北京法源寺》的紕漏〉，王爲政，《文學自由談》，二〇〇一年一月

〈經典之作：推介夏志清教授的《中國古典小說》〉，白先勇，《聯合報》，二〇〇一年八月十日，第三十七版

〈《北京法源寺》大陸版引言〉，王得后；收於大陸版【李敖大全集】第一冊：《北京法源寺》，北京，友誼出版公司，一九九九年一月

四、報紙和網路新聞、報導（依時間先後排列）

江中明：〈李敖談謀略三國　以古喻今〉。《聯合報》，一九九九年十二月十六日，第三版；李敖網站，李敖新聞，http://www.leeao.com.tw/speculation/elec2000/12261.html

郭瓊俐：〈陳文茜自嘲「一夜情」〉。《聯合報》，二〇〇〇年一月二十一日，第二版；李敖網站，李敖新聞，http://www.leeao.com.tw/speculation/elec2000/01219.html

劉建宏：〈獲諾貝爾文學獎提名 李敖：比選總統容易多了〉。《勁報》，二〇〇〇年二月二日，N三版；李敖網站：李敖新聞，http://www.leeao.com.tw/speculation/elec2000/02021.html

費國禎：〈李敖：丁肇中將回台挺宋〉。《中時晚報》，二〇〇〇年三月十三日，第三版，李敖網站：李敖新聞，http://www.leeao.com.tw/speculation/elec2000/03138.html

邵冰如：〈獲諾貝爾獎提名 李敖新書今發表〉。《聯合晚報》，二〇〇〇年二月十五日，第三版；李敖網站，李敖新聞，http://www.leeao.com.tw/speculation/elec2000/02156.html

凌珮君：〈李敖：連是孬種的眞小人〉。《聯合報》，二〇〇〇年二月十七日，第三版；李敖網站：李敖新聞，http://www.leeao.com.tw/speculation/elec2000/02171.html

陳鵬宇、劉建宏：〈趙少康：不願意過問 扁陣營：利弊難評估 李敖：佩服李慶華〉。《勁報》二〇〇〇年二月十七日，N三版

邵冰如：〈李敖不起跑 大便應萬變〉。《聯合晚報》，二〇〇〇年二月十九日，第三版；李敖網站：李敖新聞，http://www.leeao.com.tw/speculation/elec2000/02193.html

黃逸華：〈李敖如玩家家酒 輕鬆打 等著五組台辯論 讓他們知道什麼叫「老李飛刀」〉。《中時晚報》，二〇〇〇年二月十九日，第三版；李敖網站：李敖新聞，http://www.leeao.com.tw/speculation/elec2000/02195.html

陳建宏：〈評斷不公 李敖要告教改團體〉。《勁報》，二〇〇〇年二月十九日，N三版；李敖網站：李敖新聞，http://www.leeao.com.tw/speculation/elec2000/02296.html

凌珮君：〈李敖自許爲水仙〉。《聯合報》，二〇〇〇年二月二十日，第四版；李敖網站：李敖新聞，http://www.leeao.com.tw/speculation/elec2000/02222.html

陳嘉宏：〈李敖自認選民「理智上」會選他〉。《中國時報》，二〇〇〇年三月三日，第四版；李敖網站：李敖新聞，http://www.leeao.com.tw/speculation/elec2000/03033.html

凌珮君：〈李敖籲宋掀李登輝底牌〉。《聯合報》，二〇〇〇年三月三日，第八版；李敖網站：李敖新聞，http://www.leeao.com.tw/speculation/elec2000/03032.html

邵冰如：〈李敖籌競選保證金　義賣珍藏標價近億〉。《聯合晚報》，二〇〇〇年三月四日，第三版；李敖網站：李敖新聞，http://www.leeao.com.tw/speculation/elec2000/03043.html

李祖舜：〈李敖批陳履安有剩餘沒有價值〉。《中時晚報》，二〇〇〇年二月二十九日，第三版；李敖網站：李敖新聞，http://www.leeao.com.tw/speculation/elec2000/02295.html

陳嘉宏：〈李敖：選出危險的人　台灣萬劫不復〉。《中國時報》，二〇〇〇年三月五日，第三版；李敖網站：李敖新聞，http://www.leeao.com.tw/speculation/elec2000/03055html

凌珮君：〈李敖：宋早該抖內幕〉。《聯合報》，二〇〇〇年三月七日，第八版；李敖網站：李敖新聞，http://www.leeao.com.tw/speculation/elec2000/03077.html

凌珮君：〈敖：不是輪替是要國民黨下台〉。《聯合報》，二〇〇〇年三月五日，第三版；李敖網站：李敖新聞，http://www.leeao.com.tw/speculation/elec2000/03056.html

陳嘉宏：〈講出眞話　指引光明方向〉。《中國時報》，二〇〇〇年三月十二日，第三版；李敖網站：李敖新聞，http://www.leeao.com.tw/speculation/elec2000/03123.html。

陳嘉宏：〈保護台灣　讓國民黨下台〉。《中國時報》，二〇〇〇年三月十二日，第三版；李敖網站：李敖新聞，http://www.leeao.com.tw/speculation/elec2000/03123.html

凌珮君：〈敖：李登輝推出李遠哲「保扁」〉。《聯合報》，二〇〇〇年三月十二日，第三版；李敖網站：李敖新聞，http://www.leeao.com.tw/speculation/elec2000/03125.html

凌珮君、張家樂：〈李敖：勿選國民黨和帶來危險的人〉。《聯合報》，二〇〇〇年三月十三日，第三版；李敖網站：李敖新聞，http://www.leeao.com.tw/speculation/elec2000/031314.html

凌佩君：〈敖：半小時太少　應延長時間〉。《聯合報》，二〇〇〇年二月二十一日，第三版；李敖網站：李敖新聞，http://www.leeao.com.tw/speculation/elec2000/02211.html

邵冰如：〈李敖：仁慈的狼授權給兔子來拒絕狼〉。《聯合晚報》，二〇〇〇年一月十九日，第三版；李敖網站：李敖新聞，http://www.leeao.com.tw/speculation/elec2000/01198.html

林美玲：〈許信良看李敖　「夢幻搭檔」〉。《聯合報》，一九九九年五月十一日，第四版。

劉佳玲：〈高行健獲諾貝爾文學獎　台灣文學評論家感震驚〉。博客來網站二〇〇〇年十月十二日，http://www.books..com.tw/onlinepublish/2001011902.html

李敖網站：李敖新聞，http://www.leeao.com.tw/speculation/elec2000/03153.html

李敖網站：李敖新聞，http://www.leeao.com.tw/speculation/elec2000/03171.html

李敖網站：李敖新聞，http://www.leeao.com.tw/speculation/elec2000/01221.html

李敖網站：李敖新聞，http://www.leeao.com.tw/speculation/elec2000/01221.html

李敖網站：李敖新聞，http://www.leeao.com.tw/speculation/elec2000/03032.html

李敖網站：李敖語錄，http://www.leeao.com.tw/speaker/f199910.html

李敖網站：李敖語錄，http://www.leeao.com.tw/speaker/f200003.html

李敖網站：李敖語錄，http://www.leeao.com.tw/speaker/f199910.html

李敖網站：李敖語錄，http://www.leeao.com.tw/speaker/f102171.html

李敖網站：李敖語錄，http://www.leeao.com.tw/speaker/f199911.html

李敖網站：李敖語錄，http://www.leeao.com.tw/speaker/f200002.html

李敖網站：李敖語錄，http://www.leeao.com.tw/speaker/f200002.html

《李敖電子報》，一九九九年十二月三十一日，http://www.leeao.com.tw/speculation/elec2000/01221.html

李敖網站：《李敖電子報》發刊詞，http://www.leeao.com.tw

石之瑜：〈李敖能詮釋一國兩制嗎？〉。《海峽評論》第一〇五期，一九九九年九月號；李敖網站：李敖訪談，http://www.leeao.com.tw/leevslain/tw5.html

五、其他

【李敖大全集】第二十一到四十冊廣告詞，榮泉文化事業公司

二〇〇〇年總統候選人政見單

---

①《蔣介石評傳》爲李敖與汪榮祖合著。

李敖

系列 一生必典藏的三大文學創作經典

北京法源寺
李敖／著

軟皮精裝 374 頁　定價 380 元
ISBN ： 957-510-077-8

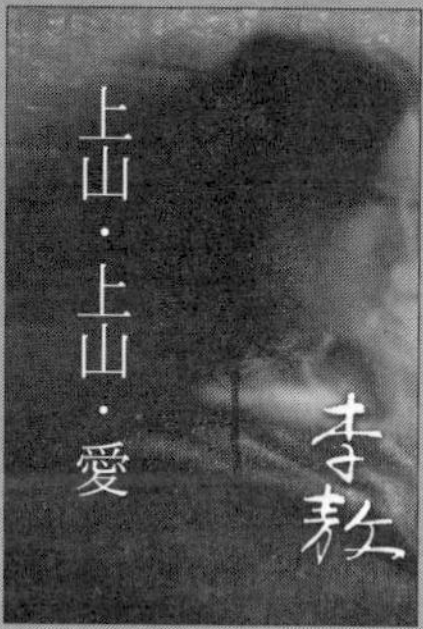

上山・上山・愛
李敖／著

軟皮精裝 540 頁　定價 450 元
ISBN ： 957-510-088-3

紅色 11
李敖／著

軟皮精裝 304 頁　定價 320 元
ISBN ： 957-510-118-9

文・學・叢・書

劃撥帳號：19000691　成陽出版股份有限公司　掛號另加 20 元
本書目所列定價如與版權頁有異，以各書版權頁定價為準

1.	吹薩克斯風的革命者	楊　照著	260 元
2.	魔術時刻	蘇偉貞著	220 元
3.	尋找上海	王安憶著	220 元
4.	蟬	林懷民著	220 元
5.	鳥人一族	張國立著	200 元
6.	蘑菇七種	張　煒著	240 元
7.	鞍與筆的影子	張承志著	280 元
8.	悠悠家園	韓・黃晳暎著／陳寧寧譯	450 元
9.	想我眷村的兄弟們	朱天心著	220 元
10.	古都	朱天心著	240 元
11.	藤纏樹	藍博洲著	460 元
12.	龔鵬程四十自述	龔鵬程著	300 元
13.	魚和牠的自行車	陳丹燕著	220 元
14.	椿哥	平　路著	150 元
15.	何日君再來	平　路著	240 元
16.	唐諾推理小說導讀選 I	唐　諾著	240 元
17.	唐諾推理小說導讀選 II	唐　諾著	260 元
18.	我的 N 種生活	葛紅兵著	240 元
19.	普世戀歌	宋澤萊著	260 元
20.	紐約眼	劉大任著	260 元
21.	小說家的 13 堂課	王安憶著	280 元
22.	憂鬱的田園	曹文軒著	200 元
23.	王考	童偉格著	200 元
24.	藍眼睛	林文義著	280 元
25.	遠河遠山	張　煒著	200 元
26.	迷蝶	廖咸浩著	260 元
27.	美麗新世紀	廖咸浩著	220 元
28.	台灣原住民族漢語文學選集—詩歌卷	孫大川主編	220 元
29.	台灣原住民族漢語文學選集—散文卷(上)	孫大川主編	200 元
30.	台灣原住民族漢語文學選集—散文卷(下)	孫大川主編	200 元
31.	台灣原住民族漢語文學選集—小說卷(上)	孫大川主編	300 元
32.	台灣原住民族漢語文學選集—小說卷(下)	孫大川主編	300 元
33.	台灣原住民族漢語文學選集—評論卷(上)	孫大川主編	300 元
34.	台灣原住民族漢語文學選集—評論卷(下)	孫大川主編	300 元

朱西甯　作品集

1. 鐵漿　240 元
2. 八二三注　800 元
3. 破曉時分　300 元

王安憶　作品集

1. 米尼　220 元
2. 海上繁華夢　280 元

以下陸續出版

3. 流逝　260 元
4. 閣樓　220 元
5. 冷土　260 元
6. 傷心太平洋　220 元
7. 崗上的世紀　280 元

楊　照　作品集

1. 為了詩　200 元
2. 我的二十一世紀　220 元

以下陸續出版

3. 楊照書鋪
4. 政經書簡
5. 大愛
6. 軍旅札記
7. 給女兒的十二封信
8. 迷路的詩
9. Café　Monday
10. 黯魂
11. 中國經濟史
12. 中國人物史
13. 中國日常生活

成英姝　作品集

1. 恐怖偶像劇　220 元
2. 魔術奇花　240 元

世界文學

1.	羅亭	屠格涅夫著	69 元
2.	悲慘世界	雨果著	69 元
3.	野性的呼喚	傑克・倫敦著	69 元
4.	地下室手記	杜斯妥也夫斯基著	69 元
5.	少年維特的煩惱	歌德著	69 元
6.	黑暗之心	康拉德著	69 元

POINT

1.	海洋遊俠——台灣尾的鯨豚	廖鴻基著	240 元
2.	追巴黎的女人	蔡淑玲著	200 元
3.	52 個星期天	黃明堅著	220 元
4.	娶太太，還是韓國人為好！？	篠原　令著	200 元
5.	向某些自己道別	陳樂融著	220 元

長袍春秋——李敖的文字世界

作　　者	曾遊娜　吳創
發 行 人	張書銘
社　　長	初安民
責任編輯	黃筱威
校　　對	余淑宜　黃筱威　曾遊娜
出　　版	INK 印刻出版有限公司 台北縣中和市中正路 800 號 13 樓之 3 電話：02-22281626 傳真：02-22281598 e-mail ：ink.book@msa.hinet.net
法律顧問	漢全國際法律事務所 林春金律師
總 經 銷	成陽出版股份有限公司 訂購電話：03-3589000 訂購傳真：03-3581688 http ：//www.sudu.cc
郵政劃撥	19000691　成陽出版股份有限公司
印　　刷	海王印刷事業股份有限公司
出版日期	2003 年 5 月　初版
定　　價	280 元

ISBN 986-7810-46-5

國家圖書館出版品預行編目資料

長袍春秋／曾遊娜　吳創著. - -初版，
- -臺北縣中和市
：INK 印刻，2003〔民 92〕
面；　公分

ISBN 986-7810-46-5(平裝)

128.6　　92006075

K INK INK INK INK INK INK IN
INK INK INK INK INK INK INK
K INK INK INK INK INK INK IN
INK INK INK INK INK INK INK
K INK INK INK INK INK INK IN
INK INK INK INK INK INK INK
K INK INK INK INK INK INK IN
INK INK INK INK INK INK INK
K INK INK INK INK INK INK IN
INK INK INK INK INK INK INK
K INK INK INK INK INK INK IN
INK INK INK INK INK INK INK
K INK INK INK INK INK INK IN
INK INK INK INK INK INK INK
K INK INK INK INK INK INK IN
INK INK INK INK INK INK INK
K INK INK INK INK INK INK IN
INK INK INK INK INK INK INK
K INK INK INK INK INK INK IN
INK INK INK INK INK INK INK
K INK INK INK INK INK INK IN
INK INK INK INK INK INK INK
K INK INK INK INK INK INK IN
INK INK INK INK INK INK INK
K INK INK INK INK INK INK IN
INK INK INK INK INK INK INK

INK INK INK INK INK INK
INK INK INK INK INK INK INK
INK INK INK INK INK INK
INK INK INK INK INK INK INK
INK INK INK INK INK INK
INK INK INK INK INK INK INK
INK INK INK INK INK INK
INK INK INK INK INK INK INK
INK INK INK INK INK INK
INK INK INK INK INK INK INK
INK INK INK INK INK INK
INK INK INK INK INK INK INK
INK INK INK INK INK INK
INK INK INK INK INK INK INK
INK INK INK INK INK INK
INK INK INK INK INK INK INK
INK INK INK INK INK INK
INK INK INK INK INK INK INK
INK INK INK INK INK INK
INK INK INK INK INK INK INK
INK INK INK INK INK INK
INK INK INK INK INK INK INK
INK INK INK INK INK INK
INK INK INK INK INK INK INK
INK INK INK INK INK INK
INK INK INK INK INK INK INK
INK INK INK INK INK INK